最是生活暖人心

源自乡村的『悦读生活』实践

呼长波◎著

山东省教育科学『十四五』规划自筹课题《乡村振兴视域下农村初中『悦读生活』课程的开发策略研究》（批准号2023ZC332）阶段性成果

中国文史出版社

图书在版编目（CIP）数据

最是生活暖人心：源自乡村的"悦读生活"实践／
呼长波著 . -- 北京：中国文史出版社，2024.8.
ISBN 978 - 7 - 5205 - 4806 - 9

Ⅰ. I267

中国国家版本馆 CIP 数据核字第 2024MR3030 号

责任编辑：金　硕

出版发行：**中国文史出版社**

社　　址：北京市海淀区西八里庄路 69 号　　邮编：100142

电　　话：010 - 81136606/6602/6603/6642（发行部）

传　　真：010 - 81136655

印　　装：廊坊市海涛印刷有限公司

经　　销：全国新华书店

开　　本：787×1092　1/16

印　　张：19.25

字　　数：230 千字

版　　次：2025 年 1 月北京第 1 版

印　　次：2025 年 1 月第 1 次印刷

定　　价：59.80 元

序言一

心系故土，以文化人

罗容海

师者，所以传道授业解惑也。于重要性而言，传道是第一位的；于目的性而言，传道是终极目标。

2023年教师节，习近平总书记在阐释中国特有的教育家精神时，将"胸怀天下、以文化人的弘道追求"作为一条重要内容，启示广大教师，为人师，立师道，应至于弘道，止于弘道，终身弘道不辍。

呼长波老师是一位扎根乡村、以文化人的弘道者。与他相识源于中国教师杂志社的一次活动，我们在北京辅仁大学旧址相遇。整个参观过程，他仔细观察，用心灵去感悟这所古老学府的遗址。

两个多月后的2024年春节期间，呼老师通过微信发给我一篇新作《辅仁大学，东西方诸领域融合的时代成果》，从思想文化、人才会聚、建筑艺术等方面详细解读了辅仁大学的前世今生。我陪同过许多人参观辅仁大学，从来没有哪一位像他这样深刻地记录、描绘这所学校，他做到了辅仁校训"以文会友，以友辅仁"。感动之余，我向他回复："辅仁创建先贤在天有灵，也会因为您与辅仁这一次相遇和这一篇长文而感到欣慰！"

作为一名乡村教师和基层作家，呼老师用笔书写生活，传播文化，教化学生。翻阅书籍的征求意见稿，我仿佛看到了日庄镇的丰收暗渠、白石山渡槽等农业遗址在熠熠生辉，领略了南墅镇的编篮编筐技艺在绵绵传承，知晓了作者家乡革命先辈的红色故事在口口相传，譬如《忠于革命，克己奉公》一文，他用寻根溯源的态度、细腻真挚的笔触，还原了家族长者九死一生的斗争经历和大公无私的高风亮节。更重要的，通过本书我感受到呼老师对书籍和土地的热爱，对乡村教育事业的执着，对家乡发展的高度关注和殷切期盼。

不久前，国家出台《"大地流彩——全国乡村文化振兴在行动"工作方案》，按照文化铸魂、文化培根、文化养德、文化兴业进行规划，提出做好农耕文化遗产发现与保护、乡村记忆工程、农民文艺作品展演等重点工作。呼老师所做的，正是对"大地流彩"工作最生动的诠释。

"有德此有人，有人此有土。"数千年来，在中国广袤的乡村中，存续着一种弥漫于乡土之中的文化力量，这种力量顽强、精心地守护着中华民族的"根"与"魂"。呼老师立足于邹鲁古风生发的齐鲁之邦、礼仪之乡，用笃诚的学术品行和朴素的语言文字，将自己融入这片乡野沃土之中，为乡土文化乡村教育的发展默默奉献力量，着实令人感动和佩服。

道不远人，人能弘道。呼老师潜心探索"悦读生活"读写理念，身体力行地进行卓有成效的社会实践，取得丰硕成果。我们有理由相信，在新时代的文化浪潮中，一定会有越来越多像呼老师一样的乡村大先生，引领可爱的乡村孩子们乘风破浪，推动生生不息的中华文化砥砺前行！

2024.03.27

（罗容海，教育部"国培计划"项目办公室副主任、北京师范大学副教授）

序言二

悦读生活，做生活的主人

姜元韶

　　强教必先强师。党中央国务院强调，要把教师队伍建设作为建设教育强国最重要的基础工作来抓，健全中国特色教育体系，必须大力培养造就一批有理想信念、有道德情操、有扎实学识、有仁爱之心的"四有教师"队伍。

　　自山东省强镇筑基行动实施以来，青岛市采取多种措施，加强教师培训工作，帮助教师树立坚定的理想信念，陶冶他们的道德情操，提高他们的专业学识，引导教师们树立"躬耕教坛，强国有我"的远大志向和抱负。在教师群体中涌现出一大批"坚守三尺讲坛，潜心教书育人"的优秀教师，呼长波老师便是其中一位，他三十年如一日，辛勤地耕耘，在教育的沃土上播撒希望的种子。

　　作为一名乡村教师，呼老师在艰苦的环境中不忘初心、刻苦钻研，努力探索育人之道，成绩斐然。早在1999年中国青少年研究会成立之初，他就被吸纳为第一批会员。强镇筑基行动中，青报教育在线携专家走进校园，更是启发了他对教育的思考，激发了他的教育热情。在领导和专家的指导下，他带领语文组的老师们，开发出旨在提高乡村学生阅读、写作水平的"悦读生活"校本课程，该课程的实施情况多次被国家有关媒体报道。

《最是生活暖人心》一书收录的大部分内容是强镇筑基以来，呼老师在繁忙的工作之余写下的读书感悟、生活发现。他还发掘、讴歌了一批身边的先进人物，读来使人深受鼓舞和启迪，具有很好的教育意义。全书分为三大部分：第一章"在读书中成长"，第二章"挽留生活时光"，第三章"发现身边的榜样"。三部分之间呈现递进关系，由阅读书籍到"悦读生活"，再延伸到先进的人和事的记录、整理。

社会多元发展，作者将关注点从"外"转到"内"，形成关注阅读、书写自我、记录故乡、慰藉心灵的独特写作路径。全民阅读的背景下，本书的确可以引领我们深入生活、体验生活、书写生活，做生活的主人。

乡村振兴靠教育，乡村教育的天地很宽广，愿越来越多的乡村教师秉承育人初心，牢记党和国家赋予的神圣使命，在乡村教育的道路上高歌前进！

2024.04.10

（姜元韶，青岛市教育局党组书记、局长）

自序

乡村沃土，滋养成长

2021 年 3 月 15 日，为深入贯彻《中共中央、国务院关于实施乡村振兴战略的意见》，《山东省强镇筑基行动实施方案》出台，吹响了"提升乡村学校办学质量、缩小城乡差距、促进城乡一体化发展"的号角。

青岛市积极响应上级号召，制定措施方案，遴选"强镇筑基"试点学校。莱西市的姜山镇、日庄镇分别被列为省级和市级试点单位，力争到"十四五"末，试点乡镇的中小学办学水平达到国家义务教育质量评价标准，实现"教育教学质量提高、课程教学改革明显、育人环境特色突出"的目标。

作为试点学校的一线教师，我感到非常幸运。如今三年时间过去了，我见证着并深刻感受到"强镇筑基"给我们带来的变化：学校的育人环境和教育质量明显提升，教师个人的专业素养和教学能力发生了质的变化，学生的精神面貌有了很大的改观。

青报教育在线承担着我镇中小学"强镇筑基"工作任务，对我们进行全面的培训与指导。作为语文教研组组长，我深感汗颜，语文学科属于薄弱学科，与先进学校相比有较大差距。学校领导想借助"强镇筑基"的东风，扭转现状，提升质量。学校党总支书记闫

1

圣渊和校长邴福成分别找我谈话，既严肃又诚恳地要求：作为多年来坚守教学一线的老教师，老呼你务必配合好青岛专家的指导、培训工作，带领语文组的老师们打个翻身仗。有什么困难，跟学校讲，大家一起想办法！领导的嘱托，既是鼓励也是鞭策，我们语文组连续召开研讨会，商讨语文教学的新方法、新模式。

为了便于工作的联系与对接，闫书记将青报教育在线业务领导宋亚萍副总编介绍给我认识。宋总为我校带来了青岛市优秀的语文教育专家韩炳秀老师，韩老师建议：立足于国家的大政方针，着眼于学生全面发展，结合学生阅读和写作的实际情况，积极开发校本课程。其时，我正在苦苦琢磨"全民阅读"和"双减"背景下，如何减轻学生压力，提高阅读和写作兴趣的问题。专家建议使我醍醐灌顶，思路豁然开朗，我们决定校内校外相结合，引领学生走出课堂，走进生活。

在专家的指引下，"悦读生活"的理念萌发了。专家不辞劳苦，多次奔赴我校，跟我们进行研讨和论证，确定以课程的形式呈现。课程开发之初，道路坎坷难行，部分老师不认可，许多家长不支持，我一度陷入苦恼之中。后来，2023 年 8 月的《教育家》杂志"课程创生之路，缘何荆棘遍布"栏目，发表了我的《家长与教师难以达成共识》短文，记录了当时的情况。

看出我有些灰心丧气，校长和青报教育在线业务领导找我谈话，专家也给出了思路和方法，并在过程中不断提供帮助和支持，鼓励我坚定地走下去。于是，我们带领学生到青岛奥帆中心、海信科技馆研学，到招远黄金小镇参观，到周边的红色基地访谈……回来以后，将所见所闻所感写下来，择优发表在"一棵树文学天空"公众号，大大激发了学生的写作兴趣。

"山重水复疑无路，柳暗花明又一村。""悦读生活"项目引起了莱西市文联的重视，文联主席逄贵松在"莱西市文艺系统全环境立德树人宣讲"活动中，让我做了关于项目建设的情况介绍，对我们的做法表示了大力肯定与热心支持。市教体局局长崔旭升也询问学校领导关于项目的开发建设中出现的问题，要求学校全力以赴支持我们开展工作。

领导的关心，同事们的努力，青报教育在线培训专家的加持，"悦读生活"课程迸发出强大的生命力，越来越受到学生的欢迎，被评为莱西市优秀校本德育课程，学校语文组先后被评为莱西市书香教研组、青岛市书香教研组，引入《悦读生活》课程的"编篮编筐技艺"被莱西市人民政府列入第九批非物质文化遗产名录。

"学高为师，身正为范""其身正，不令而行；其身不正，虽令不从""正人先正己"，前人早就告诉我们率先垂范的重要作用。在工作生活中，我把自己发表的文章展示给学生阅读，对学生也能起到促动作用。有时候，为了鼓励学生创作，我把文章的初稿拿给学生看，请大家提提意见；学生的作文写完了，在课堂上朗读，请大家评判后进行修改，如此反复打磨修改，一篇篇饱含深情的文章就诞生了。《悦读生活》课程中的许多内容，是我平时的读书体会和亲身经历，这些与生活紧密相关的文章有烟火气，很受学生欢迎。

语文组的老师们采用这种办法，和学生一起读书、研学、参观，一起在学校的劳动基地播种收获，一起写文章，大家其乐融融，在平等、友好、和谐的氛围中共同提升，共同进步。《悦读生活》课程的实施中，学生的社会阅历增加，知识面拓宽，动手能力增强，合作意识提高。最重要的是，在这个过程中，孩子们的心智逐渐成熟，深刻理解了简单而朴素的道理：幸福生活要靠自己去争取、去创造！

青报教育在线发挥媒体优势，积极发掘我校教育教学中的亮点。2023 年 7 月发表《日庄镇：打造"悦读生活"读写品牌，"强镇筑基"创出亮点》，被人民日报、"学习强国"、搜狐、网易等媒体转载。12月份，我因为撰写《立足生活实践，着眼长远发展》一文获奖，被《中国教师》杂志社邀请参加了"创刊二十周年纪念"活动。学校领导建议我利用这个机会征求北京专家的意见，将"悦读生活"推向新的高度。与会期间，在《中国教师》编辑部的支持下，我们在北京师范大学辅仁校区召开了一个小型的"悦读生活"研讨会，专家把脉问诊，为课程的下一步建设指明了方向。

北京之行，收获巨大，我见到了仰慕已久的顾明远教授。顾老鼓励我："乡村教育大有可为，要俯下身子，将开发的课程建设好。"北师大出版集团期刊社社长姜钰、中国教师杂志社社长曹巍、北大陈向明教授、北师大楚江亭教授、教育部"国培计划"项目办副主任罗容海、厦门教育局原副局长任勇、江苏南菁中学副校长马维林、西北师大教授刘旭东等专家学者，不嫌弃我才疏学浅，跟我这农村教师加微信、提建议。尤其令人感动的是，姜钰社长本来在中宣部参加全国拔尖人才会议，特地请假赶回来，参加了晚上的小组交流。大家对来自云南的向其坤老师和我都很关心，了解乡村教育的现状，询问"悦读生活"开发、建设情况，给了我很大的支持与鼓励。

从北京回到莱西的第二天，青报教育在线领导就安排资深记者对我进行专访，写出了《从日庄到北京，一名乡村教师的教育振兴路》稿子，人民日报、"学习强国"等多家媒体转发。"悦读生活"走向了更广阔的天地，不仅莱西城区的实验学校、苏州路小学、院上中心小学的教师前来学习课程理念，即便是私立任霖书院也邀请我举行公益讲座，越来越多的人知道了"悦读生活"，受益于"悦读生活"。

回顾过去的一年，我内心充满了感动与感慨。学校领导为了将"编篮编筐技艺"引入"悦读生活"课程，多次跟日庄镇、南墅镇两家政府磋商（技艺归属地在南墅，保护单位即我校在日庄）；青岛市人大代表、正高级教师林诗红到我校举行"同课异构"《刘姥姥进大观园》授课活动，让我们有幸与名师同台竞技，提升授课水平；市教体局和教研室领导、语文教研员连续几次到我校指导工作，调研强镇筑基工作的开展情况；青岛教科院研究员刘永洁在深夜跟我通电话，指导课程开发与建设；青报教育在线的记者在"强镇筑基"培训活动中一边听讲座一边赶稿子……一个个场景，历历在目，恍如昨日。

大家的共同努力，换来的是农村学校翻天覆地的大变化。以我校为例，在过去的一年里，有40多名学生在各级征文比赛中获奖，学校获得莱西校园舞大赛一等奖，在莱西市初中足球比赛中获女子组冠军和男子组第五名，在初中篮球赛中获女子组亚军和男子组季军，在乒乓球比赛中获乡镇初中女子团体冠军和男子团体第四名，学生体质检测位居全市第三，学校被评为莱西市教学工作先进单位、交通安全示范校、稳定工作先进单位、青岛市星级食堂学校、山东省卫生先进单位，2023年综合考评中获得全市农村中学第一的好名次。

我个人也在这三年中收获了许多：青岛市优质课评比中获得三等奖，先后被评为青岛市教学能手、青岛市教育教学带头人，出示了青岛市名师开放课，承担的青岛市《"双减"政策下"五育共举"实施策略研究》课题顺利结题，开发的《悦读生活》课程被评为"莱西市优秀校本课程"，撰写的"大思政课"案例被评为莱西市优秀德育案例，另有数十篇文章在《人民政协报》《中国教育报》《中国教师》《教师报》等报刊和"学习强国"平台发表。我还被吸收为山东省作家协会会员、青岛市作家协会理事，连任了莱西市作家协会副主席，当选为青岛春泥诗社莱西分社副社长，获得中华书局、桐乡市政府颁发的第六届"伯鸿书香奖"。

"强镇筑基"促进了乡村教育大发展，也激发了我教育教学的活力和文学创作的潜力。《最是生活暖人心》这本书，收录的文章大都是这三年内创作的。应该感谢"全民阅读"和"强镇筑基"，专家学者刘强、丁秀胤等人百忙之中阅读、评论书稿，书法家于建武热心题写页眉，83岁的老农孙守忠握着我的手激动地说："实实在在写出了身边的人和事，一看就懂。"……领导关心重视，同事和学生支持配合，才有了"悦读生活"项目的发展壮大，才有了本书的顺利出版。

真切地希望更多的人参与到"悦读生活"中来，愿我们的心灵都能在快速发展的时代浪潮中，得到生活的抚慰和温暖！

2024.05.30

目录

第一章
在读书中成长

第二章

挽留生活时光

第三章
发现身边的榜样

第一章　在读书中成长

任何时代，
读书都应该成为个体生活的一部分，
因为读书是获取知识，
提升自我的最重要的途径。

在乡村教育的沃土上辛勤耕耘

在我的书柜底部，保存着一份珍贵的报纸——1994 年 6 月 18 日周末版《人民政协报》，它指引我选择了一条无悔的人生道路。

那时候，我正处于专科学校毕业前夕，面临就业去向的选择。当然，这种选择的余地并不大，我们师资班学生，无非当教师。至于是中学教师还是小学教师，在城镇工作还是在乡村工作，我们可以提出自己的意愿，组织上根据毕业生的学业成绩和籍贯等方面会做出综合考察，派发调令。

很多同学向往的是城区良好的工作环境和较为优越的工作待遇。而我的老家是农村，回到离家近一点的地方工作是我的初衷。看着同学为了落实工作而四处奔走，我一时感到很迷惘……

幸运的是，我在学校的图书室看到这份《人民政协报》，头版头条是记者刘未鸣撰写的《中国农业观察报告系列报道之四：同造辉煌》，谈的是政协委员关注农业生产的事情，文中提到了农业发展要靠人才，人才的培养靠的是教育，国家要富强，农村和农业工作不可忽视。这篇文章给了我很大的启发和鼓励，一下子拨开了我眼前

3

的迷雾，坚定了我到农村从教的决心。农村教育要搞好，必须从娃娃抓起。怀揣崇高的信念，我成为莱西市院里乡最偏僻的岱墅小学的一名班主任。

1994年夏天，离开母校之前，我特地找到图书管理员全小玲老师，嗫嚅着说出了想要下这期报纸留作纪念的想法，全老师非常爽快地答应了，并且鼓励我到新单位后要多读书看报，做一名合格的人民教师。

在乡村小学，我白天教书育人，晚上读书看报，日子过得很充实。学校设施简陋，没有多少藏书，不到一年的时间，书架上的书基本上被我翻阅完了。倒是学校订阅的《大众日报》《青岛日报》和《中国教育报》没有几个人看，成为我的专属读物。我尤其喜欢《中国教育报》，这份报纸既高屋建瓴地传达宏观教育政策，又关注基层紧扣时代脉搏。时评文章辛辣中肯，发人深省，和《人民政协报》的风格颇有几分神似。

我找过校长，问能否公款订阅一份《人民政协报》，校长苦笑一下，摇摇头，学校资金紧张，现有的几份报纸每年要支出好几百块钱呢……若不是工资微薄，我真想咬咬牙自费订阅一份。

报纸看得多了，就有了动笔的念头。在《中国教育报》举办的"杏坛杯"征文中，我写的《恼人的秋天》获得三等奖，大大激发了我的创作热情，陆续有短小的文章在报刊发表。后来，又有篇幅稍长的论文在《中学语文》《语文教学与研究》《心理与健康》等杂志刊发。1999年，在中国青少年研究会成立伊始，我有幸作为第一批会员被吸收入会。

2004年，我到了现在任教的中学担任语文教研组组长。在教学之余，也从事地方文史知识的发掘和散文、随笔的创作，在乡村的沃野上，我一边教学一边写作，辛勤耕耘，光荣地加入了山东省作家协会。

　　我以前工作的岱墅小学所在的村庄，在 1978 年曾经出土过西汉古墓。我查阅了有关史料，结合当时的访谈，写出了《莱西木偶，飞舞千年的精灵》，解密了岱墅古墓出土的西汉木偶的前世今生，被《青岛史鉴》杂志选用。目前工作的单位在日庄镇，这里有着优良的革命传统，泊子村的地下抗日联络站曾为当地的抗日战争做出过重要贡献，经过走访，我写出了《徐桂芳：传递情报，护佑一方》，在《职工天地》杂志和"学习强国"发表，引起当地有关部门的重视。

　　回想二十八年以前，《人民政协报》鼓励我走向农村广阔的天地，在这里一展身手，成长为青岛市教学能手和教科研先进个人，内心充满了自豪。国家重视农村教育事业，乡村教师的待遇比以前有了很大的提高。去年年底，我自费订阅了 2023 年的《人民政协报》，终于可以天天看到这份喜爱的报纸了。

　　值此《人民政协报》创刊四十周年之际，向报社献上衷心的感谢和祝福：祝这份为国家发展建言献策的报纸越办越好，鼓舞、激励更多人投入社会主义新农村的建设中来！

（本文 2023 年 3 月 21 日发表于《人民政协报》第四版）

乡野中，开启阅读旅程

我小时候非常喜欢书，家境困难，不好意思问母亲要钱买书。

爷爷是新中国成立前的老党员，60岁后，村党支部每月发给两元钱的补助。爷爷没有读过书，但是对读书人很敬重，支持孙子买书读。一毛两毛，爷爷给得很痛快，他知道孙子买小人书，不会乱花钱。

要多买书，买好书，光靠爷爷是不行的。所以只能自己想办法。星期天、节假日，我和小伙伴们去山上捉蝎子、挖车前子，前者是有毒性的动物，翻开石头，要小心地用镊子夹到瓶子里，赶快盖上盖子。一不留神就会被它尾巴上的毒钩刺中手指，麻麻的，很快就会肿起来，要赶紧用嘴巴吮吸伤口，撸一把蒲公英嚼碎了糊上。后者是草药，用心辨别出来，用铲子挖起来就行了。

将蝎子和车前子送到药材收购站，几天的辛劳换来块儿八角，够买两三本小人书的了。就这样，《小英雄雨来》《苦菜花》《岳母刺字》《呼延庆上坟》等纷纷来到我身旁。几年下来，就积攒了满满一盒子。

手里有了小人书，如同有了指挥千军万马的虎符令牌，村里的小伙伴们潮水般聚拢过来借阅。我意气风发、指挥若定，今天张三看这本，明天李四看那本。一时之间，伙伴们掀起了读小人书、购小人书的热潮。茶余饭后，大家凑在一起谈论书中的情节，津津有味、神采飞扬。

有的孩子还在家长的支持下订阅了《小学生时代》《红蕾》《少年文艺》等杂志，其中最有名最好看的，当数大家一致追捧的《儿童文学》了。邮递员一进校园，孩子们就高兴地围上去问候。邮递员叔叔夸赞：西泥牛庄小学的孩子们最爱读书，每年的报刊征订，该校订数最多了！

好书伴成长，不经意间，我的阅读实现了从小人书到经典文学作品的过渡。20 世纪 80 年代中期，我在野外"看场院"时读名著的故事，至今历历在目。

那年代有麦假和秋假。农村孩子，白天在田地间帮父母干活，晚上要留下一个人在场院边上搭建的棚屋里睡觉，守护小麦、玉米、花生等劳动果实。

《西游记》《水浒传》《安娜·卡列尼娜》《复活》等大部头，都是在场院棚子里看完的。将马灯（一种外面带有玻璃罩，能够防风的煤油灯）挂在棚子上边，用水洗去手上的泥巴，擦干净，然后小心翼翼地捧起书，或是坐着，或是趴着，或是躺着，津津有味地读起来。

夜里，池塘里的蛙"咕呱咕呱"地叫，草地里的小虫子"吱吱、啾啾"地鸣，有时候还有布谷鸟"布谷、布谷"地唤。这些声音丝毫不会影响我读书的注意力，相反，它们为静谧的夜增添了几分安详和美好。然而，乌鸦沙哑的"嘎嘎嘎"叫声，就有几分瘆人了，听着心烦意乱。这时候，我就会放下书，把头探出棚子大吼两声"滚开",那声音便也就消失了。

最可怕的是猫头鹰的叫唤,有时候像小孩子哭,有时候像老人笑,深更半夜里无比恐怖。此时,我是无论如何不敢将头探出去了,赶紧把书一扔,将被子往头上一蒙,蜷缩起来一动不敢动,静静地等待着这不祥的家伙早点儿离开。

同样害怕的是,晚上在草棚里看《白话聊斋》,毛发都惊悚得立起来了,外面稍有风吹草动,就战栗不已。如果看的是《水浒传》《钢铁是怎样炼成的》,非但不怕,还会充盈着侠肝义胆的豪情和勇往直前的精神,什么妖魔鬼怪全都抛到脑后去了。

农村里事务繁多,孩子放学回家后要喂猪牛鸡鸭,烧火做饭,有时候还要割草喂牛羊。到村外割草的时候,是无暇读书的,但是烧火的时候可以看书。坐在灶台前,将一本书摊在膝盖上,用干净的左手翻动书页,两眼紧紧盯着书本看。时不时停一下,用右手捡起木柴送到灶口里去。

看书入迷了,忘记添柴火的时候也有,灶火熄灭,只得另生。有时燃烧到灶口的柴火一下子掉出来,将衣服裤子烧个大窟窿,甚至烧焦眉毛和头发。这些都不可怕,大不了挨父母一顿骂。可怕的是不小心将书掉落在炭火上,让人又气又恼,懊悔不已……

如今,读书条件有了很大的改善,缺少书读的年代一去不复返,但是,在我记忆的深处,永远埋藏着年少时的读书经历。

(本文于 2023 年 9 月获得《教师报》举办的第三届"我与书的故事"有奖征文特等奖)

我的书房，氤氲在乡间的一缕书香

一直有个梦想，将家乡的老宅打造成一所乡村书斋。种一池红莲，散一片芳馨，传书声琅琅。门庭洞开，迎乡村爱书之人往来；清茶暂摆，邀田间儒雅之士徘徊。书斋的名字就定为"莲馨斋"。而今乘着"全民阅读"的东风，我将于如愿以偿。

从小就对书有着近乎膜拜的痴迷，因为书里写满了千奇百怪的故事。读小学的时候，家中的藏书《三侠五义》《呼杨合兵》等大部头就阅读完了。尤其是爱的是《儿童文学》，以至于想尽办法软磨硬泡要家长订阅。这份刊物的每一篇都是精品力作，杂志下来了，爱不释手地读完以后才肯转借给同学读。在那个物资匮乏的年代，《儿童文学》给了我精神上的滋养，给懵懂的少年打开一扇美妙的窗户，让单调乏味的童年生活变得五彩缤纷。

我的初中时代，社会上掀起了言情和武侠小说的热潮，琼瑶的《窗外》《六个梦》《几度夕阳红》和金庸的《射雕英雄传》《神雕侠侣》《天龙八部》等书籍充满了我的书包。晚上，在自己的卧室里挑灯夜读是一种常态，子夜时分趴在书桌上模仿写作武侠小说也是常有的事情。直到今天，一摞写满了幼稚文字的笔记本还保存在箱子的底部……回想起来，那时有部分成绩优秀的同学就是因为迷恋武侠、言情小说而荒废了学业。让我感到幸运的是，老师器重我关心我，监督管理到位，我才没有被通俗文学的浪潮吞噬。这期间，《红楼梦》等四大名著也在老师的建议下，被我如饥似渴地读完了。老宅的卧房兼书房可算我是通往文学殿堂的门户。

工作以后，从事语文教学。在上课之余的工作时间，可以光明正大地阅读文学作品。为了有书读，买书籍报刊的费用成为每年一项必不可少的支出。近年来，支出更是千元以上。《人民文学》《当代》《收获》《十月》《钟山》等大型文学期刊摆满了县城家里的书房，摆满了乡下老宅的床头柜。铁流的《靠山》，宫泉激的《初心千里》等红色作品，我不仅读得津津有味，还承蒙作者不弃，与他们建立起了密切联系。读书过程中的疑惑或者感悟，我记下来，通过微信与山东作协副主席铁流老师和莱西文学泰斗宫泉激老前辈交流、探讨。文学家的点拨与鼓励，让我获益匪浅，也尝试着涉足革命题材的写作。在老家我的书房里，我写出了多篇作品，发表在报纸杂志上。

老家的书房整洁而温馨。小小的一间房屋，一张写字台上摆放着写作用的笔记本电脑，窗台上摆满了书，床头柜上摆满了书。书无处不在，即便是躺在火热的土炕上，也可以随手拈起一本书来，细细品读。伴着书香酣然如梦，真不失为人生的一件快事！正对房门墙上，挂着我苏州参观访学时购买的苏绣风景，用白色相框装饰。下面是一台用了多年的石英钟和教师节与市里领导的合影。南面，挂着梅兰竹菊四条屏，是在 2022 年初共同抗疫的朋友——原青岛榕昕牧业公司总经理、市书画家协会副主席王世一先生，亲自手绘赠送给我的。往北，挂的是青岛作协、青岛书协会员莫松柏写的独具一格的大大"寿"字。家中父母已经年逾古稀，莫先生对他们的祝愿铺满了红色的纸张。因为父母的卧室里已经没有可以悬挂的空间，便移到我的卧室兼书房里来了。

我的乡村书房，从来不缺乏人员观赏。老同学会在周末到乡下来玩，我们在书房里喝茶，谈论文学，谈论生活琐事。邻居大伯大婶过来串门，也会推开我的书房，看看落落大满的书籍，啧啧赞叹两声：乖乖，这么多书啊！然后一通夸赞：这孩子从小就喜欢读书呢，周末回到老家帮父母干农活，不忘农民本色，是个有孝心的人。村里孩子们知道我在老家，也喜欢往我这儿跑，一方面请教学习上的问题，另一方面可以借书回去看。村里种植果树的大叔，也会找到我，询问有没有防治果蔬病虫害方面的书籍。我愧赧地如实回答，没有呢。不过针对他的问题，我还是通过上网查询，做出耐心细致的解答。

老家的书房，有名人雅士的书法装点。庭院平房的过道里，东边悬挂的是全国"毛体十佳"获得者于从国老先生所书《沁园春·雪》，龙飞凤舞，颇具毛主席书法神韵。西边悬挂的是曾国藩无锡梅园的对联"发上等愿，结中等缘，享下等福；择高处立，就平处坐，向宽处行"，由中书协会员杨宏升用古朴苍劲的隶书写就。

老家的书房，在乡间氤氲着一缕书香，吸引着我的乡亲、我的朋友前来观望……

（本文发表于 2023 年第七期《现代苏州》杂志）

立足生活实践，着眼长远发展

——解读《中国教师》创刊号的人性光芒

教师职业的神圣在于它的智慧、良知、宽容，在于它的创造性和与时俱进的特点。2003 年 5 月《中国教师》杂志在发刊词中庄严宣告："走进教师，感受教师，让教师说话，让教师和时代一起前进。"

创刊号一出，立即吸引了全国教育工作者的目光。其高屋建瓴的视野、恢宏大度的气势，以及紧扣时代脉搏的新潮，都展示出它的与众不同。总的来说，《中国教师》有三个方面的特点。

聚焦热点问题，号脉教育顽疾

农村的义务教育问题，在新世纪初期就是国家关注的重大的问题，开篇文章《两会聚焦——农村义务教育》就将目光对准了这个问题。2003 年 3 月，全国两会上，全国人大代表和政协委员，纷纷建言献策，巩固"普九"成果，提高乡村教师待遇，减轻教师压力和负担。储召生的这篇文章深刻地指出：西部教育发展落后的问题仍然很突出，高素质的劳动者必须靠教育来培养、造就；加大对中西部地区资金、人才的投入，已经刻不容缓。时至今日，国家扶持农村学校硬软件建设、提高农村教师待遇的目标早已实现，但是"乡村振兴教育需要先行""城乡教育资源不均衡"的问题仍然是社会的热点。

在创刊这一年的年初，面对突如其来的"非典"，在党中央国务院的坚强领导下，全国人民和衷共济、齐心协力打响了"非典"阻击战，朱新梅的文章告诉世人：灾难面前，生命重于一切，自律、合作、拼搏、奉献是时代的主旋律，只要不怕困难、勇于担当，大家携起手来，就一定能战胜困难。

孩子的安全是个大问题。针对校园事故多发，申素平的《中小学学校事故的现状、问题与对策》和张雪梅的《从学生伤害事故谈学校与未成年学生的责任关系》，摆事实讲道理，从政府、学校和教师的角度分析问题产生的原因，提出解决问题的办法，并从法律角度厘清了各方之间的责任关系，让焦灼不安的各方如同醍醐灌顶一般猛然警醒，有了防范、处理事故的可资借鉴的经验。

新世纪初，我国进入小康社会。不过，正如党的十六大报告指出：我国当时小康是低水平的，发展不够平衡、不够全面的小康。《小康社会对教师意味着什么？》一文中，俞家庆、杨东平、丁宁宁、程方平、蒋国华等专家学者建言献策：人们要树立终身学习观念，国家应竭力打造全民学习体系，均衡教育资源，取消重点中学，关注农村孩子，加快教育改革，创新教学模式，修订完善《教师法》，实施教师资格制度，落实教师聘任制，加强教师培训、培养等。二十年后的今天，这些建议基本上得到了很好的落实。

长期以来，贪污腐败为人们所深恶痛绝，教育中的腐败更是祸国殃民，直接影响、摧残了下一代。《直击教育腐败》一文，由杂志副主编王啸执笔，大胆揭露教育领域的种种乱象，深刻剖析了教育腐败的根源，认真探究了根治腐败的对策，可谓振聋发聩、发人深省。编辑胡艳则撰文，从历史的角度分析封建科举制度中的舞弊行为，以及官府对科举腐败的惩罚手段，对今天惩治教育腐败行为有非常现实的借鉴意义。

立足学生全面发展，充满了人性关怀

没有爱，就没有教育。但是在教育教学中，很多老师往往以"爱"的名义将重重的学习负担压在学生身上，时不时地将"分数"这把达摩克利斯之剑悬挂在学生的头顶，逼迫他们努力学习。顾明远教授说：这怎能叫真正的爱啊？爱的基础是信赖和理解。《教育需要爱与艺术》一文中，顾教授毫不留情地指出当前教育中存在的弊病。

的确，我们教师不应该只关注孩子的成绩，以免"一叶障目，不见泰山"，而应该着眼于孩子的德行、礼节。陈多的《以礼说理，以德唤情》，告诉教师要首先带头行礼，要学会倾听孩子的心声，才能真正走进孩子的心灵。不要把所有的鸡蛋都放在一个篮子里，不要把孩子的未来都压在学习成绩上。高洪源的《篮子的哲学》一文指出，孩子不能再待在学校里读死书，应该走出校园走上社会，参加劳动实践，进行体育锻炼，德智体美劳全面发展。

马克思曾经说过一段精辟的论断，他说："我们现在假定人就是人，而人同世界的关系是一种人的关系，那么你就只能用爱来交换爱，只能用信任来交换信任。如果你想得到艺术的享受，那么你必须是一个有艺术修养的人；如果你想感化别人，那你必须是一个实际上能够鼓舞和推动别人前进的人，你同人和自然界的一切关系，都必须是你的现实的个人生活的和你的意志的对象相符合的特定表现。"肖川在《信念之于教育》中引用马克思的话，无疑想给那些课堂上高高在上的老师提个醒，放下身段，平等、民主地对待我们的学生。

哲学家周国平的观点既有高度又有深度。他认为一切教育都可以归结为自我教育，自我教育是人的终身教育，是源自内心的学习动力。所谓的高学历和丰富的知识都是暂时的，若不能在实践中产生效益，就没有实际的价值。一个人最终能否成才，往往不是取决于学历的高低和知识的多少，而是取决于是能否在漫长的人生道路中，进行持续不断的自我教育。

师生情，是人世间美好的情愫。余秋雨老师的《老师》，杨利慧的《永远在心灵深处怀念》让读者明白，老师不仅是我们思想的启蒙者和人生的领路人，而且像父母亲一样默默关注着我们的成长壮大。两篇文章深情地回忆了和老师交往的点点滴滴，读来感人至深。

肖复兴的《牛皮鱼》描绘的父子之情简单、直接却又意味隽永，父爱无言却如山，一个看似不经意的举动，就能让人铭记一生。张玉清的心理辅导案例《春风化雨，情理交融》，告诉我们教育工作者，要用默默的关爱才能敲开学生的心扉，用无尽的深情守护孩子的成长。

具有全球视野，规划教师成长方向

教育事业要繁荣昌盛，离不开一批有情怀、有学识的教师。我国要成为世界教育强国，教师必须要有全球视野。

国际上许多发达国家的做法值得我们学习和借鉴，时任教育部人事司副司长管培俊等人撰写的《加拿大中小学教育人事制度》，从加拿大教师的管理体制、执业权利和待遇、公开聘任制度、受教育经历，以及高福利的社会保障体系等方面，进行了综合论述，为我国今后的教育人事制度改革指明了方向。

那个时代，《萌芽》杂志社因为举办新概念作文大赛，而引起社会的广泛关注，受到青少年学生的推崇，2002 年杂志的订阅数猛增到 26 万份。一大批新锐的中学生作家诸如韩寒、张悦然、郭敬明等迅速走进了人们的视野，文学创作的新高潮在青少年当中迅速掀起。北师大文艺中心主任童庆炳教授在《新思维、新表达、新体验》一文中，直接呼吁：我们要坚决反对空洞无物、套话连篇、千人一面的模式化写作，大力倡导创造性、发散性思维，因为只有这样才能帮助中学生打破陈规，大胆抒发自己的真性情、真体验，让他们无拘无束地进行写作。

课堂教学改革往往在语文学科率先发力，是有其根本原因的。已故著名特级教师张晓纯在 20 世纪 80 年代主持的"大语文教育"实验，成果显著，受到国家教委高度重视，当选为第六届全国人大代表。华东师范大学出版社总编辑王铁仙教授在《中学语文问题随感三则》中，进一步阐释了"大语文"的概念：以汉语言文学为中心，涉及历史学、哲学、教育学、心理学、艺术学和伦理学，进行"听、说、读、写"四个方面有效结合的文学教育，全面体现语文的工具性、人文性的特点。

这一点和笔者当下着力推动的《悦读生活》读写项目有着共同之处。人类的生活关涉德智体美劳等"五育"的方方面面，学生若能热爱生活体验生活，积极参加社会实践，进行文体锻炼，可以有效地提升自己的认知水平。中高考制度的改革应该先从语文寻找突破点，大语文大实践大变革，以点带面地铺开，我们就会迎来新世纪教育的又一个春天。

程俊松老师的《枯笔渴墨，飞白留香》，以书法喻指课堂教学，生动形象地提醒我们，在教学中要给学生留下想象的空间和觉悟的时间。"磨刀不误砍柴工"，看似意义不大的空隙，却能让学生回味、消化，更好地理解课堂知识。这与满堂灌"填鸭式"教学截然不同，着重强调了课改的方向必须以学生为中心。

赵忠军、林志强的《教学中的"有为"与"无为"》指出，课堂上教师要有所为有所不为，让学生主动学习，自觉学习，放飞思想大胆探索。钱理群教授说过："语文学习本质上是一个精神自由空间的开拓，学生必须有自我生命的情感的主题投入。"学习是双向的，教师死板地教，学生很难做到自由地学，所以老师应该不拘一格，教无定法、潜移默化地渗透学习任务，在不知不觉中和学生共同完成任务。

《中国教师》创刊号一出来，向全国各级各类学校和相关教育工作者赠阅。笔者作为中国青少年研究会会员，有幸得到这份杂志，一下子就被吸引住了，手不释卷地读到深夜。这本杂志栏目丰富多彩，如上文所述，有对国家政策的深度解读，有名家的高端教育理论，有一线教师的教学论文，还有语言优美、极富哲理的散文、随笔。它立足生活，着眼未来，堪称我们教师发展的指路明灯。

我将这份红色封面的《中国教师》创刊号保存至今，时不时拿出来翻阅一下。每一次它总能给我前进的力量，指引我不断走向远方。

（2023 年 8 月，本文获得"纪念《中国教师》创刊 20 周年有奖征稿"二等奖，并发表于 2023 年第九期《中国教师》杂志）

成长路上的一盏明灯

《中国教育报》是我工作中的良师益友，帮助我一步步走向成熟。

我从小就喜欢读书看报，选择教师职业，很大程度上是因为教书育人可以一辈子跟"书报"打交道。

刚刚参加工作的时候，学校订的《中国教育报》是同事们争相传阅的读物。每天，邮递员一进校园，就有人跑上前迎接报纸，拿到办公室如饥似渴地阅读。几位老师凑在一起，共读一个版面的文章，成为当时一道亮丽的风景线。

我最喜欢的版面是"文化周刊"，这个栏目的文章注重时效性兼顾文学性，经常刊登作家教师写的散文随笔，意味隽永哲理丰富。读这些文章既能陶冶性情，又能学习到教育技巧与方法。

世纪之交，素质教育方兴未艾。《中国教育报》紧跟时代步伐，大力宣传国家的教育方针政策，报道教育改革中出现的新气象、新典型和新经验。"文化周刊"在刊发大量优秀的文化稿件、推动素质教育向纵深发展的同时，还多次开展了面向全国中小学师生的征文活动。报社举办的这些活动，我都积极参与，受益匪浅、收获颇丰。

在 1999 年，中华爱国工程联合会、《中国教育报》等部门举办了"全国中小学生寄语二十一世纪"征文活动。在这次活动中，我辅导孙晓芳、常玉龙两名同学获得三等奖，自己获得优秀指导教师奖。获奖征文和教师推荐语发表在《我在跨世纪时》一书中。这一年是我从教之路上有重大收获的一年，不但语文教学成绩位居全市前列，而且还有两篇教育论文分别在山东省教育学会和山东教育社论文大赛中获奖。7 月份，在中国青少年研究会成立之初，我有幸被吸纳，成为当时唯一的乡村教师会员。

2001 年，《中国教育报》和《中国青少年年鉴》编委会举办了"歌颂建党八十周年、畅想新世纪"征文活动，我撰写的《研究者和实干家》一文获得三等奖，发表在《全国师生诗文书画作品集》中。这篇文章首次表达了自己要终身从教，争当新时代优秀教师的坚定决心。

经常读报，不仅更新了我的教育思想和教育观念，还促使自己不断改进教学方式方法，让孩子们快乐学习、全面提升。校长表扬我的课堂教学："时而抑扬顿挫，教师声情并茂地传道授业；时而鸦雀无声，学生全神贯注于书本知识；时而人声鼎沸，孩子讨论问题争辩得面红耳赤。"

作文教学是重点也是难点，要想学生写作好，教师要做出表率。看多了《中国教育报》上发表的文学作品，我也有了创作的冲动。夜深人静的时候，我展开想象的翅膀，在文学的天空任意翱翔。我的小说处女作《烦恼的秋天》，在《中国教育报》和山东省作家协会举办的首届"杏坛杯"校园文学作品大赛中获得优秀奖，被编入《生命之灯》一书中。

从此，在教学之余，我踏上了文学的路途，先后成为莱西作协、青岛作协和山东作协的会员。写作水平的提高，让我对作文课堂教学有了更高的驾驭能力，形成较为独特的教学风格，在莱西先后出示了《作文审题》《作文拟题》《作文开头》等一系列公开课，在青岛市出示了《古诗词鉴赏指导》的名师开放课，受到了学生的热烈欢迎。

2019年是砥砺奋进的一年，我担任初中两个毕业班级的语文教学和其中一个班级的班主任工作，担任学校的语文教研组组长，业余还兼任莱西作协秘书长和《莱西文学》杂志的执行主编。作为一名教师、文学工作者，我深知发表文章对学生有着巨大激励作用，所以竭力说服领导在《莱西文学》开设了"学生园地"栏目，刊发优秀学生作文。从此，莱西的孩子们有了创作的芳草地和百花园。这一年我被市教体局评为"教书育人楷模"。

我认为，《中国教育报》之所以受到广大教育工作者的喜爱，是因为这份报纸能够虚心听取读者的意见、建议，敢于改革和创新，在内容和形式上做到了雅俗共赏、贴近大众，它的发展壮大凝聚着一代又一代办报人的心血。2004年，《中国教育报》又有了一项重大举措——评选"推动读书十大人物"。从此，由"读书周刊"主导的这项活动毫不间断地持续下来，为推动全国师生"爱读书、读好书"做出了积极贡献，成为报社亮丽的文化名片。

在"推动读书人物"的感召下，我立足课堂，放眼社会，也尝试着在这方面做出努力，写出了一系列的读书体会，被《教育家》杂志社聘为光明阅读领航人。

2021年，我参加了报社"推动读书十大人物"的评选，推动读书的事迹在"中国教育报·好老师"公众号报道。虽然最终没能入围，但是这次参与，让我找到了与优秀者的差距，使我下定决心奋起直追。

去年的"推动读书十大人物"张延银是我很敬佩的学者型校长，他不仅把自己的学校树立为读书的典范，还跟朋友众筹建起了"半书房"，让小县城爱书的人们有了心灵的栖息地和情感的交流场。作为一名乡村教师，我正设法在老家创建"莲馨斋乡村书房"，让农村孩子们和乡村的爱书人，在乡村振兴和全民阅读的时代背景下，能够积极参与到读书和写作中来。

能够从事教育事业，是我一生的幸福；能够与《中国教育报》相识，是值得我珍惜的缘分。在教育教学和文学创作的道路上，《中国教育报》就像一座高高的灯塔，指引我沿着正确的道路走向前方！

（本文 2023 年 10 月 31 日发表于《中国教育报》第三版）

品革命书籍，续红色血脉

小时候最早接触的革命书籍是《钢铁是怎样炼成的》，主人公保尔身残志坚，生命不息战斗不止，成为千千万万人们心目中的英雄。

读初中的时候，我有幸在学校图书室看到了《红岩》。忠贞爱国、视死如归的共产党员江雪琴和许云峰令我钦佩不已。阅读了《艾青诗选》，又深切感受到作者不屈的革命情怀，艾青对真理的追求，对光明的渴望，对侵略者的愤懑，点燃了我迫切想了解中国革命志士的热情。

历史课本中有关这方面的内容太少太简单。当时在同学们中传阅一本《胶东风云录》，这是烟台地委组织编写的胶东革命斗争的回忆录，它使我知道了我生活的这片热土，曾经饱受战火摧残，也产生过许许多多光辉灿烂的英雄人物。

参加工作后，我对胶东的红色历史产生了浓厚的兴趣。胶东行政公署遗迹就在我的家乡莱西的马连庄镇，胶东区委、大众报社也曾在南墅镇的张格庄驻扎过，萌山区殉国革命烈士纪念塔至今仍然矗立在北墅水库的岸边……

家乡还有一批书写红色历史的老先生，他们奋笔直书，探索、发掘、整理、记录革命先辈在莱西乃至胶东的红色足迹。中国海洋大学特聘教授、退休干部宫泉激老师就是其中最具代表性的一位。

2021 年，宫老师的新著《初心千里》，经过莱西、青岛、山东三级党史研究部门的审核，作为向中国共产党成立一百周年的献礼，由国际文化出版公司隆重推出，引起强烈的反响和好评。该书以时间为顺序，以事件为线索，以人物活动为中心，洋洋洒洒三十万言，详尽地记叙了王尽美、邓恩铭、杨明斋、刘谦初、李伯颜、理琪等几十位革命先辈的光辉事迹，忠实记录了胶东地区党和人民事业发展的百年历程，彰显了革命先驱为了人民的解放前仆后继、无私无畏的英雄气概。

著作等身的宫泉激老师，谦逊和蔼关爱晚辈，对我的虚心求教，知无不言、言无不尽。当他获知我的三祖父呼元斋为革命事业壮烈牺牲后，建议我进一步查阅地方史料，采访家族长辈，将烈士的事迹整理出来。于是，我通过朋友找来了《莱西县志》《南墅镇志》，进行了广泛深入的阅读。县志中只有呼元斋烈士的名录，镇志中的记载较多，却不够完整。我根据家族长辈的回忆和自己走街串巷深入的调查，终于写出了《我的三祖父呼元斋》一文。

三祖父 18 岁在山东省立第二乡村师范学校读书时入党。七七事变爆发后，看到国民党莱阳县县长梁秉琨临阵脱逃，他无比愤慨，投笔从戎杀敌报国，凭借战功屡次升迁至地方抗日武装的区队队长。后来因国民党反动派的偷袭而被捕，在自己的家乡被敌人用铡刀残忍杀害。这篇 6500 多字的文章先在《莱西文艺》刊登，压缩后又刊登在省总工会主办的《职工天地》杂志和"学习强国"平台，许多媒体予以转载。从此，刘胡兰式的英雄呼元斋走进人们的视野。

今年 3 月，莱西新冠疫情暴发，形势严峻，学校暂时停课，工厂暂时停工。居家防疫日，正是读书时，我在家给学生上好网课的同时，又阅读起《山东抗日战争实录》和铁流的长篇报告文学《靠山》。山东的父老乡亲们，抗日战争时期在共产党的领导下顽强地抗击敌人，在解放战争时期同样做出了巨大的努力和牺牲。正如《靠山》封面上所写的"淮海战役的胜利，是人民群众用小推车推出来的"，我们今天的幸福生活，是无数革命先烈用鲜血换来的。

莱西首任作协主席程绍亭先生经常说："研读党的历史，品味红色经典著作，可以涵养家国情怀，培育爱国主义精神。记录身边的优秀党员，弘扬他们的进步思想，无疑是良好的传承。"在他的鼓励下，我拿起笔写自己身边的人和事。

我的爷爷呼元会是一名老党员、老模范，为人淳朴善良、刚正不阿，担任过支部委员、生产队队长和饲养员。《爷爷的奖章》一文发表在《青岛早报》，回忆了他的许多往事。我的大舅刘希坤曾是一名村党支部书记，他是共产主义的坚定追随者，无私无畏、一心为民，也已经去世多年，《清正廉明的大舅》追记了他的先进事迹，发表在"学习强国"平台，达到了 50 多万的点击量……

读革命书籍，领略英雄前辈舍生忘死、救国救民的博大胸怀。续红色血脉，做新时代不怕困难、开拓进取的闯将。

（本文发表于 2022 年第五期《青海湖》杂志，2022 年 7 月获得《教师报》举办的第二届"我与书的故事"有奖征文三等奖）

字里行间，真情无限

获悉青岛骆驼祥子博物馆馆长王咏出新诗集《字里行间》，是在2022年的初冬。高兴之余打开微信，发去祝贺。王咏笑着说："刚拿回不久，正打算送你一本，帮助雅正一下。"雅正不敢当，想收藏一本，却是内心最真实的想法。

与王咏相识，缘于2007年市里举办的一次颁奖活动，基于对文学的喜爱，我们便有了交往和联系。那时候的王咏已经是莱西有名的作家了。加入莱西作协也是因为她的介绍，当时她任作协副主席，为作协做了大量工作。她两年前出的诗集《咏叹》，我拜读之后写了《忧伤，人世间夺目的光芒》，得到读者认可与好评。

《字里行间》秉承了王咏一贯的写作宗旨："用最简洁的文字，表达最朴素的情感。"的确，我在诗中读出了亲情、友情、夫妻间的爱情，还有心系苍生的悲悯之情。《失语》是她写给儿子的心声，"直到大一开学那天，他拖着行李箱下楼，我跟在他身后，突然失语。像二十五年前的那个午后，站在车窗外跟我挥别的母亲，一样"。一代又一代，永远不变的是母亲对孩子的爱，可是年轻人往往忽视这种发自心底的关怀。《一样的快乐》中写了一对打工的夫妇："隔壁地下室里，一对异乡中年夫妻，他们每天早出晚归，收获着，跟城里人一样，阳光普照的快乐。"其乐融融、相敬如宾的模范夫妻跃然纸上，令人羡慕和向往。

王咏的字里行间，流露的是真情，播撒的是希望，传递的是满满的正能量；字里行间，别有洞天，有苦辣酸甜，有忧喜悲欢；字里行间，有春的呼唤，有燕语呢喃，也有泪水涟涟……

《病历》直白、冷峻，直击人心，振聋发聩："凌晨的一支烟，午后的一顿冷饭，深夜的一壶烈酒，以及与之相关的人和事。这些其实并没有出现在账面上，最后落笔的四个字才是账单：胃癌晚期。"《熬药》委婉细腻，九曲回肠，给人留下无尽的遐想："叹了口气，她把火苗调小，让药液只保持微微沸腾，像十年前，关小心中那簇火苗。"有的诗歌春心荡漾，爱意无疆，如《端午》："把粽子里的糯米，蘸上比平时更甜的欢笑，陪你对饮一杯雄黄酒，眼神纠缠血液里，奔涌的千层浪。"有的诗读起来痛彻心扉，一吟泪流双行："阳光下，他只看了她一眼，轻轻吐出两个字。组合过一夜的句子，瞬间被打乱，烫伤般痉挛了，她手心的一个梦。"

王咏的诗集，文风质朴无华，语言清新明丽，感情细腻绵长。她的诗歌，既像乡野村姑不事雕琢，又像城里姑娘仪态万方。变幻多姿的场景中，隐含的是市井坊间的酸甜苦辣和悲欢离合，传递的是挥之不去的温暖和香甜。

《字里行间》有风光无限，有趣味万千。不同的人阅读有不同的收获，值得放在枕边，睡前翻两篇，品悟一番，对尘世的洞悉会让自己苦闷的心释然……

（本文 2022 年 12 月 14 日发表于《青岛财经日报》副刊）

山海人间，唯有诗篇

闫殿才的豪爽，是文学圈的朋友所共知的。2022 年 7 月，青岛市文联举办"诗人眼中的莱西经验座谈会"期间，闫殿才和三两个文友晚上在宿舍里高谈阔论、品诗论道，硬是就着文字这道菜肴，喝光了一瓶五粮液。

第二天，就有朋友传出话来说，文联领导知道后，笑着说："闫殿才狂，不折不扣的诗狂，期待他像李太白一样酒后诗篇百章。"于是我们背后就称呼他新的雅号"诗狂"。那时候我们却不知道，他的新诗集已经在出版社进入编排程序了。

初冬的一天，闫殿才发来短信："长波，告知工作单位详细地址，新诗集出版了，送你一本阅读。"这自然是令人欣喜若狂的事情，他以前赠我的诗集《半尘》《壹拾年代》，我读过多遍，如醇酒，有回甘，有诙谐的语言，有对家乡的思恋，也有许多哲理在里面。当时，我写了一篇读后评论《故乡，精神家园的最后堤防》发布在"一棵树的文学天空"公众号，引起许多文友的共鸣。

新诗集的名字叫《山海人间》，应了文联领导的话，100 多篇。

确切地讲是 137 篇，加上序诗，共计 138 篇。分为"高原行""人间书""春风暖""江湖吟"四章。新诗集比以往，少了诙谐幽默和嬉笑怒骂，多了严肃庄重和含蓄忧思。不信你看末篇《垂钓吟》："一条死鱼在海面上随波逐流，大海始终未抛弃它，一条鲈鱼被拉上甲板，大海，微微颤抖了一下。"序诗《半真之外》："现在喜欢写作，无非是，给本已僵化的大脑，补充一点儿行走人间的记忆。"《高原，一些感动》中写道："因为群山有生长的欲望，因为白雪有些凉，阳光会多照一会儿。"原来，闫殿才在关心着海洋中的生物，凝眸着高山上的生态，刻下行走尘世中的印记，沾一身人间的烟火气。我忽然明白诗集名字为什么叫《山海人间》了！

古人是"学而优则仕"，闫殿才是"商而优则文"。他干过大公司的董事长，在西藏至今还有他的种植基地。商业让人富有，让经济腾飞。但也充满了铜臭，容易让人膨胀、冷漠和自私。而小小的方块文字却充满了炽热的温度，能够传递人间烟火，能够感受喜怒哀乐，能够让冰冷的心复活，让花花绿绿的世界变得单纯而美好。或许，这正是他钟情诗歌的原因。

闫殿才具有诗人的豪放、商人的智商、侠士的热心肠，还有隐士的不羁与狂放。繁华落尽是从容，在序诗《半真之外》中，他承认："干过几届政协委员，当过人大代表，任过不少协会会长和秘书长，也兼过几个大学的客座教授。这些，远不如资助几个山区的孩子来得直接和心安理得。"这是一位热血商人的纯真情怀。

在诗歌的道路上，闫殿才像一骑绝尘的骏马，一路馨香，一路光芒。当然，也有一般人难以看到的苦痛与创伤。他关注底层人，心绪苦痛、忧伤。《渡口》一诗中："二十年前，他三岁的儿子，就是在这里丢失的。车站这条河流，是他一生摆不出的渡口。"诗人的眼光停留在流浪汉身上，平铺直叙中，弥漫着何其痛苦的悲伤：孩已失，魂亦丢，他将自己献祭在车站这渡口……

和众多的诗人一样，闫殿才热爱春天、讴歌春天，写了《三月》，写《四月天》，写《四月》《五月》，写尽了鲜花与鸟雀，皆因为"我出生在那年的四月，从此爱上了整个春天"。闫殿才说让我批评指正，是对我这文友的看重与抬举，是绝对不敢的，只能写下一点粗浅的认识，权当表达崇敬之意。

值得一提的还有书中闫佳宁的画作，像她父亲的诗一样，抽象，却又充满了希望；灰暗，却又隐含着光芒，像三月的雨，又像九月的霜，体现了旅居海外的游子的孤寂彷徨与锐不可当。我仿佛看到一颗新星冉冉升起在异域他邦。

品读《山海人间》里的诗歌，聆听邓丽君超凡脱俗的演唱，哦，它们都是世间不可多得的绝响……

2022. 12

土地与书籍，物质和精神的皈依

2022 年 4 月 23 日，世界读书日。人民文学出版社公众号推出了著名作家铁流《读书记》一文。阅读之后，感慨颇多，没想到大作家的童年读书经历也是如此坎坷。

农民出身的铁流，立足于阅读，扎根于土地，从人民中来，到人民中去，创作了《靠山》《一个村庄的抗战血书》《中国民办教育调查报告》等一系列报告文学。他靠着读书改变命运，凭借勤奋成就人生，是农村孩子通过个人努力实现美好理想的典范。

在《读书记》中，铁流深情回顾了童年的读书时光，对那段经济困难的生活实事求是地进行了描写。为了照顾体弱多病的铁流，母亲将家中仅存的鸡蛋炒给他吃，弟弟们在一旁眼巴巴地瞅着；为了买书读，他偷偷拿了父亲两元钱，在河边读书到傍晚，回家后挨父亲打；在林业队看守果园，沐浴着月光，听着虫鸣，打着手电筒写小说，受到生产队长的批斗……苦难给了他磨砺，也给了他创作的源泉和灵感，打不垮的少年在文学的路上越走越远。不能不说，阅读和写作安慰、鼓励、支持、成就了一名农村孩子。

铁流的文字中，流淌着大地的声音。那声音里有一名农村孩子踩在土地上的坚定的足音，有农民渴望摆脱困乏的呼喊，有自然界中花鸟鱼虫天籁的召唤。

作为农民的儿子，我从小也对土地充满了敬畏。撒下种子，长出粮食：小麦、水稻、高粱、玉米等；植下树苗，产出各色水果：苹果、梨子、杏子、桃子……一粒小小的种子投入土地的怀抱，只要阳光、雨露和适量的肥料，它就会奉送粮食蔬菜水果来养活众生。这是何等的神奇、魔幻！那时候的我根本理解不了，只觉着大地就像一个魔术师，给它一丁点儿的酬劳，就可以变出任何你想要的东西。土地又像一位和蔼、慈祥、宽容的老爷爷，即使大火烧掉他上面的野草杂树，地面变得黑黢黢的，可是到了第二年春天，又会长出郁郁青青的一片。大地把勃勃生机和活力，毫无保留地呈献给人们。

世世代代生活在土地上的农民，日出而作，日落而息，他们平淡而平凡，用无休止的操劳向土地致敬。

没有经历过农村劳动生活的人，是体会不出农民对土地的感情的。《左传》讲了这样一则故事：晋国公子重耳在逃亡途中，向耕夫乞讨。老人捧起一把泥土送给他，重耳跪倒在地，磕头拜谢。一抔黄土象征着国家社稷，值得重耳去呵护。流亡在外，携带黄土在身旁，意味着不忘苍生和国家……有了这份追求与情怀，公子重振国威，成就春秋霸业，人们称其为晋文公。

朝代更迭，楼阁换朱颜，帝王将相早已化作了历史的尘烟。然而，我们脚下的这片土地，却从未改变。它幅员辽阔，物产丰饶，养护着一方百姓。

耕种时节，看着伯伯叔叔吆喝着耕牛在田间犁地，阿姨婶婶在播种施肥，我光着脚跟在后面，捡拾原本藏在泥土里的一种软软的像豆虫一样黄色的"地黄",油炸以后味道特别鲜美的"地黄",也可以卖钱。当然卖虫得来的钱,我都是买书读了。

嗅着泥土的芬芳,我仿佛看到了滚滚的麦浪在起伏,硬鼓鼓的玉米棒子低下了头,红红的高粱压弯了腰……农民付出汗水和勤劳,土地回馈五谷丰登和累累硕果。农民和土地共同养活了芸芸众生,他们却常常被世人忽视,当然,被世人忽视的还有书籍。正如《读书记》所说的那样,以前贫穷,读书的人有许多,他们就着煤油灯读书读得津津有味、甘之如饴。而今生活条件变好了,看书的人却少了,一部手机绑架了人们的视线。

苍天无语,庇佑众生;厚土不语,滋养万物。封建社会,"遍身罗绮者,不是养蚕人",种植粮食的农民却吃不饱饭。新中国成立后,人民当家做主人,农民的处境有了彻底的改变。而今,在国家乡村振兴和精准扶贫的大政策下,农民的生活更是比以前有了很大的改观,吃饭早就不成问题了。不过,土里刨食的农民还是收入很低,处于社会的下层。"农民"往往是贫穷落后的代名词,是粗鲁无礼、不讲卫生的代名词。他们质朴憨厚、勤劳能干,拿着少得可怜的报酬却无怨无悔。

从小看惯了农民的艰辛,深刻地明白"谁知盘中餐,粒粒皆辛苦"的意蕴。长大后成为一名教师,每天起早贪黑、备课、上课、讲课、批改、辅导,忙得跟陀螺似的,很是劳心费力。可是离开了田间地头的我,好像是断了线的风筝,东飘西荡,没了根基和依托。我内心一直惴惴不安,总觉着自己是一个不劳而获的"寄生虫",是妥妥的消费者。在我的心目中,那些从事体力劳动的人,尤其是田间劳作的农民才是真正的生产者、创造者。他们生产出来的粮食和农产品,满足着我们衣食住行的基本需求……

或许是从农村走出来的缘故吧,铁流的作品饱含着对农民、农村的款款深情，清新自然、朴实无华，令有过农村生活经历的人读起来爱不释手。这一点儿从他的《"莱西经验"诞生记》就可以看出来。

"莱西经验"发轫于莱西，辐射到全国，是 20 世纪 80 年代村级党组织建设的典范。为了回顾我党建设的光辉历史，迎接建党一百周年，山东省作协副主席铁流来到莱西走街串巷、实地调查，将这一改革开放以来基层党组织"三配套"经验做法的来龙去脉在一篇文章中描述得清楚明白。2019 年 9 月 11 日，《人民日报》以整版的篇幅刊发铁流《"莱西经验"诞生记》一文，在社会上引起很大的反响。著名作家丁晓原评价该文，"以精短篇幅反映时代宏大主题，在尺寸之间精绘中国乡村治理胜景的报告文学"。

铁流在采写的时候，莱西作协时任主席谢炳军和市委党校孙玉欣老师进行了陪同。他们对铁流不辞劳苦、脚踏实地、精益求精的工作态度无比佩服、推崇，在作协一班人面前赞不绝口。

《"莱西经验"诞生记》发表之后，谢炳军召开莱西作协理事会，进行了专门学习，他还嘱咐我联系沟通铁流主席，争取在《莱西文学》配上编者按语，全文转发。我颇有点犯愁，《莱西文学》是作协自筹经费发行，没有作者稿酬的内刊，铁流是大作家，他会同意吗？谢炳军说："没问题，你抓紧联系落实吧。"果然，铁流不仅很痛快地答应了，还鼓励我们："立足当地，努力办好刊物，多发精品力作。"

《读书记》秉承了铁流质朴清新的一贯文风，接地气、不造作，能触动读书人内心深处的痛点，发人深省。"好日子之下，爱书和读书人却日渐减少了。随之，手机、电脑中的各种信息潮涌般席卷着我们的日常。"此言不虚，现代媒体提供了快捷方便的阅读方式，但是那些碎片化的信息，很难系统地传递完整正确的人生观点、理念，更不会像经典文学作品那样拨动人们的心弦，激发人们的斗志。

我敬畏土地，也敬畏书籍。土地提供物质支持，让我满足口腹之欲，无冻馁之忧虑。它是衣食父母，哺育着我，令我存活在这世界上。同时，要想活得有质量，还需要精神的支撑，书籍就是我的精神食粮，它帮我了解世界，消除疑惧，点燃希望的火花，给我砥砺前行的力量。一本书，甚至一篇文章，都可能给迷惘的人生带来希望的光芒。

《读书记》中，年少的铁流阅读书籍到了如饥似渴、废寝忘食的地步，他毫不隐瞒地回忆了自己偷父亲的钱买书的经历。家庭贫困，几乎是 20 世纪七八十年代农村孩子共同的境地。我也喜欢书，可是我很胆小，家中抽屉里那零散的毛票，是不敢去偷取的，因为母亲要用那钱换取油盐酱醋等生活必需品，若是拿去买了书籍，日子该怎么过啊。没有钱不要紧，我去找爷爷，一毛两毛，爷爷给得很痛快，他知道孙子买小人书，从不会乱花钱。爷爷是新中国成立前的老党员，60 岁后，村党支部每月发给两元钱的补助。相对于工人每月三四十元的工资收入，这点钱虽然不值一提，但也够爷爷买酒喝的了。若要得再多一些，爷爷就会面露难色，我就不好意思张口了。

只要想，办法总是有的。星期天、节假日，我和小伙伴们去山上捉蝎子、挖车前子，这两者都是药材。不同的是前者是有毒性的动物，翻开石头，要小心地用镊子夹到瓶子里，赶快盖上盖子。一不留神就会被它尾巴上的毒钩蜇肿手指，麻麻的，很快就会肿起来，要赶紧用嘴巴吮吸伤口，撸一把蒲公英嚼碎了糊上。要是严重了，那可得送到医院去呢。

后者是草药，用心辨别出来，用铲子挖起来就行了。送到药材收购站，几天的辛劳换来七八角钱，够买两三本小人书的了。就这样，《小英雄雨来》《苦菜花》《岳母刺字》《呼延庆上坟》等纷纷来到我身旁，几年下来，就积攒了满满一盒子。唉，可惜保管不善，现如今全部遗失了。否则真是一笔宝贵的财富啊！

手里有了小人书，如同有了指挥千军万马的虎符令牌一样，村里的小伙伴们潮水般聚拢过来借阅。我指挥若定，今天张三看这本，明天李四看那本，关系好的，可以允许在手里多放两天，多看两遍。一时间，伙伴们掀起了读小人书、购小人书的热潮。课余饭后，大家凑在一起谈论书中的情节，津津有味、神采飞扬。

在我的带动下，越来越多的同学加入到读书的行列中来，有的孩子还在家长的支持下订阅了《小学生时代》《红蕾》《少年文艺》等杂志，其中最有名最好看的，当数大家一致追捧的《儿童文学》了。邮递员高兴地夸赞：西泥牛庄小学的孩子们爱读书，每年的报刊征订，这个小学校的订数最多了！不经意间，我的阅读实现了从小人书到经典文学作品的过渡。

前几天回村里，看到在家务农一位老同学，闲聊中，我说："那年你把我借给你的小人书《三侠五义》弄丢了，还记得不？""咋不记得，你当时哭着非让我赔，我央求我爹去书店买了本新的还你，你才开心了呢。"说着，我们两个人不由得哈哈大笑来。书籍，给我们的童年带来多少故事，多少知识，多少趣味啊。

书籍是智慧的结晶，是知识的化身，也是快乐的源泉。喝酒的人相聚，无酒不欢快；品茶的人在一起，无茶不尽兴；读书人独处的时候，无书不快乐。

读书人的开心，莫过于有书可读了。《读书记》中提到，铁流在部队服役时去机关办事，看到办公室外面堆放着被当成废品处理的旧书，忍不住翻阅起来。女干事见他爱书，就把书都无偿地送给他了。铁流如获至宝、心花怒放，对女干事的慷慨赠书，他感激得无法用语言表达，只能找来小推车，将书籍全部运回自己的宿舍。"见了书就像乞丐见了面包一样"的铁流，靠着这些"面包"度过了一段很长的快乐时光。

20 世纪 80 年代中期，晚上我在农村野外看场院时读书经历，至今历历在目。麦收和秋收的季节，农民会在田地里用碌碡压出平整坚硬的场院，堆放、晾晒自家的粮食。麦子需要晒干，玉米需要剥皮、脱粒，花生需要从藤蔓上摘下来晒干、去皮，这往往要持续好几天的时间。那个年代有麦假和秋假，农村孩子都回家帮父母干活。白天在场院里劳作，晚上要留下一个人在场院边上搭建的棚屋里睡觉，美其名曰"看场院"。

《西游记》《水浒传》《安娜·卡列尼娜》《复活》等大部头，我都是在场院棚子里看完的。将马灯（一种外面带有玻璃罩，能够防风的煤油灯）挂在棚子上边，用水洗去手上的泥巴，擦干净之后才小心翼翼地捧起书，或是坐着，或是趴着，或是躺着，津津有味地读起来。

夜里，池塘里的蛙"咕呱咕呱"地叫，草地里的小虫子"吱吱、啾啾"地鸣，有时候还有布谷鸟"布谷、布谷"地唤。这些声音丝毫不会影响我读书的注意力，相反，它们为静谧的夜增添了几分安详和美好。然而，乌鸦沙哑的"嘎嘎嘎"叫声，就有几分瘆人了，听着心烦意乱，让人很不舒服。这时候，我就会放下书，把头探出棚子大吼两声"滚开"，那声音便也就消失了。

最可怕的是猫头鹰的叫唤，有时候像小孩子哭，有时候像老人笑，深更半夜里无比恐怖。此时，我是无论如何也不敢将头探出去了，赶紧把书一扔，将被子往头上一蒙，蜷缩起来一动也不敢动，静静地等待着这不祥家伙早点儿离开。老人常说，猫头鹰鬼哭狼嚎地叫，意为有人要死去，我这是要完了吗？想到这儿，冷汗从脊背上涔涔地流下来，不一会儿衣衫都湿透，即便如此，也不敢掀开被子，只能躲在被窝里瑟瑟发抖……

同样害怕的是，晚上在草棚里看《白话聊斋》，毛发都惊悚地立起来了，外面稍有风吹草动，就战栗不已。然而，看《水浒传》《钢铁是怎样炼成的》，非但不怕，还会充盈着侠肝义胆的豪情和勇往直前的精神，什么妖魔鬼怪全都抛到脑后去了。

农村里事务繁多，大人们白天要下地干活，孩子回家后要喂猪牛鸡鸭，烧火做饭，有时候还要除牛粪。我到村外割草的时候，是无暇读书的，黄牛要拉犁耕地，肥猪到了年终要卖肉换钱。完不成割草的任务，猪牛可要挨饿了。

但是烧火的时候可以看书。坐在灶台前，将一本书摊在膝盖上，用干净的左手翻动书页，两眼紧紧盯着书本看。时不时停下来，用右手捡起木柴送到灶口里去。看书入迷了，忘记添柴火的时候也有，灶火熄灭，只得另生。有时快要燃尽的柴火一下子掉出来，将衣服裤子烧个大窟窿，甚至烧着眉毛头发。这些都不可怕，大不了挨父母一顿骂。可怕的是不小心将书掉落在炭火上，让人又气又恼，懊悔不已……

年少时候的读书往事，可真值得回味。《读书记》帮我开启了尘封的农村劳作和读书的记忆。这记忆深深地植根于我对土地和书籍的敬畏中，它将伴我终生。

正如铁流隐隐流露出，现代媒体阅读对传统纸质阅读造成的重大冲击的担忧。我对手机和电脑之类的网络阅读也持有抵触的情绪，总觉着散发着油墨芳香的书籍报刊才是真正的精神食粮。正如我固执地认为，土地上劳作的农民、工厂里生产的工人才是真正的劳动者、创造者一样。

也许是我已经落伍了吧，但是我坚定地相信，"保护土地，人人有责""劳动最光荣""书籍是人类进步的阶梯"绝非空洞的口号，而是人类文明得以延续的基础。

感谢铁流和《读书记》，谨以此文向土地和书籍致敬，向劳动人民致敬！

（本文发表于 2023 年第一期《回族文学》）

《家园》，一幅波澜壮阔的故乡画卷

2020 年 4 月，宫泉激老师的大作《家园》出版了。全书共计收录了作者从 1998 年到 2019 年创作的 68 篇文章，这些文章体裁多样，有文学气息浓郁的散文、叙事宏大的报告文学、挥洒自如的杂文和思维缜密的学术论文。它们或发表于《人民日报》《时代文学》等报刊，或是宫老师为作家、诗人、艺术家著作所写的序言，或蛰伏、尘封于宫老师的优盘文档里。而今，作者将其汇集成册以飨读者，精美的文字如璀璨的珠玑，登时散发出熠熠光辉。作为才疏学浅的晚生，一名痴迷于文学的爱好者，我有幸在《家园》出版之初就得到前辈的赠书，欣喜万分的同时又倍感荣幸。

宫泉激老师是农民出身的诗人、公务员、文学家、教授，他在田间地头推过小车，干过企业的通讯报道员，起草过县政府的公文报告，担任过主政一方的局长，讲授过大学课程——《秘书学》，参与过中央领导同志的课题研究。他的诗词歌赋堪称一绝，深受群众喜爱，镌刻于各地的风景名胜区内。他的文风质朴、语言精练，鲜有花态柳情、风花雪月的吟咏之词，多为务求实证、掷地有声的铿铸力作。

翻开《家园》，深重的家国情怀动人心弦，浓郁的乡土气息扑面而来。作者家乡——莱西的历史画卷徐徐展开……莱西的人，莱西的事，莱西的山水，莱西的风土人情，在书中呈现出奇异绚丽的色彩。无论是革命烈士李佐民、已故画家崔子范，还是文学泰斗峻青，在作者的笔下，都给人一种提携后进、正气长存、彪炳千秋的英雄气概。莱西籍的著名人物，作者更是给予了浓墨重彩的描写，深情仰视着他们的成长历程，回顾了与之交往的点点滴滴，用生动的事例证明了"革命红地薪火长，莱西沃土育栋梁"。在作者笔下，无论是贤惠妻子做的黏糊糊的酱豆，慈祥母亲做的扯不断的年糕，还是父老乡亲做的富含营养的地瓜饭，抑或是古朴简陋却又不失幽静庄重的老屋，都强烈地渗透出作者对亲人、对家乡发自肺腑的眷念与热爱。

文以载道，为文者承担着书写人生、记载历史的使命。宫老师经常告诫我们：写文章立意要高远，观点要正确，要尽量避免讹误。他在《家园》的后记中写道："在做自己的书的时候就有点儿心惊胆战，生怕留下同样的讹误，所以总如临深履薄，特别谨小慎微，尽最大努力把讹误纠正在付印之前。"他的文章，涉及年代、人、事都一丝一毫不含糊，引用的诗文、警句都会在括号内标明来源和出处，做到了有章可循有据可查，言之灼灼不容置疑。文学前辈这种精益求精的态度着实令人钦佩，值得我们每个人学习！

我曾经数次想求教宫老师，他如此执着、缜密的原因何在？在《家园》中我找到了答案。《记忆，穿越历史的天空》一文中写道："姜春云副委员长经常对我说，你能写东西，要多为家乡做些文化的事情，把莱西一些重要事件搜集整理一下，水沟头的历史应该记载下来，为后人留下点东西，这是一种责任。"是啊，有了这股切嘱托，有了历史责任感、使命感，宫老师的文章便越来越厚重。《我所经历的莱西会议》，作者就从亲历者的视角呈现了"莱西经验"诞生的来龙去脉，让人们充分了解到这一重大历史事件的诞生与影响！

一部《家园》就是一部莱西政治、经济、文化发展历史的缩影。宫老师在看似不经意间将宏大叙事与日常散记融为一体，开创了独特的文风，令人赞叹。他堪称莱西重大事件的记录员、莱西文化传承的播种人、莱西诗词歌赋创作者的领头羊、莱西红色底蕴的发掘者，为我们做出了表率和榜样。

"老骥伏枥，志在千里；烈士暮年，壮心不已。"（曹操《龟虽寿》）在文化和学术的道路上，古稀之年的宫老师正迈着坚定有力的步伐，引领我们向前去……

（本文获得 2020 年莱西市机关党委读书征文二等奖）

半条棉被见证鱼水深情

《半条棉被》一书，是潇湘电影集团有限公司根据孟奇导演的同名电影改编而成。这本书在 2021 年 8 月第 1 次出版发行，仅仅一年的时间，就加印了 5 次，在青少年中掀起一股阅读红色书籍的热潮。

读罢《半条棉被》，澎湃的心潮久久不能平静。此书很好地解答了中国共产党及其领导下的革命军队，关于"我是谁，为了谁，依靠谁"的问题，表明了共产党人守住初心、践行使命、为人民谋福祉的根本奋斗目标。

《半条棉被》用质朴平实的语言、真挚细腻的笔触，塑造出一批个性鲜明、血肉丰满的人物形象。故事围绕着韩玉山与董秀云结婚时的棉被展开。硝烟弥漫、血肉横飞的战场上，团长将身负重伤的战友罗卫国连长送下火线后，又让"小鬼"四娃拿着棉被去野战医院找担架排排长董秀云。四娃半途中救下比自己小一岁的瑶族少年海伢子，二人风餐露宿、历尽艰辛找到董秀云。四娃重返战场，跟随大部队匆匆离开，海伢子则留在医院疗伤。

敌人的飞机炸毁了野战医院，幸存的几个人在怀有身孕的董秀云的带领下追寻大部队的踪迹。路上会合了张冬生、李行知等红军战士，救治并感化了国民党伤兵冯和青父子。红军战士在沙洲村驻留，结识了徐解秀、朱耀武、朱圣儿一家三口。徐解秀把家中仅有的粮食分给红军吃，帮助廖小湘疗伤；董秀云、王秋兰拿出棉被给朱圣儿盖，还治好了他的热病，消除了村民对红军的偏见和敌意。

书中无论是战争场面的描写，还是人物的语言、动作、心理的刻画，都很生动形象，读来让人如临其境，如闻其声。红军爱护百姓，不拿群众一针一线，宁可自己挨饿受冻也不去贸然打扰村民，让人既心疼又敬佩。

读到国民党特务有冒充红军战士偷偷进村放火，烧毁村民的房屋，制造矛盾的时候，我内心的愤慨无可抑制。张冬生、李行知等人迅速将两名纵火犯抓获，澄清了事实，则让我悬着的心放下来，长长地舒了一口气。接到掩护大部队过境命令，董秀云怀着依依不舍的感情，将棉被用剪刀剪开，留下一半给徐解秀和孩子……看到这里，我不由得想起习近平总书记《在纪念红军长征胜利80周年大会上的讲话》中引用徐解秀的话，深情地说："什么是共产党？共产党就是自己有一条被子，也要剪下半条给老百姓的人！"党的初心使命由此可见一斑，鼓舞人心。

红军要去阻击敌人，村民为他们送行时，恶性未改的两名纵火犯借机逃跑。延寿山阻击战虽然惨烈无比，好在援军及时赶到，最终取得胜利，董秀云、罗卫国、廖小湘、海伢子等人活了下来。与此同时，挨户团在纵火犯的指引下，来到沙洲村，打伤了徐解秀……

棉被是一条贯穿全书的线索，将红军和群众的命运紧紧联系在一起，成为见证军民鱼水情深的珍贵物件。在战斗中，王秋兰舞动红色的棉被引开敌人，壮烈牺牲，又让棉被具有了烈士大无畏精神的象征。

《半条棉被》是一曲荡气回肠的颂歌，歌颂的是人间最美的真情。红军战士与沙洲村瑶族群众之间互相帮助、互相依存的鱼水之情，董秀云、韩玉山之间牵肠挂肚的夫妻之情，董秀云、王秋兰、廖小湘同甘共苦的姊妹之情，韩玉山与罗卫国、四娃与海伢子情同手足的兄弟之情，这些都在书中展现得淋漓尽致。

团长韩玉山是一个不可或缺的人物，书中正面描写的地方并不多，只在开头第一段中出现他的战斗事迹，可是我们自始至终都隐隐约约可以看到他的身影。他英勇无畏、身先士卒的英雄气概，以及牵挂妻子、关爱下属的深情厚谊，给读者留下了深刻的印象。同样的人物还有师长陈黎明，廖小湘给他药品治病，他说留给更需要的战友，廖小湘硬塞在他口袋里。可是，直到牺牲，陈师长也没有服用一粒药品，又回到了廖小湘的手中，为治疗朱圣儿的热病发挥了应有的作用。韩玉山、陈黎明两人为了革命的胜利，血洒疆场而无怨无悔，充分体现了红军指战员的高风亮节。

书籍的结尾，让董秀云魂牵梦萦的韩玉山并没有回到她的身边，但是海伢子却在她的引领下成长起来，成为一名红军战士。他将和其他革命者一样，为了人民的幸福继续战斗……

近年来，国家分外重视红色教育和爱国主义教育，2022 年中央发布的《"十四五"文化发展规划》指出，要传承和弘扬中华优秀传统文化和革命文化。潇湘电影集团有限公司听从党的召唤，立足本土资源，打捞红色记忆，发掘英烈故事，从而有了《半条棉被》的电影和图书。

《半条棉被》的主旨思想充分体现了党和国家的教育方针政策，符合青少年教育的主流方向，此书能够让读者了解到共产党领导红军阀革命的艰辛历程，感受到今天幸福生活的来之不易，教育青少年从小树立远大理想和宏伟目标，为建设社会主义新中国做出自己的贡献，这本书堪称献给青少年学生的红色经典力作。

（本文 2023 年 3 月 6 日发表于"光明教育家"App）

故乡，精神家园的最后堤防

——读闫殿才《半尘》有悟

在每个人的心中，都有一条隐匿不宣的堤防，它是我们苍茫人生路上的避风港，给我们安慰，给我们继续前行的力量。长期以来，苦闷的我迷茫、彷徨，把握不准心中的堤防究竟在何方。直到读了诗人闫殿才的《半尘》，才恍然确信，那堤防就是魂牵梦萦的故乡！

在莱西的企业界，闫殿才是个不可忽视的存在，他的健康食品五谷康，早已走出青岛走向全国。正在打造中的西藏种植基地，培育优质粮食作物，显然是为走上国际市场做准备的。而在莱西的文学界，闫殿才算是特殊人才，近两三年来，他犹如一匹横空出世的黑马，他的诗作连续不断地出现在各大报刊，甚至已经先于他的企业产品走出了国门，美国德堡大学主办的双语诗刊《诗殿堂》辟出专栏，刊登了他的一组诗作。莱西作协《半尘》研讨会的召开，在全市引起了强烈的反响和热烈好评，更是充分验证了他诗歌作品的独特魅力。

《半尘》共分为三部分：故乡、他乡和拾遗。

　　诗人笔下的故乡，布满了年代的沧桑。"村后向阳坡的坟头，刚好能够看到老磨坊/安放在这里的祖宗们，每天都在等待开磨的日子/转动的碾砣，像他们伏下的腰。"（《老磨坊》）"所有没逃出小村的，都饿死了/只剩下老槐树，用那丝线仅存的皮/顶着已枯的大半个身子/年年花期，向远方召唤一次。"（《老槐树》）诗人笔下的故乡，镌刻着乡村生活的质朴、鄙俗，还有几分可笑和荒唐，读来令人忍俊不禁。"有女人蹚过河，寻找一夜未归的鸭鹅/看是否把蛋，下到了哪个狐狸家/顺便打听一下，那个死鬼男人，一夜未归的谎话。"（《小村》）"河水有时很负责任，洗不净的王寡妇/被留下，反复证明自己的清白。"（《小河》）

　　沧桑也好，质朴荒唐也罢，终究敌不过那生活过的老屋和生养自己的爹娘。"啊，老屋，泥巴墙/如今我常常一个人站在高冈/向着故乡的方向凝望/惊鸿擦亮天边的云朵/风语里可有紫藤的花香？"（《老屋》）"父亲的眼睛总盯着天气/天气里装着缸中的米/母亲嘟噜着鸡鸭鹅/呼唤着霞光中不着调的孩子。"（《家乡的记忆》）"母亲和父亲，一个在灶间，一个在炕上，拉着家常/煤油灯似跳跃的孩子/在他们之间传递着温存。"（《煤油灯》）这些诗歌，字里行间，飘荡着对美好亲情的怀念，对故乡的留恋。诗句中看似不经意间流露出的淡淡的乡愁，仿佛一根无形的针，穿透纸背，扎进读者的心房，令人们忍不住浑身一颤……是啊，故乡是每个来自于农村游子的夙愿；故乡的娘亲，是每个人生过客在梦中反复咕噜的呢喃。

　　如果说三国时候的嵇康隐居山阳县的修竹茂林之中，是为了远离政治的旋涡，独享内心的宁静，那么东晋"不为五斗米折腰"的陶渊明辞官后到老家浔阳柴桑归隐，就不仅仅有对污浊官场的厌恶，更有着深深的思乡情结吧。在我的周边，退休的老党委书记回到老家长久居住，即将卸任的教育局领导修葺老家旧住宅……越来越多的官员、学者回到乡村，越来越多的人在用行动证明：周游世界的船舶，终究要回到母港，漂泊在外的游子永远牵挂着自己的故乡。

因为公司业务需要，闫殿才在西藏开拓了一片种植基地，他便也有了许多去那儿的机会。西藏，我国最后一块没有受到污染的净土，山明水净、天高云淡，皑皑的雪山，绵亘的荒原，举世闻名的布达拉宫和大昭寺，还有那藏传佛教，都在诗人笔下绽放独特的光芒。"明月不用备，白天隐在雪地，晚上透过沙砾／音乐不用备，三江源的上方，风一直很嘹亮。"（《等一个人，去可可西里》）"佛面无情，也无声／念经的喇嘛，腹中藏着永远诵不完的文字／仿佛世间的疾苦，真会在他的吐纳之间／烟消云散。"（《大昭寺》）"斑头雁有时踩着云，有时托着／它能看到珠峰外，也能看到拉萨河／雁阵掠过，欢声如歌。"（《拉萨的云》）

身处异乡，诗人内心的感受是复杂的，既有对家乡的思念，又有对宏伟事业大力拓展的期盼："在异乡，我是这朵泡在杯底／似开未开的蒲公英／在异乡，我是那朵／想飘又飘不回的蒲公英。"（《他乡人》）在"他乡"这一部分的诗中，我们不难读出他对神奇土地的好奇、敬畏和热爱，毕竟那里是他开疆拓土的第二故乡！

"拾遗"写的大都是"琐碎生活的诗意发现"，（于海兵）闫殿才在繁忙的工作之余，在手机上捕捉下稍纵即逝的灵感，将它们化作轻灵飘逸的诗句，读来清新无比。"我听出你在倾一世的绝唱／爱情的书信在天地间铺开／而那片树梢，鲜嫩的，光亮的／便是你的信物／你一刻也不敢停歇。"（《蝉》）"窗外下着雪／火锅的温度比不过聊天／喝一口吃一口的，都很深厚。"（《酒局》）闫殿才的诗，没有华丽的辞藻，没有故作呻吟，他用朴素至极的话语，书写那些许多人熟视无睹的事物，韵味悠长……

闫殿才是知名企业家，运筹帷幄、谈判协商、西装革履、步履匆忙应该是他的日常，毕竟商业帝国需要他去开疆拓土。令人遗憾的是，我们目前几乎看不到他这方面的诗篇：是怕商业的气息玷污了诗性的纯洁，是写诗的时候与残酷的商业竞争彻底隔绝，还是暂时没有找到合适的突破口展示商务的日常？我们不得而知，但是我坚信，有了心灵的提防，有了对故乡的怀念，无论怎样，闫殿才的未来必定扬帆向前、诗意盎然！

"村庄越来越小，老少七代人/喘气的生灵和叫得上名字的花草/不多了/年轻人带着孩子，出去寻了梦/剩下的老人带着没有理想的狗/捋着风和每天升腾的太阳/巡视着空荡的老屋。"（《村庄》）诗人笔下的村庄，真实、落后、无奈、苍凉，她呼唤着越来越多的有识之士重返故乡，来珍惜、呵护这道最后的堤防！

2019. 10

忧伤，人世间夺目的光芒

放在床头案几上的《咏叹》看了不下三遍，我却迟迟不敢拿起笔来发表自己的观点。

精致的诗集中，跃动着诗人王咏对爱情，对故乡，对亲人，对人世间万事万物的慨叹。一咏三叹，格高韵远。用《咏叹》作为诗集的名字再恰当不过了。

每一首诗都算得上短小精悍，其中最长的两首《在一座城市里沿着心事行走》《将一个没有结局的故事安置在诗里》，也不过34行。诗句短，其中蕴含的情感却无比绵长。

读第一遍，感觉诗人无非是在用简洁、轻描淡写的话语诉说衷肠。再读一遍，每个朴素无华的汉字里都有激情在绽放，细细品味，唇齿留香。读第三遍的时候，婉约细腻的忧伤，便像涓涓溪水，止不住渗出、流淌……即便是对爱情的颂扬中，"棉布般柔软的拥抱里，我们都是迟归的故人"，也不难品味到无奈与哀伤。

忧伤，成为贯穿整本诗集的唯一主线。正是在这忧伤中，我们感悟到悲欢离合与阴晴圆缺；感悟到"沧桑不过是，萦绕心头的一缕月影，带着淡淡的凉"（《这一别》）；感悟到"每一粒期待中的成长，都包裹着一颗沸腾的心"（《成长》）。

离开了熟悉的故乡，来到了正走向国际化大都市的中央，陌生的环境，浮躁的名利场，谁能逃离烦恼的追随与纠缠？迷茫与彷徨，引发诗人王咏对爱情，对人生，对故乡的追问与思考，进而诞生了这部值得人们反复品味阅读的《咏叹》。

读《咏叹》的过程中，清代词人纳兰性德的诗句，"谁念西风独自凉？萧萧黄叶闭疏窗，沉思往事立残阳"和"人生若只如初见，何事秋风悲画扇"，时不时出现在脑海中。纳兰是一位经历过荣辱与喜悲的大才子，婉约清丽、哀怨惆怅、深沉伤感是他的词的特点。而今，才女王咏的诗又何尝不是如此？

诗人在自序中安慰自己，"这是一声哀而不伤的叹息"。可是人世间的"哀"和"伤"，又如何能分得开？我想，只要能排解，只要能记载，那忧伤何尝不是人世间一道夺目的光芒！

2019. 10

拂晓迎曙光，阅读伴成长

在我的抽屉里，收藏着一份珍贵的《拂晓报》。这张发行于
1994 年 3 月 6 日的星期刊，承载了我太多的记忆。如今再次翻看，
它就像一缕春风，拂去我过往岁月的尘埃；又像一缕阳光，照亮了
我埋藏在心底的往事。

结缘《拂晓报》，应该感谢我的本家呼元福大爷爷。那时候他已
经离休在家，和我们是邻居。大爷爷新中国成立前参加革命，为胶
东八路军攻打水道日伪据点传递情报，立下汗马功劳。呼元福最崇
拜的抗日英雄就是彭雪枫将军。1945 年大爷爷获悉将军牺牲的消息
之后，无比伤心地痛哭了一场。

1994 年，将近 80 岁的大爷爷，还能够朗声背诵毛泽东主席为彭
将军题写的挽联："为民族、为群众，二十年奋斗出生入死，功垂祖
国；打日本、打汉奸，千百万同胞自由平等，泽被长淮。"他说：
"这是毛主席写过的最长的挽联，听闻彭将军牺牲，当时主席扼腕叹
息、泪如雨下。"

大爷爷喜欢读书看报。也许是爱屋及乌吧，大爷爷对彭雪枫将

军创办的《拂晓报》情有独钟。莱西县委为离休老干部订阅了《半月谈》《大众日报》和《青岛日报》三份报刊，大爷爷给县委打报告，请求将《青岛日报》更换为《拂晓报》，县委设法满足了他的要求。

那时候，我正在读大学。节假日回到村里，喜欢到大爷爷家里看看报纸，陪他聊聊天，听他讲讲革命故事。有一次，他拿起一张报纸，指着上面的照片对我说："孩子你看，像不像你家里的样子？"我接过来细看，只见《拂晓报》的红色报头下方，有张照片名为《各忙各的》：一间堆满了竹箩筐、竹筛子的屋子里，一位父亲正在一丝不苟地编织，旁边的一个小男孩，趴在桌子上认认真真地写作业。

大爷爷说的没错，这个场景太熟悉了，我想起了我家以前的样子。读小学、初中的那些年，我晚上在昏暗的煤油灯下学习，母亲则在旁边用棉槐条子编篮子、筐子，家中成品的篮筐堆得到处都是。为了供我和妹妹读书，母亲白天下地干活，晚上熬夜编篮子补贴家用，原来这些事情大爷爷都知道的。我忍不住问大爷爷："这张报纸可否送给我？"他微笑着拍拍我的肩膀："孩子拿去吧，你母亲不容易，将来好好报答她。"就这样，这份《拂晓报》成了我珍藏至今的心爱之物。

细细品读，这份报纸版面设计精美，文章编排紧凑合理，字迹印刷清晰，作者的文字水平非常高，令人爱不释手。

这期《拂晓报》头版头条是《〈我的父亲邓小平〉被盗版之后》，这篇文章介绍了《我的父亲邓小平》一书由中央文献出版社发行后，改革开放总设计师邓公的先进事迹被广大群众知晓，在社会上引起强烈反响，为作者毛毛（邓蓉）带来巨大声誉。一些不法书商受利益驱使，大批量盗印该书。盗版书印刷质量低劣，错误百出，严重影响了作者和出版社的声誉。北京和各地的警方联合起来，查处不法商贩，收缴盗版书籍和非法所得资金，在社会上起到了很好的警示作用。

这之前，我和大学同学经常到地摊上购买盗版书籍。1993 年 6 月出版的贾平凹小说《废都》定价 12.5 元，盗版书仅需 10 元，我们为省下了一天的生活费而沾沾自喜，感觉得到了很大的便宜。殊不知这种做法无形之中助长了不法书商的嚣张气焰，真是助纣为虐！我将这期《拂晓报》的头版头条文章拿给大学同学看，大家都追悔不已，纷纷表示再也不买盗版书籍了。

1993 年 3 月 1 日，我国实行每天 8 小时工作制，每周工作 44 小时，休息一天半，后来改为大礼拜休两天，小礼拜休一天，即"1 + 2 休息日"。该期《拂晓报》第一版的《走向五天工作制》，敏锐地捕捉到群众关心的热点，颇具前瞻性地报道了今后我国将实行双休日这一重要事情。

《拂晓报》第二版的《莫做败家子》，揭露了社会上一部分人为占公家便宜而虚开发票，挖社会主义墙脚，毫不留情地针砭时弊、抨击丑恶，充分体现了该报的办报宗旨。《曾是武侠发烧友》更是"于我心有戚戚焉"，文中所写的正是我初中阶段所经历过的。《恶魔的买卖》则是刊发于第三版的纪实文学，报道了公安民警为民除害，一举破获皖东特大拐卖人口案，彰显了公安机关为民除害的决心和勇气，读来令人拍手称快。

该期报纸第四版的"报刊集萃"栏目，转发了《安徽省全面部署三级机构改革》，以及《伦理观漏洞，假冒货钻空》这都是百姓关心的焦点和热点问题。这一版还用大量的篇幅刊登了宿州市成人教育的招生简章，充分展现了"20 世纪 90 年代人们越来越崇尚文化知识，很多成年人也注重提升自己的学历层次，争先恐后地报名参加函授学习"的真实社会状况。

摊开 1994 年 3 月 6 日的《拂晓报》，看着泛黄的纸张，我心中感慨万千。呼元福大爷爷慈祥的笑脸，母亲在灯光下劳碌的身影，自己躲在被窝里偷看武侠小说的专注样子……就像一幕幕电影，连绵不断地浮现在脑海中。

《拂晓报》创办于 1938 年 9 月，它一诞生就为抗击日军振臂高呼，为民族的解放摇旗呐喊，让人民群众在水深火热之中看到了胜利的曙光。它历尽艰辛、饱经磨难，曾于 1972 年 6 月停刊，后于 1981 年 2 月复刊。它给和平年代的人们带来了心灵的慰藉和思想的启迪，激励着一代又一代的人们为了幸福美好的明天而奋勇向前。

2023.05.08

顺应时代要求　促进学科融合

信息时代，知识领域飞速拓展，学科之间的界限逐渐模糊，学科知识相互渗透。以人工智能来讲，它涉及信息科学、数学、物理学、化学、医学和心理学等诸多学科。要实现某个领域的突破，必须顺应时代的发展要求，加强各学科之间的渗透与融合。

《跨学科课程如何设计：大单元、大概念和工程设计挑战》一书，是由美国学者海伦·迈耶、阿南特·库克雷蒂等人，带领项目组教师进行探索研究的成果。这本书从大单元、大概念和工程设计的视角，将相关的学科加以整合，以实验操作的科学的方法带领学生探索研究，深入浅出，通俗易懂，可谓既生动又有趣，能让学生受到启发。更重要的是，书中的教学方法还有助于培养学生的科学探索精神。

书中第四章所讲述的《洛丽的故事》，以节约水源为目的，科学地创造出"浴缸币"，每天分配给学生35个"浴缸币"，可以用来购买水。为了压缩开支，学生一方面节约用水，另一方面想办法收集水源。其中一种办法是收集人行道上的积水，设计出"水坑阻碍物——拯救鞋子"挑战项目。学生们积极参与，测试不同材料，制作人行道模型，通过一系列试验，得出有效结论。

书中类似的故事非常多，具有可模拟性与可操作性，对我们的中学生教育有很好的启发意义，值得我们中学教师好好借鉴。

作为一名语文教师，我对学科的融合有着切身的体验与认识。为了培养学生的阅读写作兴趣，我带领学生走出校园，走进图书馆，感受阅读之美，并提出了"悦读生活，书写真情"的读写理念，激发了学生的读书热情。

在带领学生参观研学的过程中，我和学生都深刻感受到：春游远足涉及了动植物学和环保知识，在科技探索馆研学涉及了物理化学相关知识，在博物馆参观涉及了历史学和生物学……参观研学的过程，就是一个将众多的学科知识进行融合的过程。每次活动结束，我都会要求学生写出游记或心得体会，那些能够将学科知识融会贯通的学生，文章往往也写得非常有新意。

通过阅读《跨学科课程如何设计：大单元、大概念和工程设计挑战》一书，更加坚定了我推进文学教育与科学教育相融合的信心。我认为学科融合和跨学科联合教学，将是中小学教育教学的趋向，必将对社会发展产生深远影响。每一个教育工作者都应该参与其中，为学科融合的推进做出自己的贡献！

（本文 2023 年 8 月 1 日发表于"学习强国"平台）

兴百家之姓，诗千人之史

——《诗兴百家》序

　　"上穷碧落下黄泉，两处茫茫皆不见"，白居易记叙了唐明皇和杨玉环缠绵悱恻的爱情故事；"我寄愁心与明月，随君直到夜郎西"，李白传递了对朋友的关怀、思念之情；"人生自古谁无死，留取丹心照汗青"，文天祥表达了宁死不屈的崇高气节……

　　自古以来，诗以其叙事、抒情、明志且讲究韵律平仄的特点，为世人吟诵、传承。其中蕴含的热爱生活、思乡念亲、杀敌报国等诸多情感，能够陶冶青少年学生的情操、净化他们的心灵、提高其文学素养。在现代学校教育中，诗词教学是必不可少的重要内容。

　　国人向来重视家族观念，人的姓氏、名字一旦确定了，会伴随终生。早在商代，甲骨文中就有姓氏的记载，战国时期的《世本》，记载了从皇帝到春秋时期诸侯、士大夫的姓氏、宗族、居邑等。到了宋代开始出现启蒙读物《百家姓》，几经补充完善，流传至今。然而《百家姓》只有姓氏，却无名讳。而今，辽宁盘锦诗人孙江先生，在工作之余，秉承热爱中华传统文化的初心，夜以继日地钻研典章文献。在浩瀚的时代长廊中追寻先人的光辉足迹和神话传说，撷取百家历史，弘扬中华文明，精心撰成《诗兴百家》一书。

"兴百家之姓，诗千人之史"，这是我对诗稿的总体评价。在感慨、赞叹之余，深深地体悟到孙江先生在叙事、抒情、言志之功用外，又赋予诗歌"铭记历史、弘扬国粹"的新责任。中华历史五千年，从三皇五帝开始，勤劳朴实的人民推动历史的车轮滚滚向前，直至今日共产党领导下的华夏盛世。在历史发展的进程中，涌现出许许多多的先进人物，他们像群星般璀璨，在历史的长空中熠熠闪光，推动、造就了独特的中华文化。《诗兴百家》中的诗用词凝练、语言质朴、观点明确，字里行间充满着对诸家名人的敬仰之情。诗下注释，对相关人物的事迹进行简单描述，便于读者理解，起到了很好的补充作用。

《习近平新时代中国特色社会主义思想学习纲要》指出：文化是一个国家、一个民族的灵魂，可以构建民族心理、造就民族性格、形成民族传统、塑造民族精神。诗人孙江先生，以尊重文化、尊重历史的态度，凭借百折不挠的精神，将诸家姓氏之代表人物记录下来，用诗歌的形式传播、颂扬。他的做法，对于引导青少年学生热爱诗词、了解历史人物，对于"坚定文化自信，提升国家文化软实力"，必将起到积极的推动与促进作用。

祝孙江先生诗词创作之树长青！是为序。

2022.04.12

香玉，《聊斋》中象征高洁爱情的牡丹珍品

"问世间，情为何物，直教生死相许。"金朝元好问的诗句，写出了大雁之间传唱千百年的生死爱情。到了清朝，蒲松龄又将爱情拓展到了人和鬼魅、花妖、树怪、狐精之间，谱写了一曲曲感天地泣鬼神的爱情之歌。

蒲松龄的《聊斋志异》中，有关爱情的故事写得最多、最好、最感动人。《聂小倩》《婴宁》《青凤》等名篇可谓脍炙人口，早就被影视艺术家搬上荧屏，在人民群众中广泛传播，深受喜爱。另有《香玉》一文，虽然不如前几篇有名，但是其中蕴含的宏远辽阔的黄老思想和真挚细腻的男女之情，总会令我反复阅读，感动、佩服不已。

《香玉》讲述的是胶州黄生，在崂山太清宫与牡丹花妖香玉、耐冬树精绛雪之间缠绵悱恻的爱情故事。三者之间的情感不是"三角恋情"，而是丈夫、妻子、挚友的关系。黄生以横溢的才华和无尽的思恋，赢得了香玉的芳心，建立起卿卿我我、双宿双飞的美好恋情。然而好景不长，白牡丹"香玉"被贪婪、强横的即墨蓝氏掘走，移

植到自己家中，导致了牡丹枯萎憔悴、消香玉殒。

香玉长离，原来若即若离的绛雪过来陪伴、安慰黄生，与他诗词酬和。黄生思念香玉的同时，也百般呵护、疼爱绛雪，当他得知绛雪有难，及时阻止了道士修造房屋，保全了绛雪，让二人的关系愈加亲密融洽。或许在现代人看来，黄生是一个用情不专的渣男，但是在一夫多妻的封建社会，黄生的多情则是有着怜香惜玉、仰慕佳人的丰富情感的表现。

黄生时常和绛雪一起痛切悼念香玉，二人"临穴挥泪"、抱头痛哭。他们的痴情感动了花神，令香玉的鬼魂幻化成形，与之相见。黄生以香玉传授之法侍弄、培植，白牡丹复生，香玉得以重现人间。"代人做妇"的绛雪则主动退而为友，三人重新建立起相敬如宾、琴瑟和谐的良好关系。十多年后，黄生因病去世，二女一同为他殉节。分分合合之间，彰显了黄生、香玉、绛雪美好、纯洁的感情。读者在垂泪惋惜的同时，又不得不承认这是一种堪称完美的结局。

应该说，蒲松龄将故事的背景设置在崂山太清宫中，将花妖树精作为讴歌赞美的对象，是颇下了一番功夫的。

牡丹雍容华贵、国色天香，被誉为我国的"国花"，自古以来就被人们所推崇，北宋理学家周敦颐在《爱莲说》中提到"世人甚爱牡丹"。而"香玉"则是白牡丹中的极品，其颜色洁白无瑕，其香气馥郁浓重，其花束繁复庞大。它和"凤丹"是牡丹花中仅有的两种花瓣可以制作食品、制成茶叶的品种。耐冬俗称山茶花，树形高大优美，叶片墨绿有光泽，花朵艳丽不俗气。耐冬迎风傲雪，是四季常青之树木。

这两种植物能够在崂山生长，实属不容易。据传说，牡丹花是丘处机在元朝初年到崂山传经布道时候，由曹州（今菏泽曹县）带来的。而耐冬则是张三丰在明初从海外岛屿上移栽到崂山的。二者几经培育，在同一院落生长，绵延存活至今。

蒲松龄到崂山游历，栖居在太清宫内。春天，他看到牡丹开出素白的花朵迎风摇曳，心中无比喜爱，曾经一度有发掘、移栽到家乡淄川的想法，但考虑到鞍马劳顿极易伤其根茎，且易水土不服，故而作罢。到了大雪飘飞的冬天，他又看到耐冬竟然长出了红艳艳的花朵，十分惊奇。几番思虑后，蒲松龄决定赋予两种植物超凡脱俗、高洁遗世的品性，杜撰一个荡气回肠的爱情故事，借此来表达对不受世俗沾染的率真自然、坚贞不屈的美好爱情的向往。于是，在道教名山崂山上，在驰名遐迩的道观太清宫里，人皆喜爱的高贵之花牡丹、不惧风霜的耐冬和来自钟灵毓秀之地胶州的黄生，成就了《聊斋志异》中风格独特、引人入胜的《香玉》一文。

正如郭沫若所说的"写鬼写妖高人一等，刺贪刺虐入骨三分"，我们不得不佩服蒲松龄。他能够借助怪诞奇异的想象，在无情地揭露封建统治的黑暗腐朽、抨击封建礼教对人性的束缚与禁锢的同时，敢于正面歌颂关系复杂却纯洁无瑕的爱情。当然，蒲松龄带给我们的，除了美好的爱情，还有许多隐含的东西。只要细细品读《香玉》，我们就不难发现：作者对大自然的敬重，对花草树木的喜爱，对淡泊宁静、和平安详生活的向往。

无论如何，应该感谢蒲松龄，是他将"香玉"这一素白洁净的牡丹形象刻进了世人的脑海中……

（本文发表于 2024 年第三期《职工天地》杂志）

记录生活，不断开创教育新生活

——读顾明远教授《如梦集》有感

我的书架上，有一本非常珍贵的图书，那就是中国教育学会名誉会长顾明远教授的《如梦集》。2023 年 12 月初，我被《中国教师》杂志社邀请参加"创刊二十周年纪念活动"，见到了仰慕已久的顾教授。参加会议的 20 多人，都很荣幸地得到了顾老的亲笔签名赠书。

将个体独特的人生经历，包括成功的经验、失败的教训，说出来，写下来，发表出来，那就是留给后人可资借鉴的宝贵财富；如果悄无声息地将其埋藏在心里，默默终老，就终会随着老迈的身体化作一缕青烟，消失得无影无踪。

应该感谢顾明远教授，他将自己的人生阅历用文字记载下来，让我们不仅见证了一位卓越教育家的成长过程，了解我国教育发展史上许多鲜为人知的事情，而且汲取到了滋养人生的智慧和积极进取的奋斗精神。

体悟教育大家艰难困顿的早期人生

在"《中国教师》创刊二十周年纪念活动"中，有一个环节是召开"学术期刊高质量发展研讨会"，会议从上午九点半一直到中午十二点半，顾明远教授不但在会上做了见解深刻、论述精辟的发言，而且一直坚持到会议结束。在会间休息的时候，还跟与会人员亲切交流，为大家签名赠书。他精神矍铄、态度和蔼，给人如沐春风的感觉，大家被这位94岁高龄老人的执着和认真所感动。

在《如梦集》中，顾老深情回忆了自己的儿时生活。炮声隆隆的抗日战争年代，他在江阴市金童桥小学读书，日本侵略者经常来"清乡"，老师和学生就躲起来，把带有抗日内容的课本塞到房屋基石下的小洞里，师生们和日本鬼子打起了"游击战"。

再苦再累的生活，压抑不了孩子的童心。踢毽子、跳房子、丢沙包、踩高跷、放风筝，这些当今孩子感到陌生的活动，却是那时孩子们的最爱。顾明远和小伙伴们无忧无虑地捉迷藏、抽陀螺、跳绳，在苦难的岁月里快乐地成长。如何让今天的孩子们重新找到这种平淡无华、轻松自由、返璞归真的生活状态？那个年代里孩子们的许多做法，值得我们教育工作者好好思索一下、借鉴一下。

作者六年的中学时光，是在饱受战火摧残、遍布断壁残垣的南菁中学度过的，那时学校条件非常艰苦，生活上缺吃少穿且不说，就连最基本的实验器材都没有，老师只能在黑板上绘图讲解。即便是这样，学生如饥似渴地学习文化知识，老师全力以赴地"传道、受业、解惑"。顾老清楚地回忆了国文老师李成蹊、几何老师胡静莲、史地老师李庚序、音美老师胡森林等人上课特点，表达了对恩师教育培养的感激之情。

在北师大的几年时光，是顾老成长的重要人生阶段。从1949年

8 月踏入北师大校门，到 1951 年 8 月被派往苏联莫斯科列宁师范学院学习教育学。这期间，顾老不是目不窥园、孜孜不倦地学习和读书，就是编辑《师大青年》黑板报和暑假里到大兴县农村参加劳动。在农村里，吃的是窝窝头和咸菜疙瘩，喝的是玉米面糊糊。不过，艰苦的生活淬炼了他坚韧的品格。

后来到了北师大附中参加工作，住宿条件很简陋。学校里没有暖气，需要自己生煤炉，这对于在南方长大的顾老来说，可不是一件容易的事情，炉火经常熄灭，再生的话，不容易点燃不说，弄得满屋子烟雾缭绕，呛得人不停地咳嗽，以致顾老只能经常在冰冷的屋子里睡觉。

1966 年 5 月 7 日，毛泽东主席发出指示，干部要学军、学工、学农，于是各地纷纷成立"五七干校"。"文革"开始后，顾老跟随单位同事到山西临汾"五七干校"接受劳动锻炼和思想改造，在那里他学会了割麦子，学会了种植葡萄、喂猪养马、挖井清渠。1971年底回北京的时候，本来羸弱的顾老居然能够挑起 100 多斤的重担，回到家里自己还种起了葡萄树，享受到葡萄的甘甜果实。凭着吃苦耐劳精神，顾老在"文革"期间不仅没有消沉，而且得到了很好的锻炼。

顾老成长壮大的经历，验证了他小时候在老家门口铁匠铺看打铁悟出来的道理：把火红的钢铁往冰冷的水里淬火，是为了使钢铁更加坚硬耐用，钢铁尚需如此，人的意志品质也需要在生活中经过反复的磨炼、敲打才能变得坚忍不拔。

管窥螺旋式上升、波浪式前进的教育改革

顾明远教授参与了新中国成立以来大部分的重要的教育活动，是我国教育改革与发展的见证人。读他的《如梦集》，可以管窥我国

教育的发展进程。

1974 年，顾老等人到法国巴黎参加联合国教科文组织第十八届大会，会议上积极支持发展中国家提出的扫盲和普及初等教育的提案，而对发达国家提出来的"终身教育"不甚了解，投了弃权票。1993 年，我国在《中国教育和改革发展纲要》中首次明确建立终身教育体系，而今终身教育早就是全球的教育潮流。顾老在书中毫不留情地剖析了自己当年的浅薄，并对那时简单幼稚地回答澳大利亚代表提问的"中国怎么解决青年失业问题"做了深刻反思。

1976 年之后，国家百废待兴，教育行业面临的问题尤其严峻。顾老勇挑重担，主持了中等师范《教育学》教材的编写，明确了"学生是教育的客体，又是教育的主体"这一教育界长期争论不休的观点，为基础教育的发展指明了方向。顾老敢于创新、勇于实践，1985 年与燕化石油公司联合创办了我国第一所高校与企业合作办学的学校。该校后来还设立了西藏班，成为一所民族融合的特色学校。

20 世纪 80 年代初期，李吉林老师开展情境教学实验遇到瓶颈，遭受到不少的非议，顾明远鼓励李吉林要不怕困难，坚持搞下去。情境教学对教育改革产生巨大的影响，催生了以李吉林为首的一批情境教育理论思想家和实践家。

21 世纪初期，奥数竞赛风靡全国。起因是 1985 年国家教委决定组建奥数班参加国际奥林匹克数学竞赛，并且在第二年一举夺得了 4 枚金牌，为国家争得了荣誉。紧接着，北大、清华等重点大学免试录取国际奥赛获奖的中学生。一时间，掀起了一股奥数热潮，连小学都办起了奥数班，不仅增添了学业负担，而且影响了其他特长的培养与发挥，逐渐显现很多弊端。作为奥数班的"始作俑者"之一，顾老检讨了自己的过失后，在 2007 年的成都教育座谈会上明确提出应该取消奥数班，让教育回到正确发展的轨道。

新中国成立后，我国教育几经改革，取得不少成就，但是由于缺乏科学的实验，导致一些成果呈现碎片化，不成体系。在 1983 年的全国教育科学规划会议上，顾老大声疾呼："应该把教育科学的实验工作放到议事日程上来，采取必要的措施，组织教育工作者进行学制一条龙的实验，进行教学内容、教学方法以及学生身心发展的实验。"在他的号召下，我国的各种教育实验蓬勃发展，改革开放 40 年后，取得了前所未有的丰硕成果。

百年大计，教育为本；教育大计，教师为本。没有教师队伍的稳定与发展，就没有祖国的明天。1985 年春节前夕，顾老联合中国教育工会主席方明等人，给光明日报社写信，呼吁全社会尊重教师，希望地方领导春节期间看望慰问教师，掀起了尊师重教的浪潮。经过全国人大常委会的同意，设立了教师节。从此，辛勤的园丁有了自己的节日。

我国教育好似一列动车，飞驰在社会主义建设的道路上。火车跑得快，要靠车头带，教育家在其中的作用不可小觑。2009 年教育家书院在北师大成立，顾老被聘为院长。在他的带领下，书院秉承中国书院的传统，以读书讲学为主，扩大学员的教育视野，提升文化修养和专业水平，培养有志于终身从教的教育家。十年来，书院为我国教育事业培养出近百位名优校长和教师，成为教师眼中的神圣殿堂。

2023 年 12 月，笔者和来自云南的向其坤老师有幸参观了设在北师大出版集团的教育家成长研究中心，《中国教师》杂志曹魏社长和胡玉敏编辑帮我们拍照，在顾老题写的匾额下留下珍贵影像。

"落红不是无情物，化作春泥更护花。"老一辈教育家的杰出代表顾老，为我国教育事业的发展苦心孤诣、呕心沥血，引领后来者不断开拓创新、砥砺前行。

学习润泽心灵、催人前进的人生品格

《如梦集》不只是难忘旧事的回顾、重要事件的记录，还传播、弘扬了优秀的传统思想和人生智慧。顾老告诉我们教育工作者，要了解学生，尊重学生，关心学生，他在耄耋之年退而不休，经常到各地讲学，传播自己的教育思想。

顾老勤勉善思，笔耕不辍。读书的时候，图书馆是最常去的地方；每每看到精彩的语句，悟到深刻的道理，就会用笔记录下来。我想，顾老肯定有写日记的好习惯，那么多年过去了，遇到的人和经历的事情居然都如此清晰地保留在记忆中。

顾老在书中告诉我们，读鲁迅的文章要和时代联系起来。比如小说集《呐喊》，呐喊什么？就是要在旧时代中呼喊救救中国，救救孩子们。又如初中课文《孔乙己》，有的老师认为孔乙己是弱者，社会没有爱心，民众没有爱心，不同情弱者。这的确没有错，但是仅限于此的话，是远远不够的。为啥呢？孔乙己自己不认为自己是弱者，而是高人一等，他不愿意脱下长衫，不愿意参加劳动，是封建科举制度的残余毒害了他。

顾老一生潜心钻研鲁迅先生的作品，从中汲取到丰厚的文学素养。他为鲁迅后人的著作《伯父的最后岁月》写序言，认真校对《鲁迅故家的败落》，并为之作后记。鲁迅的侄女周蕖是他的妻子，他很珍惜夫妻感情，二人相敬如宾、伉俪情深，一起学习鲁迅的著作，一起整理岳父周建人的文献资料，一起学习前辈公而忘私、崇尚科学、扎根生活、关心群众的优良品格，并将其内化为自己前进的动力。

顾老尊敬师长，珍重友情。陈元晖是顾明远在北师大读书时的老师、《中国近现代教育史》的作者，是一位学识渊博的教育大家。

在 1976 年后的一次会议上，陈元晖老师支持顾老恢复中央教科所，成立中国教育学会的倡议，得到了教育部领导的重视。在党中央的关心支持下，中央教科所得以恢复，中国教育学会也很快成立起来。从《怀念陈元晖先生》一文的字里行间，我们不难发现顾老的感激之情。

陶西平曾任北京市教委主任、联合国教科文组织协会世界联合会副主席，为北京的基础教育发展和中外教育合作交流做出重要贡献。陶西平在担任中国教育学会副会长期间，协助会长顾明远致力于民办学校的创办和研究，取得丰硕成果。两人在工作中建立起深厚的友谊，陶西平去世后，顾老含泪撰文纪念。

老领导董纯才、老同学老战友陶卫、亦师亦友的黄济、老同事毕淑芝、后辈学者朱小蔓……凡是和自己同过窗、共过事的人，顾老都十分珍惜彼此之间的缘分，分别撰文回忆了与他们在一起生活、学习、工作的美好往事，读来令人感佩不已。

2023 年末，《中国教师》杂志社召开"学术期刊高质量发展研讨会"，接到曹巍社长、郭华主编的邀请，94 岁的顾老挤出时间、克服困难，欣然入会。笔者很荣幸地见到了仰慕已久的教育界泰斗顾老，得到签名赠书，并与之合影留念。

《如梦集》是顾老教育人生和教育思想的集萃，几乎每一篇文章都附有相应的资料照片，图文并茂，通俗易懂，是不可多得的宝贵资料。"往事如梦蕴真情，汇集成册励后生。"阅读《如梦集》，使人明白道理，催人奋发向前。谨以此文向顾明远老师致敬！

2024. 02. 24

第二章

挽留生活时光

生活，是创作的源泉；

生活，是教育的试验田。

记录生活点滴，回味难忘的旧日时光，

可以激励我们展望美好的明天。

扎根乡村，服务基层

我的岳父出生于 1949 年，可以说是生于新中国，长在红旗下，走在春风里。

我和妻子在 20 世纪 90 年代中期相识并开始自由恋爱。那时我在偏远的乡村从教，妻子在县城的一所小学教书。我们俩的生活环境和家庭条件相差较大。但是我的岳父岳母从未因此而瞧不起我，相反给了我很多支持和帮助，让我们顺利地步入婚姻的殿堂。

结婚以前，对岳父的印象就是一名普通的中学教师，然而随着接触的深入，我逐渐领略到了岳父的坚韧品格。他从农村民办教师的岗位上，逐步成长为重点学校的骨干教师，再到参政议政的莱西市政协委员。他在工作岗位上无比严谨，动手能力很强。岳母告诉我们，岳父在干民办教师的时候，在离家较远的乡村中学工作，平时吃住都在学校。每周末回家，往往是一边干农活，一边搜集有关材料制作简易教具，周一带回学校给学生使用。那时候农村中学设施很简陋，岳父用自制教具进行授课，形象而直观，学生非常喜欢上他的课，所以岳父的教学成绩特别突出，年年被评为学校的先进个人。

2009 年，岳父从教学岗位上退下来。但他退而不休，跟岳母在照顾两个孙女的同时，将老家的房子里里外外整修一新。他没有找瓦工干，自己动手抹了内墙，拆换了门窗，硬化了院子，为家门口的路面铺上了面包砖。他常说："自己能干的事情，一定要自己做，只有这样才能体会到劳动的快乐。"富含哲理的朴素语言，引发我和妻子长久的思索。

岳父刚正不阿、质朴善良，深受人们的好评。在他家里，我经常遇到他以前教过的学生去看望他，偶尔也有关系不错的老同事去找他聊天。岳父的学生中有普普通通的工人，有事业辉煌的公司负责人，还有术业有专攻的专家……他们都很尊重他，对老人家毕恭毕敬，非常礼貌，这让我敬佩不已。岳父以前的学生告诉我："仇老师在教学中尊重每一位同学，平等对待每一位同学，对物理差的学生尤其关注。读书时我物理不好，仇老师经常拿出课余时间给我讲解，我能够有今天，得感谢仇老师！"

岳父作为一名经验丰富的老教师，在教育教学方面给予我很多指导和帮助。他建议我，在教学实践中要敢于创新，有自己独到的见解，要"立德、立人、立言"，立德是立人的根本，也是当教师的第一要务，而要脱离教书匠的层次，一定要立言，即要著书立说，形成系统的理论观点。受岳父的影响，我在教学中严格要求学生，悉心研究学问，先后有几十篇教学论文在《中学语文》《语文教学与研究》《新教师》《文学教育》等杂志发表，被中国青少年研究会吸收为会员。

"对工作要精益求精，对他人要满怀热忱。"岳父告诫我。在职时，岳父是物理教学的行家里手，是教书育人的楷模。他被选拔为莱西市政协委员以后，积极参政议政，作为教育界的代表，他提出了许多改善办学条件、关注弱势学生的提案，好几次被评为优秀政协委员。看到老人家兢兢业业，我内心受到了很大触动，下定决心在自己的岗位上干出一番成绩。受岳父的影响，我的教学业绩和教学水平逐渐提高。后来，我出了一次车祸，右脚脚踝骨折，为了不耽误上课，我不到出院时间就一瘸一拐地返回学校，学生感动得热泪盈眶，同事纷纷赞扬……而这都是受到了岳父的影响。

"能多干事就多干，能力是在实干中培养起来的""自己的事情自己干，尽量不给别人添麻烦""扎根乡村，服务基层，让农村的孩子们接受更好的教育"……这是岳父经常对我说的话。我有好几次调动到县城工作的机会，但是想到岳父的教诲，我毅然决然地留在了乡镇学校，老实做人、勤奋工作，后来我被遴选为"莱西市农村特级教师"。

岳父用朴素的话语和崇高的人格，影响着我、改变着我。

（本文 2021 年 3 月 18 日发表于"学习强国"平台）

两部电影照亮我的人生道路

我从小就是一个电影迷，打记事以来，看过的电影有成百上千部，但对我的思想产生重大影响的没有几部，其中两部留下深刻印象。

这两部电影均由四川省电影家协会的艺术家执导拍摄，均由峨眉电影制片厂加工制作。说到这里，资深影迷可能已经猜到了电影的名字了。不错，它们就是荣获过金鸡奖、百花奖和政府奖三项大奖，在国内外产生过重大影响的电影《红衣少女》和《焦裕禄》。

破土而出的新芽

拍摄于 1984 年的《红衣少女》，导演是陆小雅。16 岁的高中女生安然性格开朗、善良大方，成绩优秀的她奉行"为人要诚实正直，要坚持正义"的原则，受到了许多同学的拥护与尊敬。但是生活现实却一次次让她受到挫折，成为老师眼中的另类。

安然能够在课堂上公开指出语文老师教学中的错误，本来是一件值得肯定的好事，却被老师厌恶和批评。她想让摆弄字典的班长祝文娟查阅一下印证老师的错误，祝文娟却急忙藏起了字典，说自己没有字典。老师的霸道、班长的虚伪，让安然既生气又烦恼，开始担心自己被老师记恨而评不上三好学生。

看《红衣少女》的时候，我是一名初中生，对于电影中揭示的问题，有着切身的体验，安然的正义表现令我欢欣鼓舞。我也对班主任偏心对待同学而愤愤不平，也曾为自己的仗义执言而忧心忡忡。安然人物形象一诞生，放射出万丈光芒，在我的心中产生强烈的共鸣。

安然的心事被当编辑的姐姐知晓后，姐姐关心妹妹，为她解忧，悄悄给老师送去内部电影票，并且违心地将老师一首拙劣的诗歌刊登在杂志上，老师让安然顺利评上三好学生。

电影《红衣少女》对社会上的不正之风进行了揭露与抨击，对安然这一正面形象进行了赞美与歌颂，堪称 20 世纪 80 年破土而出的一株新芽，顶着世俗的压力和时代的禁忌，茁壮成长起来，给世人树立起反思与探索的精神标杆。当时人们的穿着以灰黑蓝色调为主，安然穿着姐姐送她的红色上衣，鲜明耀眼，成为一个特立独行、敢于抗争的典型代表。

电影改编自作家铁凝的小说《没有纽扣的红衬衫》，导演陆小雅将原作的精髓通过红衣少女安然淋漓尽致地展现出来，给千千万万的青少年以精神的安慰和鼓励。

鞠躬尽瘁的楷模

如果说《红衣少女》激励人们坚持正义、勇于斗争，那么《焦裕禄》则树立了一个鞠躬尽瘁、死而后已的优秀共产党员的形象，解答了党的领导干部应该怎样为人民服务的问题。

1990 年，由王冀邢执导，李雪健担纲主演的《焦裕禄》横空出世，在社会上引起了强烈反响。"裕禄一出万巷空，电影院内放悲声。"这是我第三次进电影院看了《焦裕禄》之后写下的一句诗。33 年后的今天，在网上重看《焦裕禄》，我依然泪流满面。

电影《焦裕禄》采用倒叙的手法，开头出现的场景是兰考百姓排着长长的队伍，挥泪送葬他们的好干部焦裕禄，一股悲壮苍凉的气氛攫取了观众的内心。

焦裕禄一到兰考，就被一群衣衫褴褛的孩子围住了，他把包袱里的干粮全都分给了孩子们，孩子们将他带到了兰考县委。县委里像开了锅，干部们正因为王书记调回开封而议论纷纷，围住了组织部部长，要求调离兰考。焦裕禄就在这关键时刻来到了干部们的面前，成为"军心不稳"的兰考县委的一颗定心丸。

焦裕禄天不亮就带着工作人员下乡，路上遇到偷拿集体粮食给孩子吃的村民被殴打，他斥责那些打人的村干部；在县委工作会议上，焦裕禄不顾及老吴县长的面子，领着干部们冒着风雪到兰考火车站去看望背井离乡的群众；焦裕禄拿着老百姓吃的菜团子，毫不留情地批评县委干部们享受副食品的特殊优待，批评县领导不该无视群众需求，让救灾物资堆积在车站，等上级领导来视察时才发放。

电影里有一段老吴县长和焦裕禄精彩的对话，令观众振聋发聩。老吴县长说："党满意，群众也满意，这才是衡量工作的标准。"焦裕禄则说："我认为这两者是一回事，党的宗旨就是为人民服务，群众满意的事，党会不满意？反过来说吧，群众不满意的事情，党会满意吗？"

焦裕禄关心群众，在漆黑的夜里，他冒着大雨带领工作人员跟村民一道疏浚河道，抗洪排涝。老场长的去世，让焦裕禄深受震动：基层干部是党的宝贵财富，可他们吃不饱饭，身体素质变得很差，如何能够为人民服务。为了防止老场长的悲剧再次发生，为了让基层干部们吃饱肚子，他不怕担责，果断下令到外地购买高价粮，为干部们补贴粮食，而以自己为首的县委主要干部不享受这项补贴。焦裕禄用自己的实际行动，践行了共产党人为人民服务、为百姓解忧的初心使命，成为一个时代的楷模。

《焦裕禄》的原作是 1966 年 2 月 7 日《人民日报》头版头条刊发的新华社记者穆青、冯健、周原采写的长篇通讯《县委书记的榜样——焦裕禄》。

1990 年导演王冀邢、编剧方义华、主演李雪健等人对原作进行了反复阅读和精心揣摩，在新华社副社长穆青和峨眉电影制片厂厂长吴宝文的支持下，改编、拍摄出让全国人民为之感动落泪的电影《焦裕禄》。

诞生文艺精品的沃土

这两部电影的成功绝非偶然，反映了改革开放以来，四川省文学艺术界的繁荣与昌盛。四川文联成立后，在沙汀、马识途、李致等老一辈文艺家的领导下，各项工作开展得有声有色、红红火火。正是四川文艺界这片沃土，滋生了名垂电影史的不朽作品《红衣少女》和《焦裕禄》。

20 世纪 80 年代中期，看了《红衣少女》后，我对安然的主演邹倚天产生了浓厚的兴趣。这位 1970 年出生、大我两岁的女孩，成为我的偶像。我敬佩她的勇敢和善良，立志要做她那样的人。我多方搜集与安然（邹倚天）有关的海报资料和宣传册页，积累了厚厚的一本，可惜大都遗失了。唯有 1985 年第五期的《大众电影》我珍藏至今，这份杂志的封面人物就是饰演安然的邹倚天，她穿着红色的上衣，躲在一棵树后微笑着，仿佛在和读者打招呼。

我记得自己当时还写了一篇关于《红衣少女》的观后感，向《大众电影》和《四川电影界》投稿，可惜身为中学生的我，水平有限，投稿的结局自然是泥牛入海，杳无消息了。

20 世纪 90 年代初期，看电影《焦裕禄》时的悲痛难过，以及看过之后的激动与欣喜，同样令我终生难忘。难过的是党的好干部焦裕禄为了人民群众呕心沥血而英年早逝；激动的是没想到这部电影和《红衣少女》一样，出自峨眉电影制片厂，该厂的实力令人赞叹；欣喜的是《焦裕禄》这部电影如同浪潮一般席卷全国，人们纷纷走进电影院，观看、学习焦裕禄的动人事迹。

在那物资匮乏年代，电影票大约是三角钱一张，电影《焦裕禄》却创下了 1.3 亿的票房收入，感动、影响了十亿的中国人民。

好的作品来源于优秀的人才，正如四川文联原党组书记、副主席李焕民所说的"出作品、出人才是四川文联的中心工作"。一直以来，四川文联秉承"发现人才、培养人才"的宗旨，组织文艺家深入生活、深入群众，开展丰富多彩的文艺活动来繁荣文学艺术事业，满足群众需求，壮大队伍和力量。

峨眉电影制片厂厂长吴宝文被选为四川电影家协会主席、四川文联副主席，导演陆小雅、王冀邢被选为四川电影家协会副主席。著名演员潘虹多次获得金鸡奖最佳女演员，在 1988 年又获得大马士革国际电影节最佳女演员奖和意大利陶尔米纳电影节优秀演员奖。演员贺小苏、孙敏，编剧丁隆炎也都成绩不俗，令业界人士刮目相看。

2023 年 7 月，四川文联主席陈智林在香港演出时说："为人善，知感恩，勤奋踏实追求人生。"我想，这也许就是四川文艺人内心最真实的写照吧。

《红衣少女》和《焦裕禄》两部电影给了我很大的影响，照亮了我的人生道路。衷心感谢四川电影家协会和峨眉电影制片厂，期待着四川的文艺家们推出更多的无愧于时代的文艺精品！

2023. 07. 10

那年，我骑着自行车去高考

1992 年的夏天，我参加高考。

学校在考试前两天放假，让考生在家自修的同时，也好准备一下考试用品。考点设在县城的莱西一中，我们需要自行前往。

班主任强调：学生要在高考前一天的下午，带着铺盖到达考点，那里已经为大家准备好住宿的地方，大家早早安顿下来，去熟悉一下考场。

我家住在偏远的乡村，离县城有 60 里的路程。如何去高考，是一个值得好好考虑的问题。坐公交车吧，没有直达的车辆；骑自行车去吧，路程有点远，不知道家里那辆破旧的"国防牌"自行车能否经受得住鞍马劳顿。

父亲的同学刘叔是村里的能人，他有一辆幸福 125 号摩托车。母亲和父亲商量："何不去找找刘叔，请他骑摩托车将孩子送到考点去？"父亲叹口气说："老刘开选矿厂，平时业务忙，还是不要给人家添麻烦了吧。"

母亲征求我的意见。我说："爸妈，我已经是成年人了，自己的事情自己做，骑自行车去就行啦，同学们大都是这样，你们放心好了。"父亲将自行车的链条润上了机油，把轮胎气也打得足足的。我捆上简单的铺盖，拿着当天晚上的干粮，在父母的叮咛声和嘱咐声中骑上自行车，向着县城的考点进发了。这辆除了铃铛不响，其他地方吱呀作响的老"国防"，仿佛焕发了青春与活力，无比流畅地奔驰在宽阔的马路上。

我一边轻松愉悦地骑着自行车，一边回忆起初中时的班主任刘桂英老师讲过的考学事情。刘老师 17 岁去莱阳师范参加入学考试，独自一人背着行李和干粮，早晨天麻麻亮就出发，不辞劳苦跋山涉水，饿了啃几口干粮，渴了掬几捧山泉水喝，傍晚才到达学校。她走得两腿僵直，酸痛不已，脚掌也磨起血泡。第二天，硬是咬着牙参加了考试，考完试的次日，又徒步回家。

刘老师语重心长地告诉我们：同学们，一定要努力啊，金榜题名的幸福会洗刷一切的艰辛痛苦。多少年以后，你们再回味，那辛苦又将成为记忆中的幸福。

刘老师教我的时候四十六七岁年纪，她在 1960 年报考莱阳师范。在那物资贫乏的年代，一个矮个子女生，踽踽独行在赶考的路上，将近 80 里路程走了整整一天，那是何等的勇气与魄力！现在我能骑着自行车去高考，简直是天大的幸福！

念及此，我浑身有了使不完的劲儿，自行车像脱缰的野马飞驰在马路上。"咔嚓……哗啦……"年久老化的链条，承受不住我强大的蹬力，上坡的时候突然断裂了。在产芝水库附近的公路上，我的自行车抛锚了。

路程才刚刚过半，附近又没有修车铺，这可咋办呢？猛烈蹬车没有累出汗水，此刻却急得满头大汗，我深深地体会到"欲速则不达"的含意了。一位好心的过路大婶对我说："小伙子，前面坡上有个村庄，去村里找人修吧。"

村里没有修车铺，但是有热心且手巧的陌生大叔，他找来了工具和一节废旧的自行车链条，三下五除二就帮我接好了。给他钱，他分文不收，临分手还鼓励我："好好考试，为农村的孩子争光！"当我小心翼翼地骑着车子，披着落日的余晖赶到考点时，悬着的心终于放下了。

那年高考，我没能为农村的孩子争光，考上一所名校，但是却走上了我喜欢的道路——教书育人。

骑着自行车参加高考，成为我们那一代学子别样的人生记忆。

2023. 10

奏响《莱西经验之歌》

叙事长诗《莱西经验之歌》，是由"莱西会议"亲历者宫泉激先生创作完成的新作，堪称记录"莱西会议"来龙去脉和"莱西经验"前世今生的时代史诗。

任何一种经验的产生，都离不开探索和实践；每一次重要会议的召开，都体现了党和国家的意志。诞生于 20 世纪 80 年代末的"莱西经验"，在中国共产党的历史尤其是改革开放史上留下了浓墨重彩的一笔，成为基层党组织"拼搏进取、勇于创新"的时代符号。

2022 年 7 月，在莱西市委党校举行了"诗人眼中的'莱西经验'采风活动"启动仪式。作为莱西文艺界的一分子，我有幸全程参加了这次活动，跟宫泉激、谢颐城、李林芳、刘成爱等文学大家一起，赴牛溪埠、后庄扶等"莱西经验"的发源地参观走访，看莱西大地发生的巨大变化；去产芝村实地考察，领略省级美丽乡村的风采。活动中，我跟宫泉激等人学到了许多知识。

宫泉激老先生是"莱西会议"的亲历者。20 世纪 80 年代，他在莱西县政府担任办公室副主任，分管县政府的文字材料工作。

1990 年 8 月，中央组织部、中央政策研究室、民政部、共青团中央、全国妇联等五部委联合在莱西召开了"全国村级组织建设工作座谈会"（史称"莱西会议"），宫泉激和县政府办公室的所有文秘人员直接参与了会议秘书组的相关工作。

这次会议总结推出了著名的"莱西经验"，为全国农村党组织的建设提供了典范。为记录历史，实事求是地反映"莱西经验"的形成和"莱西会议"的召开及莱西经验的深化拓展，莱西市委、市政府和青岛市文联等单位举行了这次采风活动。

诗人们不负众望，纷纷拿起笔来，热情讴歌这次会议及其推出的重要经验，涌现出一大批优秀诗作（后出版了《永探新路——诗人眼中的"莱西经验"作品集》）。这些作品大都聚焦于"莱西经验"的意义及其对农村党组织建设的引领作用，还有新世纪莱西经济的发展与腾飞。而对"莱西经验"产生的人文历史地情发掘不够，对时代背景彰显得不突出。

一次座谈会后，宫老不无感慨地对我说："长波，你们这些人对'莱西经验'认识、理解未必到位。它是改革开放后，莱西人民在党的领导下探索出来的巨大成果，其'三配套'的做法，在党的历史上闪耀着永不磨灭的光辉，只可惜，我们对这段历史的回顾总结得还不够。"

他叹息一声，接着说："会议资料虽说保存完善，但是亲历者、见证者的回忆文章太少了，以诗歌的形式来记录的人更是少之又少，故而这次诗歌采风活动，有着重要的现实意义。"我说："您莱西的文学泰斗，又是咱们诗词学会的会长，更是重要的参与者，何不动手写一部长诗，从文学的角度让人们了解、铭记，并以之作为对'莱西会议'的回忆与纪念，对'莱西经验'的讴歌与赞美？"

"说得好，我早有此意！"宫老听了非常高兴，"说干就干不能迟缓，只是这是一个浩大的工程，个人的力量有限，压力不小啊。"我建议道："咱们学会里人才济济，可以把一定能力水平且感兴趣的人召集起来，一起参与这件事情。"

在宫老的召唤下，诗词学会骨干成员组成了创作小组，叙事长诗的名字被宫老确定为《莱西经验之歌》。创作小组得到了莱西市党史研究中心的大力支持。

第一次研讨会，大家确定了写作提纲，明确了各自的创作内容和完成时间。第二次研讨会将大家的稿件汇总起来，就创作内容、风格进行讨论。这次会议上，发家发现自己的作品风格与宫老的均具有不同程度的差别，汇集在一起衔接并不流畅。

会后，宫老抽时间跟大家分别交流，不厌其烦地指导我们修改。怎奈思路、阅历、格局等诸多因素的限制，总是不尽如人意。有人提建议："与其让宫老浪费时间帮大家改，不如他自己辛苦一下，独立创作完成。这样无论是内容的衔接上，还是风格的一致性上，就都没有问题了。"此言一出，大家纷纷赞成。

重担统统压到了宫老一个人的身上。这位年逾七旬的老人，全身心地投入《莱西经验之歌》的创作。这是继《堪萨斯小镇的圣诞》《掬一捧清风明月回故乡》《家园》《初心千里》之后，他要攀登的又一座文学高峰。与以往著作不同的是，前几部为散文体裁，这一部却是忠实记录历史、倾心展望未来的叙事长诗。

好几回到宫老的办公室去，我都见到他埋头于电脑桌前，致力于诗稿的创作与修改。有一次我忍不住提醒他，长久地盯着屏幕对眼睛不好，要注意多休息。他则说："时间紧迫，要争取在 2023 年春节前定稿，来年付梓出版。长波你来得正好，帮我看看稿子。"说罢，将厚厚的一摞打印稿塞到我的手中，转身又到电脑前忙自己的去了。

除了撰稿，宫老要联系出版社，要与市委组织部和党史研究中心沟通有关事宜。虽说市里非常重视长诗的创作，但市财政资金紧张，从完稿到印刷还有一段很长的路要走。这些都需要宫老亲自协调，别人无法分担。一位退休多年的老人，本该颐养天年，却选择勤勤勉勉为社会做一些有意义的重要事情，不能不令人敬佩。

宫老不止一次地对我说："要赶时间啊，有生之年我还有许多事情需要去做。这不，市里领导请我为新改造的月湖公园规划十二景观，名字是有了，可是诗句还要配上才行啊。长诗也要尽快定稿……"

我不敢打扰他过多时间，连忙捧着诗歌打印稿回家阅读。纵览《莱西经验之歌》，长诗分为"序曲、历史的基调、大地的旋律、时代的强音、新路的交响、欢庆二十大的合唱、尾声"七大部分，另外还加了"附录"。从孔孟之乡到莱子古国，从革命先贤李伯颜到改革先锋周明金，从人民公社到大包干、改革开放，从李家疃到后庄扶，从基层党组织涣散到农村党支部凝心聚力谋发展……

《莱西经验之歌》既贯通古今，又重点突出。视野胸襟广阔，笔风质朴雄健，语言流畅顺达，史料翔实准确，见解精辟深刻，全面客观地记录了莱西大地上的英雄壮举，歌颂了莱西人民无私无畏、敢于创新的拼搏精神，读来令人振奋、催人奋进。

宫老叫我审阅的诗稿，改动最多的地方是他对章节题目的修改、变动，后面用括号标注了字号，足见他的用心。附录中，宫老收入了2019年1月创作的《莱西会议赋》和诗稿完成之际写就的《我在"莱西经验"形成和"莱西会议"召开期间的工作经历》，末尾列入创作时参考的有关文献，条目清楚，层次结构分明。

长诗的征求意见稿在我手里有一段时间了，我放在床头枕畔，晚上睡觉前反复阅读。每一次品读，总会有不一样的收获，我把自己的感悟体会记录在诗稿的空白处，算是用粗浅的文字向诗稿的作者致以崇高的敬礼。

　　天气逐渐转冷，癸卯年的冬天快要来到了，但是阅读长诗后，我心中燃起的火焰却越发炽热。

　　而今，《莱西经验之歌》已经出版发行，它传递的精神的力量必将持久而绵长！

2023.12.20

现代乡村，美丽宜居新家园

近些年来，莱西市的农村和全国千千万万的农村一样，发生了翻天覆地的变化，展示出现代乡村的崭新风貌。

"户户通"工程：方便百姓，惠及万家

原本泥泞不堪的道路，因"村村通""户户通"工程而得以彻底改观。整洁宽敞的水泥路不仅将十里八庄连接在一起，而且遍及村中的每一条街巷，通到每一户村民的家门口。

"刮风天村内不扬尘，下雨天村民两脚不沾泥"，农民多年来梦寐以求的愿望得以实现。

老家的村庄地处丘陵，村内高低不平，房屋建筑很难做到整齐划一，村里几乎没有笔直的街道。为了铺好道路，设计者和施工方不辞劳苦，深入村庄的每个角落，规划、丈量，用石灰粉画出白线，示意路面的宽窄、长短和走向。

在路面规划设计的过程中，村党支部和施工方认真听取村民意见，尊重百姓的利益和需求。有的家门前有栽种多年的树木或菜园，

舍不得砍伐、清除，道路就设计得窄一些，为树木、蔬菜留出生存空间。有的村民希望水泥路面铺到院墙跟前，实现整体硬化，村里和施工方也在不违背整体设计原则的情况下，也竭力予以满足。

我家门口因为邻居多年前搬迁，场地宽阔且离主街道略远，所以初期没有设计水泥道路，后来向村党支部申请，一条长25米、宽3米水泥路面立即延伸到家门口。

建筑工人顶着烈日，冒着酷暑，挖开泥土路面，整平后用打夯机压实，支设好模板，用混凝土搅拌车将砂浆运来填充。那时，为了不扰民，石子、沙土、水泥的搅拌工作基本上都在村外进行。

有些街巷狭窄，混凝土车进不去，村民们就和建筑工人一起，用手推车运送砂浆。一个个累得满头大汗，却从不叫苦喊累。施工到谁家门口，谁家的妇女就烧好了既解渴又消暑的绿豆水，用水桶盛着放在那儿，并摆上一摞瓷碗，供干活的人喝。

一截路面还有几米就到头了，或者某段路就剩下抹平了，趁着水泥没有凝固，必须把全部基础工作做好，所以"挑灯夜战"是经常有的事情。

街坊们拿出水果点心作为夜宵，这时候饥饿的建筑工人不再客气，一边狼吞虎咽，一边跟村人说："明天凌晨，还要进行抹平、振捣，嗡嗡的振动声音难免要影响你们休息了，多理解啊。"村里人连忙说："没关系的，我们睡得酣，听不见呢。"等到了第二天凌晨，"酣睡"的村里人早早就在门口拉上了电灯，摆上茶水，等着工人们来干活了。

我家门口的水泥路面，工人反复振捣了三四次。看到他们认真的样子，我忍不住问："一条村里的小路，也不走什么大车，有必要费这么多力气、下这多功夫吗？"工人说："村级路面硬化，是国家为了改善农村居住环境，投资建设的系统工程，对于每条路、每条街巷都有质量跟踪检测，必须要达标过关才行。再说了，我们为老百姓施工，总得讲良心，你说是不是呢？"我连连点头："是啊，你说得太对了。"

路铺好了，邻居李婶用脚跺着结实的水泥路面，笑逐颜开地说："十年前，跟着老公在雨天用手扶车往家拉玉米，车轮陷在泥泞的道路中怎么也挣扎不出来，找了很多邻居帮忙，费了好大的劲儿才脱困。现在好了，连通往田间的道路也得到了硬化，运粮食拉化肥，再也不用担心车辆陷进去了。"

李婶说得没错，那时候的农村，谁家没有吃过泥泞道路的苦和累呢？20世纪80年代，姥爷每逢雨天推着手推车去集市上卖自己编的篓子、筐子，总会在手推车前面系上绳子，让姥娘帮忙拉车。老两口在泥泞的道路上深一脚浅一脚地艰难跋涉……

如今，村民再也不用因为道路问题担忧出行困难了。街巷硬化了还不算完，政府又在道路两旁安装了太阳能路灯，在村西的小广场上安装了健身器材。

炎炎夏日，灯下聚集了乘凉的人，老人聚在一起打牌、聊天，年轻人则放着音乐，踏着节拍，跳起了广场舞……欢声笑语传遍了整个村庄。

村民都说："村里路面硬化了，真是方便群众，惠及万家！"

厕所革命：改善农村人居环境

"厕所改造人称好，新农村展新风貌"，这是故乡老百姓赞扬农村"厕所革命"的真心话，卫生、安全、宜居、生态已经成为现代农村的特点。

早年间，农村的厕所是旱厕，与家庭养猪圈连在一起。猪圈大都设置在庭院的东部或者西部，用砖石垒砌矮墙，里面放置猪食槽子，搭建简易的棚子，贴近墙根留出一块长条形空地，便于肥猪活动和排便。其他地方就挖一个深坑。为了保持猪圈干燥、整洁，需要经常往猪圈里面垫点干泥土、碎草屑。猪圈里的粪便和泥土多了，就铲到深坑里去。

在猪圈南边，与深坑相连的就是旱厕。一道墙壁与猪圈隔开，后面就是蹲坑，人的排泄物通过坑洞进入猪圈里的深坑，与肥猪的粪便混合在一起。粪便积攒到一定程度，就需要人到坑中用铁锹将其铲出来，运出去发酵，然后送到田地里肥田。那个年代，家庭猪圈既养育了肥猪，增加了家庭收入，又为庄稼的生长提供了绿肥养料，可谓一举两得。后来，国家实行定点屠宰，家庭养猪也慢慢被规模化的养猪场取代。

旱厕的弊端夏天尤其明显，院子里容易臭气熏天，蛆虫遍地爬，蚊蝇满天飞，既不卫生又不安全，年幼的孩子上厕所一不小心就容易跌到粪坑洞里去，所以淹死孩子的悲剧时有发生。甚至有醉酒的男人晚上到猪圈的深坑边上撒尿，摇晃着坠入坑内，也算不上稀奇事。

而在城市中、楼房内的厕所，多年来一直是用自来水冲刷的。有了水流的冲刷，粪便随即被带走，没有什么臭味，也不容易滋生病菌，卫生条件自然好得多，城市居民的家庭卫生状况和农村家庭相比可谓天壤之别。

二十年前，街坊刘大妈去北京的儿子家照看了一段时间孙子。回到村中后，她一脸神秘地跟老姐妹们嘀咕："大城市里的厕所哪，可比咱们家里的卧房还干净哩，在里面洗澡、洗脚、洗头、洗衣服，甚至摆上桌子吃饭，安上床铺睡觉都行。"大家听了，笑得前仰后合："你刘老太真个能吹牛，再干净不就个茅房吗，还能在里面吃饭睡觉？"

农民的困难，就是党和国家攻坚的重点。2015年，习近平总书记提出要求，将"厕所革命"推广到广大农村地区；2017年，《农村人居环境整治三年行动方案》将"厕所革命"推向一个新的高度；2018 年，中共中央、国务院印发《乡村振兴战略规划（2018—2022）》明确强调：农村"厕所革命"是乡村居住环境改造的重点。一场前所未有的伟大事业，在中国农村正式拉开了帷幕。如今五年时间过去了，农村的居住环境发生了翻天覆地的变化。

二十年后的今天，刘大妈已经不在人世了，但是她那些老姐妹包括我母亲在内，尚有许多人健在，她们亲眼见证了农村肮脏的旱厕变成了干净整洁的水厕。农村的厕所也瓷砖铺地，抽水式马桶，条件优越的家庭甚至装有电加热式坐便器，那叫一个干净卫生、整洁敞亮。此时，大家才深刻感受到刘大妈所言不虚。

国家实行"厕所革命"以来，地方政府大刀阔斧地对农村旱厕实施改造，经济上进行补贴，技术上派出专人指导。整个水厕由坐便器、进粪管、通气管、三格连通的化粪池组成。人的粪便经过厌氧腐化，杀灭蚊蝇虫卵和细菌，待到固化物分解后，以液体的形式进入第二格、第三格，大致经过 30 天的时间，就会成为无害化的优质生态农田肥料。

如今的乡村有一点儿和以前一样，那就是家家户户都喜欢在房前屋后的空地上，在村边的菜园里种植蔬菜，而蔬菜最喜欢的养料就是绿肥。以前家中养猪、养鸡，农民将猪圈鸡舍里的粪便铲出来之后，需要堆在一起，和好稀泥后将其覆盖，进行一段时间的发酵才行。现在经过无害化处理以后，农民从化粪池里汲取有机肥料，直接输送到菜园里、田地里施肥即可，既方便又快捷。

绿肥可比营养元素比较单一的化肥好多了，不仅肥力持久，能更好地促进蔬菜、庄稼的生长，还能避免土壤板结，改善微生物菌群，提高植物抗病虫害的能力。

厕所革命，让农民的生活条件得到了彻底的改善。许多老人满足地看着自家干净的卫生间，发出由衷的感叹："时代在发展，社会在进步，是党领着我们过上了干净、舒心、幸福的生活啊！"

自来水入户：让农民喝上放心饮用水

水是取之不尽、用之不竭的可再生资源。在经济落后的古代，人们绝对不会想到将来某一天会喝不上干净的水。

进入 21 世纪，我老家的人们逐渐发现，自己家里挖的甜水井，水不甜了。不仅如此，水质口感逐渐变差，喝起来，有点苦涩，甚至有些怪味道，在锅里烧完了开水，会出现一圈白色的物质粘在锅底，很难刷干净。

慢慢地，周围村庄得怪病、绝症的人多起来。吃完了草的牛，被主人牵着到村头化工厂旁边的溪流里喝了水，第二天就死去了。人们害怕起来，意识到可能是水出了问题。

老家农村的水源出现问题，引起当地政府的高度重视。一边责令村西边的化工厂停产整顿，一边要求村党支部设法解决村民的饮水问题。时任村支书刘成学身先士卒，带领着村民进设备、挖沟渠、铺管道，历经半年的时间，将水质良好的西山泉水引入村民的家中。后来，市里统一规划自来水网，村民们又喝上了自来水。

其实，水污染现象绝非个例，在许多地区都有出现，工业越发达的农村地区，情况越严重。水污染的原因在哪里？专家学者纷纷探究。

工业废水不经过净化处理，排入沟渠池塘、江河湖海中，尤其不良企业，为了逃避监管，将废水污水采用高压注射的办法，打入地下，造成地下水的严重污染。沿海地区过度开采地下水，导致海水倒灌，淡水变咸无法饮用；农业种植的过程中，也会对水体造成污染，如过度使用化学肥料，大量喷洒农药，增加土壤中的有毒物质，进而污染地下水；农村的生活垃圾处理不当，随意倾倒在河道、沟渠中，也会造成水质的下降。

党的十八大以来，国家进一步重视农村饮用水的问题，安全饮用水工程在祖国大地上全面铺开，输水管道翻山越岭，像血管一样向每一个乡镇、每一个村庄延伸。"民以食为天，食以水为先。"习近平总书记的讲话振聋发聩，"要让农村人口喝上放心水，绝不能把饮水不安全问题带入小康社会！"2022 年底，水利部发布公告：中国农村自来水普及率已经达到了 87%。绝大部分的农村居民喝上了城乡标准完全一样饮用水。

不过总有一部分不法分子，为了金钱不择手段。前两年，老家村里去了几个推销净水器的人员，拿着所谓的"测水仪"，到村民家里免费检测自来水。他们将仪器插入水杯中，一会儿清澈的自来水变得浑浊，继而出现红褐色或者黑色的絮状物漂浮在水中。他们说这自来水有毒素和杂质，不适合饮用。又拿出自己带来的"纯净水"进行检测，颜色几乎没有什么变化……于是，不少人纷纷掏钱安装他们的净水器。

这种事情，其实专家早就在电视、报纸上答疑解惑了：在电离作用下，水中的微量元素、矿物质与骗子仪器上伸入水中的铁棒发生化学反应，故而产生深颜色的漂浮物。骗子的行径在城市被揭穿，竟然跑到偏远乡村坑骗农民，可恶。

在我市，城乡居民的饮用水主要来自域内的三座水库——产芝水库、北墅水库和高格庄水库。自来水公司的老同学告诉我："原水从水库的供水站输送到水厂，再到居民家庭，变成可以饮用的清洁自来水，要经过混凝、沉淀、过滤、消毒等四道工序，每一道工序都有严格的水质检测。所以，居民烧开自来水后直接饮用，不会出现任何卫生安全问题。"

新时代，习近平总书记提出"绿水青山就是金山银山"，指出经济发展必须与生态建设相协调，把碧水蓝天还给百姓，把清洁的饮用水还给百姓，提高人民生活的幸福指数。这些，正在逐步实现……

新乡贤：助力乡村振兴的"清流"

有资料显示："十四五"（2021—2025 年）期间，我国 60 岁人口将超过 3 亿，占总人口比例超过 20%，将进入中度老龄化社会。

近些年来，在广大的农村，青年人通过升学、外出打工等方式，纷纷涌入城市，在那里成家立业，不再是一介农民。留在村中种田的，大都是 50 岁以上的人，所以农村老龄化格外严重。再过十年二十年，农村极有可能出现田地无人耕种的可怕现象。

乡村振兴涵盖的"产业、文化、人才、生态、组织"五大振兴，其中人才的振兴是个突出问题。国家层面注意到这一点，鼓励、支持有知识有文化的青年人回家乡创业，号召退休官员、教师、医生等"新乡贤"返回故乡发挥余热。

老家的邻村有一位姓徐的政府官员，年轻的时候从基层干起，勤勤恳恳，稳打稳扎，一直干到处级领导干部。他退休之后，回到村里，将父母遗留下的四间瓦房进行了修缮，打造成为环境幽雅的乡间小院。徐处长在大城市有住宅，每个月回村里住个十天八天。唯一的女儿在国外定居，每年他还会和夫人一起跟女儿女婿同住一两个月。

徐处长回到村里，经常邀请小时候的伙伴、同学到家里喝茶，偶尔请大家搓一顿。平时在门口种种蔬菜，在家里养养花，村干部有什么棘手的事情，也会去向他请教，都热心予以解答。

他在任时为官清廉，口碑不错，在村里颇受大家尊敬。不过时间久了，偶尔也有一点儿闲话传到他和夫人的耳朵里，"城里的逍遥日子过腻了，到村里来体验生活了""拿着锄头种菜都用手机拍视频，真会作秀呢""待不久的，早晚还得回大城市里住"……

徐处长听了不以为意，依然城市、农村两处跑。不过，这年的秋天，他领着水果商人进村了，到葡萄种植户家中收购葡萄，价格给的还不低，让果农着实高兴起来。临近春节，一家大型企业的老总在他的带领下，到村里来送温暖了，每家每户发了一袋大米、一箱带鱼。村民对他刮目相看，纷纷竖起大拇指。

其实，徐处长给村里做的贡献远远不止这些，小到调解村人的矛盾，大到发动爱心企业为村里安装太阳能路灯，他的故事在乡人口中流传，他成为名副其实的新乡贤。

我们村也有这种人，我的姨夫是一名退休教师，他在世的时候一直住在村里。春节为村民写对联，给过世的老人写"包袱"，给结婚的新人当"礼先生"。尤其难能可贵的是，他和几个老人组织起"西泥秧歌队"，亲自担任"伞头"，领着一群人扭起了大秧歌，丰富了村民的文化生活。

2017年，姨夫的秧歌队扭出了一个新的高度，在乡镇的村居秧歌赛中脱颖而出，代表镇里到莱西人民广场参加了文艺表演，受到了城里人的热烈欢迎，为村里赚足了脸面。

像徐处长和我姨夫这样的新乡贤在莱西的每个村都有，他们有知识、有文化，还有丰富的实践经验，更令人敬佩的是，他们有家国情怀，有对故乡、对人民的一腔热爱。

他们像一股清流，为暮气沉沉的乡村注入了新的生机与活力，帮助自己的家乡成为美丽宜居的新家园。

（2022年12月28日，"学习强国"平台选取第一节，以"户户通惠及万家"为题发表）

牛之娟姗，其乳甘鲜

牛是人类忠实的朋友，性情温顺、勤劳能干、任劳任怨。

从生物学角度来看，牛归类于哺乳纲偶蹄目牛科，大致分为牛属和水牛属。资料记载，公元前 8000 年左右，野牛被驯化成为人类豢养动物，公元前 3600 年至公元前 2000 年，普通家牛由西亚传入中国。

有了牛，人们就可以喝到甘醇鲜美的牛奶，享受到富有营养价值的食物；有了牛，笨重的物体就无须再靠人"手拿肩扛"了，往牛背上一放，牵着牛行进，可将其运送到任何地方。商代王亥发明牛车后，更是大大提高了运输的效率。

甲骨文的"牛"字，是一个简单明了的象形文字，凸显牛的角、耳朵和脸部。我国的第一部诗歌总集《诗经》中说："谁谓尔无牛，九十其犉。"意思是："谁说你没有牛，七尺高的大牛就有九十头。"可见早在西周时期，人们就开始大量饲养牛了。到了春秋战国之际，铁器农具出现，我国进入牛耕时代，生产力迅速发展，牛助推人类从奴隶社会向封建社会进步。

在古代，牛的作用无外乎三种：一是用于农夫耕田和拉车运输货物；二是用于祭祀天地、祖先；三是当作人类的食物。到了现代，牛的第一种作用基本消失了，机械耕种完全代替了人力畜力。祭祀的作用虽然还有，但是也几乎被小的畜禽所取代。而牛的第三种功用如今却被人们发展到一个新的高度，牛的肉类制品且不说，光是牛乳制品就有鲜奶、奶粉、炼乳、酸奶、奶酪、奶片等多种，每一种都极富营养价值，备受大众喜爱。

我听说娟姗牛这种牛，是在去年疫情期间，内容与它产的牛奶有关。

同学为增强父母的身体免疫力，为他们订购新鲜牛乳，每天早上让两位老人喝一杯甘醇的娟姗牛乳。令人欣喜的事情发生了，在疫情解封、"全民皆阳"的那一段时间，同学的父亲竟然没有任何症状，母亲虽然检测为阳性，老人坚持喝牛奶，辅助药物治疗，两三天就转阴了。

当时我不以为然，认为将免疫能力归功于一份牛乳，未免有点言过其实。直到今年春天，一位作家朋友跟我谈起娟姗牛奶，用切身的感受述说它品质如何优良、功效如何显著，这才令我不得不刮目相看。

作家朋友以前经常腿抽筋，到医院检查后，有骨质疏松的现象。医生开了几服补钙的药物后，建议他平时在饮食结构上调整一下，多喝新鲜牛奶，多吃猕猴桃、草莓之类的水果。医生还特地指出，若能买到娟姗牛乳喝，效果会更好。令人称奇的是，喝了半年的娟姗牛乳，朋友再到医院检查，骨质疏松的症状好了，腿抽筋的现象也没有再出现过。

抱着好奇心，我开始了解起娟姗牛的历史。

娟姗牛原产于英国的泽西岛（Jersey，也译作娟姗岛），该岛屿位于英法之间的英吉利海峡的南端，面积大约 120 万平方公里。这里属于温带海洋性气候，夏无酷暑冬无严寒，气温常年保持在 10℃ 左右，水草丰润，非常适合牛科哺乳动物生长。

娟姗牛外形跟普通黄牛相似，个头更小巧，身姿更匀称紧凑，脖颈细长有褶皱，腰背平直光滑，乳房发育饱满。娟姗牛乳的乳脂、乳蛋白含量高达 4%～5.5%，营养价值极高且易于消化吸收。娟姗牛被誉为"牛中贵族""奶牛中的皇后"，其数量不足奶牛总量的 1%，是牛族中的"大熊猫"。英国政府为了保持娟姗牛品种的纯正，曾于 1763 年和 1789 年两次颁布法令，禁止其他奶牛品种引入泽西岛。1846 年，维多利亚女王将娟姗牛乳作为英国王室指定乳品。从此，娟姗牛为世人所瞩目。

目前，世界许多国家饲养娟姗牛，尤其以美国、加拿大、新西兰、澳大利亚等国家饲养数量为多。我国在新中国成立前曾有引入，但是数量极少，品种也不够纯正。2010 年，辽宁省辉山乳业集团率先批量引进一批血统纯正的娟姗牛，进行规模化养殖，并逐渐推出一款娟姗牛乳品——杰茜牧场，让国人享受到高品质牛奶。有资料显示，我国娟姗牛将近三分之一的数量在辉山，甘肃云鑫实业、上海光明乳业也有一定数额的娟姗牛。在山东省，饲养娟姗牛最多的企业是青岛莱西的高氏牧业集团，存栏数量为 2026 头，全国排名第七。

2023 年五一劳动节期间，莱西市文联响应市委、市政府号召，深化作风能力，优化营商环境，组织《莱西文艺》编辑部成员走进高氏牧业集团采风，了解企业发展历程，学习先进企业文化，为讲好莱西故事、传播好莱西声音、树立好莱西形象，采集创作素材。

我有幸参加了这次活动，我们乘坐高氏牧业副总经理李桂荣的玛莎拉蒂汽车，一边听她讲述企业发展壮大的历程，一边奔赴集团下属的生产加工厂和奶牛养殖场。

1994 年，年轻的高培东、高培雪兄弟从雀巢集团学习了奶牛养殖技术之后，借助政策的东风，东挪西借筹资购买了五头荷斯坦奶牛（黑白花奶牛），得到了政府奖补的十亩土地，开始了艰难的创业之路。兄弟两人每天两三点钟起床挤奶、铡草、拌饲料、除牛粪、送奶……一整天忙个不停，几乎得不到片刻休息，累得腰酸背疼，到了深夜给奶牛添加完饲料才能睡下。

那个年代，我市奶牛养殖业刚刚起步，奶牛销售大有可为。兄弟二人筹划从东北齐齐哈尔购买奶牛回莱西销售。在高培雪大哥的帮助下，到富裕县乡下挨家挨户地挑选、收购奶牛。寒冬腊月，大雪纷飞，深达尺许，道路上的积雪被过往的车辆碾压成一层厚厚的冰，如同镜面般光滑。一路上车祸随处可见，有的碰断了护栏，有的两车相撞，有的翻到沟里。他们开着货车，拉着满满一车的奶牛，小心翼翼缓缓前行。破旧的货车密封差，空调不给力，车里的人手脚都冻麻了，好几次差点撞到路边的树木上，好在速度慢，有惊无险。一路上走走停停，时不时给奶牛喂饲料，给它们盖被子驱寒，几天几夜才平安回到莱西。

李总驾车技术娴熟，侃侃而谈之际，丝毫没有放松对交通安全的重视。玛莎拉蒂遇到红绿灯刹车驻停，途经乡村或遇到弯道就收油减速，轻盈灵动稳当妥帖。而一旦视野开阔了，道路笔直了，李总一脚油门下去，雄狮般低吼的声浪和澎湃的动力就会传递过来，令人激动兴奋不已。玛莎拉蒂载着我们飞快地奔赴参观考察地点。

21 世纪初，莱西奶牛养殖业已经颇具规模，雀巢、光明等乳业公司纷纷到莱西收购鲜奶。高培东和弟弟抓住时机，积极联系沟通，购置设备和车辆，争取到鲜奶代理收购的资格。兄弟二人带领工人，天麻麻亮就进村入户从奶农手中收购牛奶，连夜开着冷链运输车将鲜奶运往上海等地。

饲养奶牛让高氏牧业与牛结缘，踏入了奶牛养殖行业领域；贩卖奶牛帮助高氏牧业掘到了创业发展的第一桶金，为企业的发展积累了创业资本和丰富经验；收购鲜奶令高氏牧业认识到企业现代化、规模化生产的优势所在，为大型企业的建立奠定了基础。娟姗牛的引入，则为高氏牧业插上了展翅翱翔的翅膀，成为企业立足青岛、放眼世界的里程碑。

高氏牧业从最初的五头奶牛十亩土地做起，一路艰辛一路坎坷，一路汗水一路收获。从最初的人工挤奶，到推车挤奶，到管道式挤奶、鱼骨式挤奶，再到转盘式半自动采奶，伴随着采奶技术的进步，奶牛养殖的规模逐步扩大。2016 年，高氏牧业斥巨资引入娟姗牛，建立娟姗牛养殖场。为了这些宝贝的健康成长，它们吃的饲料都是从国外进口的，为了保持血统的高贵与纯正，配种所需的精子全部高价从英国购买，冷藏保存，用飞机空运回国。牛宝宝出生后单独设置"公寓"，一牛犊一居室，由工人细心呵护、精心喂养……

高氏牧业就像我们乘坐的玛莎拉蒂，凭借强劲的动力和澎湃的激情，飞驰在企业快速发展的高速路上。不到三十年时间，高氏牧业成为拥有一个乳品生产加工厂、四个荷斯坦奶牛养殖场和一个娟姗牛养殖场的现代化牧业集团。

牛之娟姗，品质高端。优质的奶源保证了乳品的质量，莱西人喜欢喝高氏牛奶，莱西的孩子们喜欢喝娟姗鲜牛奶。企业也以最好的品质和最优惠的价格为孩子们提供服务，许多学校纷纷与高氏建立起联系，为孩子们订购品质优良的鲜牛乳。

纵观高氏牧业的发展，与牛结缘后，企业初生牛犊不怕虎，牛刀小试见成效；因牛创业而气冲斗牛、牛气冲天；以搏牛之虻的宏大志向，脚踏实地，不吹牛拍马，不钻牛角尖，终于成为省内"牛"高马大的牧业集团，其成长壮大着实令人钦佩。

高氏牧业，就像隽秀灵气的娟姗牛，一边欢快地蹦跳着向我们跑来，一边大声高喊："喝吾娟姗牛乳，享汝鲜香口福！"

2023.05.06

讴歌时代，为农民代言

一位农民出身的作家，创作出了曾经引起轰动的电视剧《金凤银凤》《乡里情》，以及与人合作的舞台剧《不飞的孔雀》。他的散文《黄岛这边的海》在《大众日报》发表后，全省各地来黄岛度假旅游的人络绎不绝，于是这里有了举世闻名的"亚洲第一滩"——金沙滩。

这些都是20世纪末期的事情了，而今他的案头依然摆放着毛泽东同志《在延安文艺座谈会上的讲话》一书，这书被他摸褪了色，磨卷了角，毫不起眼，但它却是他创作的航标和指针。这本书告诫文艺工作者进行创作时，必须坚持马克思主义文艺理论和党的文艺路线。他深刻明白文艺是为什么人服务，如何服务的。秉承"文艺从人民群众中来，到人民群众中去"的宗旨，他在文学的田地里不断耕耘，硕果累累。

他退休前是一位官员，历任公社党委秘书、县委组织部干事、宣传部科长、乡党委副书记，后来担任莱西市文化局局长，青岛市黄岛区文化局局长，再到农业部黄渤海区渔政局处长。每到一处任职，他都深入群众，聚焦农民、渔民，并与他们心心相印，有的还结下了不解之缘。

1982 年，在县委宣传部上班的他，听说姜山公社保驾山村的一个农家女孩考上大学却因家里贫穷放弃读书的事情。作为一个农村出身的干部，他在吃惊的同时，深深知道农民的艰辛与不易，这个女孩的家庭一定是遇到什么大困难了。他立马行动起来，跋涉 60 里路，找到了那位女大学生姜福贵，认认真真地管起了这件"分外事"。在他的周旋下，公社和村里为女孩发放了困难补助，帮这位普通农家女顺利上了大学。

为了让更多人从姜福贵的遭遇中感受到党的温暖和社会主义制度的优越，他白天忙工作，晚上搞创作，写出了长篇报告文学《在通往北京的大道上》，该文章刊登在《海鸥》文学杂志上，在青岛市引起强烈的反响。

这位局长作家创作了大量农村题材的文学作品，无论是小说、散文，还是戏剧，他笔下的主人公大都是农村人，尤其是辛苦劳作的农村妇女。有记者问他："您为什么对农民如此关注，如此偏爱塑造农村劳动妇女？"他深情地回答："我生在农村长在农村，对农村、农民和农业最熟悉，我认为，中华民族勤劳智慧、淳朴善良、忍辱负重、疾恶如仇等传统美德，在中国的农村妇女身上体现得最充分、最深刻。"

他出身于莱西县一个普通农家，父母节衣缩食，供他高中毕业，回村担任了小学教师。对土地的眷恋，对生活的热爱和对母亲那样的农村劳动妇女的崇敬，使他对面朝黄土背朝天的农民，尤其是农村妇女有着无比深厚的感情。

逼仄的小屋、昏黄的油灯，烘托着一个农村青年的宏大的文学梦想。《人民文学》《十月》《收获》等全国名刊都收到过他投稿的作品。退稿虽然难免，但是我们不难看出这位农家子弟的眼界与格局是何等的高远、雄心是何等的壮阔！

功夫不负苦心人，1969年的《烟台日报》发表了他的一首诗作，彻底激发起他创作的热情，此后十天时间里，他又接连发表了一篇评论、一篇通讯。他编写的对口剧《喜上加喜》，也在烟台一家文学刊物上发表。该剧歌颂了现实中一位因病锯掉一条腿的农村青年妇女，凭着坚定的生活信心和坚韧不拔的毅力，最终成为一名优秀拖拉机手的感人事迹。剧本发表后，被烟台市群众艺术馆谱成吕剧曲子，在群众中广泛传唱，很多农村姑娘争先恐后想当拖拉机手……这出戏是他描写劳动妇女的发轫之作，对以后的创作产生了深刻的影响。

20世纪60年代末，上级以农民通讯员管理报社的名义，把展露才华的他调到烟台日报社文艺副刊部培训，在德高望重老编辑刘少白等人的亲自传授下，他的写作能力有了很大的提高。

时光如梭，当他成为县委宣传部干部时，已是全县小有名气的才子了。但是他扎根农村生活、肩负社会责任的创作追求更加执着，每年农忙时节，他回到家中帮助父母在田间劳动，还借此跟邻里叔叔大爷谈论农事，了解农民的需求，关注农村的精神文化生活。乡间的百姓评价他的作品接地气，有人气。

他有坚持不懈的品格和一副古道热肠，电视剧《金凤银凤》在中央电视台和全国50多家省市级电视台播出后，拨动了大江南北广大电视观众的心弦。也让他格外关注剧中女大学生原型姜福贵的成长，他对姜福贵的成才轨迹进行跟踪调查之后，写出了长篇通讯《人间自有真情在》。该文章发表在1989年12月31日的《中国青年报》头版头条，被评为年度好新闻。文章发表后，各地大学生纷纷给他写信，感谢他提供了一份教材、一面镜子，树立起一个学习的好榜样。

"当优秀党员，做优秀作家"是他矢志不渝的目标。他自1984年担任莱西县和黄岛区文化局局长以来，一心扑在党的文化事业上，群众文化的繁荣、文化阵地的建设、民族艺术的弘扬……无一不凝聚着他的心血。而他的创作，全部是牺牲业余时间完成的。为此，有人嘲笑他是"三不会"（不会跳舞、不会下象棋、不会打扑克）局长。可正是这"三不会"造就出他有高度、有影响的作品。他担任编剧的《金凤银凤》杀青后，第一次在上海电视台试播，上海全市各大报都给予了宣传，有的还写下了"编者按"。其中上海市委机关报《解放日报》在之前的两次报道后，又以《诉诸笔锋的真情》，为他写了专稿，对其作品给予了充分的肯定和评价。

时隔多年以后，时任中国共产党中央顾问委员会（简称中顾委）委员的原山东省委书记苏毅然，亲自为他题写了"采得百花成蜜后，为谁辛苦为谁甜"的诗句。时任贵州省委书记的赵克志，也在百忙中给他回信说："多年来，你观察生活，体味人生，讴歌时代，多有建树，作品曾被誉为80年代精神文明一枝花。"时任山东省委宣传部文艺处处长聂宏刚在剧评中曾这样写道："《金凤银凤》在挖掘人物心灵的纯美，或者扩而大之说是褒扬民族传统上，具有魅力……在这一点上我们应该感谢作者，他使我们在金钱耀得眼晕时感到了另一种光彩，那就是民族的道德之光。它的清纯，将有助于我们反观自身，在渐次富裕起来的时候，我们究竟失掉了什么……"领导的肯定和厚望，使他受到了极大的鼓舞和鞭策。

莱西籍退休老干部迟华松看过他的作品，曾深有感触地说，作者不仅德才兼备，而且绝对谦恭低调。他始终恪守"从群众中来，到群众中去"，艺术源于生活又服务于生活的宗旨，不忘自己是农民的儿子，把根深深地扎进农村这块广袤的热土里，凭借敏锐的观察力，发掘出农村最质朴的艺术元素，并进行提炼升华，打造出最贴近农村、贴近生活、脍炙人口的时代佳作。

湖北籍著名书法家朱国林在网上看过《金凤银凤》后，连夜给他发来观后感："我已经好久没有被感动过了，可是此刻这久违的东西居然占居了我整个的心灵。我没想到，一个在中国农村再普通不过的家庭悲喜剧，竟被您写得如此感人至深！我岂止为金凤那颗金子般的心叫好，还为银凤身上闪现的奋斗之光喝彩！文艺作品，以悲剧为最。您的文笔，您的才情，让我敬佩。您的作品，显示了人性之美，我被感动得流泪了……"

行动是最深刻的语言，责任要勇于承担。他在家庭中是顶梁柱，妻子因工伤常年患有腰间盘疾病，里里外外有太多事需要他去操持。众多的社会活动，以及见缝插针的业余创作，使他对家庭中应承担的义务并未尽到。他的行动表现在对农民热爱、对时代的讴歌上，家里的人们理解他、支持他，使他得以全身心地投入事业的奋斗中去。

"岂能尽如人意、但求无愧我心。"这一千年古训在他身上有了新的注释，为了党的文化事业，为了讴歌时代和农民，他手中的笔将永不停歇……

他就是中国电视艺术家协会会员、中国戏剧家学会会员、原青岛市戏剧家协会理事崔明钦先生，一位值得尊敬的长者。

（本文 2023 年 3 月 4 日发表于人民艺术家网）

散落乡间的珍宝

在我的老家南墅镇西泥牛庄村旁，蜿蜒南流的芝河上有一座石桥，建设于 20 世纪 70 年代，至今有将近五十年的历史了。

这座石桥属于圬工拱桥，由规整的石块砌成，三拱四墩，屹立于芝河上，坚固而美观。从徒步行走的村民，到耕地拉粮的拖拉机，再到轰隆隆轧过的后八轮矿车，来来往往的行人和车辆见证了这座没有名字的石桥的坚毅与刚强。这座石桥像一条纽带，将东西两岸的百姓紧密联系起来。

2018 年 2 月，《中国水利报》刊登了中央一号文件中与水利有关的指示和要求："传承发展提升农村优秀传统文化，划定乡村建设的历史文化保护线，保护好文物古迹、传统村落、民族村寨、传统建筑、农业遗迹、灌溉工程遗产。"看到报纸，我猛然意识到，村东北的这座历经多次洪水冲击而不倒的石桥，纵然算不上"文物古迹"，但是绝对算得上故乡家喻户晓的"传统建筑"。

于是我重新审视起这座默默无闻、朴实无华的石桥，从村里人的口中挖掘石桥背后的故事。当初，南墅公社"战山河"进行建设的时候，大约三十人的民工驻扎在我们村里，他们在大队部集中吃食堂，分散在村民家中借宿。听母亲说，借住的民工天不亮就起床，给家里的水缸挑满水，将院子和街门口打扫干净，然后到食堂去吃饭，再到工地上建桥。

民工在芝河上奋战三个月，一座精致的石桥呈现在人们的面前。村民蹚水过河的情况得到了彻底改变。而民工军事化的管理和良好的素质，给村民了留下了极其深刻的印象。

我工作的日庄镇，有两处不折不扣的"灌溉工程遗产"——丰收暗渠和白石山渡槽。丰收暗渠穿过山丘，掩埋在地下，长约 1 公里；白石山渡槽架设在空中，最高处离地面将近 6 米，长约 1.2 公里。丰收暗渠在东北面，白石山渡槽在西南面，二者遥相呼应，由 2 公里长的干渠联结在一起，成为一个时代的见证。

原来，20 世纪 50—70 年代，新中国大力兴修水利，造福百姓。1960 年举世闻名的河南红旗渠开始修建，给各地树立起光辉的榜样，轰轰烈烈的水利建设拉开了序幕。莱西县在 1961 年到 1965 年修建了高格庄水库灌溉渠，结束后又开始修建产芝水库干渠配套工程，到 1970 年，完成干渠工程 42 公里。

经过几年的休整，从 1976 年开始，莱西又致力于北墅水库水利干渠的修建。因为流经丘陵地区，所以山岭中要修暗渠，低洼处要架渡槽。县里要求，日庄公社境内的丰收暗渠和白石山渡槽同时开工修建，鉴于靠人工凿山难度确实太大，所以派驻了河头店公社民工营和日庄公社"战山河"南北同时开工，在山丘之上开挖一条深达六七米的沟堑，将近 1000 名民工同时开工，日夜奋战。

那时候莱西的电力供应仅限于城区，偏远的乡村连生活用电都不具备。没有电灯，就挂起了汽灯；没有机械，就用手提、用肩挑、用手推车运送泥土。民工受伤是常有的事情，轻伤不下前线，简单包扎一下继续干；受伤重一点的就抬到附近的刁家沟村，那里设有医务室，由乡村医生包扎、治疗；被乱石砸断了胳膊、腿的，则送到日庄卫生院或县城医院进行手术治疗……民工干得热火朝天，附近村庄的百姓也都动员起来了，男人到工地上帮忙运石头、挖土方，妇女、儿童给民工送饭吃。

白石山渡槽由院里公社民工营负责，修建的难度也不小。没有水平仪，建筑工人端着盛满了水的洗脸盆找水平线，测绘员则整宿地趴在桌前计算高度和平方，不敢有一点儿差错。渡槽大拱两肩的小拱可以吊装水泥预制件覆顶，但是大拱只能采用圬工结构，在拱下堆起土堆，在上面堆砌块石、混凝土，待到圬工结构凝固成型后，再挖掉泥土，一个大拱就形成了。建筑的质量靠的是设计、施工的标准，石头要合乎尺寸才能严丝合缝，为此石匠精雕细琢每一块石头，瓦匠精心安置每一块石头。

白石山渡槽于 1977 年 11 月完工，丰收暗渠于 1978 年 2 月完工。我翻阅了很多资料，走访了附近的许多村民，很遗憾，至今不能知晓当初的设计者和施工者的名字。他们只在建筑物上留下了"河头店公社民工营""日庄公社战山河""院里公社民工营"的落款和建成时间。

站在高大雄伟的渡槽槽脚下，仰望历经近半个世纪的风雨却仍然完好无损的水利建筑，不由得让人赞叹老一辈工匠的精湛技艺。

国家重视保护传统建筑和水利遗产，《中国水利报》"为水利发声，为江河代言，为历史见证"，征集、刊登水利工程背后的故事，弘扬老一代水利人的艰苦奋斗的精神。而我，也将在发掘、保护乡间珍宝——水利遗产的道路上继续前行。

（本文于 2023 年 2 月获得《中国水利报》征文三等奖）

家国情怀永流传

2023 年春节期间，我们全家人围坐在一起，享受了一场《呼延庆打擂》的听觉盛宴。74 岁的父亲，正襟危坐，表情庄严，他用长满老茧的手，哆嗦着打开家中珍藏的线装古书，开口讲述的瞬间，一股暖流从我的心中涌起。往事恍如昨日，历历在目……

我们老呼家在村里的人口不多，二百多户的西泥牛庄村，姓呼的人家不到二十户。不过老呼家在村里的威望可不低，我的三爷爷呼元斋为国捐躯，是有名的抗日英烈；本家大爷爷呼元福曾在莱阳县委工作；爷爷呼元会虽然没有进过一天学堂，可是为人正直，勤劳能干，担任过村里的支部委员和生产队饲养员。爷爷有好口才，能够将呼家将的故事原原本本、声情并茂地讲述一遍，所以在村里也非常受人尊重。

我清晰地记得，20 世纪七八十年代，每年春节前后，地里的农活都忙完了，在外务工的村民、读书的孩子也回到了故乡。大家或聚在一起喝茶聊天，谈论奇闻趣事；或围在桌前打牌娱乐，消磨闲暇时光。更有一批人分作两拨，到村东老呼家去听故事。一拨人去呼元福家里，听他讲给胶东区委送情报、拔掉水道据点的亲身经历；一拨人来到爷爷家，听他讲《呼延庆征南》《呼杨合兵》等系列故事。

爷爷家里的人最多，正间、里间、炕上、地下都挤满了老人、青年和孩子。爷爷坐在正间的八仙桌后，礼节周全地跟村里人寒暄，等到进来的人差不多了，他站起来环视一周，躁动的人立马安静下来，大家伸长了脖子，侧着耳朵，屏息敛声等待爷爷开讲。

我坐在爷爷身边，看着他把脸上慈祥的笑容收敛起来，表情慢慢变得凝重。忽然，他拿起桌前的木块，在桌上"啪"一拍："昏庸无道宋仁宗，迫害忠良宠奸雄。申冤雪恨酬壮志，圣僧（呼延庆小名）三闯汴梁城。今天，我呼元会给在座的各位讲一段《呼延庆出世》的故事。"

"好啊""好""快讲"……叫好声、掌声立马将狭小的屋子淹没。看着人们激动的神情和热切的目光，在那一瞬间，自豪的暖流顿时充斥了我的内心：呼延庆是个大英雄，爷爷讲好汉的故事，值得崇拜！

爷爷故事讲得好，一方面得益于他良好的记忆力，另一方面得益于新中国成立初期识字班的培训，上识字班让爷爷能够自己读一些书籍。还有更重要的一方面，那就是曾祖父对爷爷的言传身教。曾祖父呼配令读过几天私塾，当过账房先生，还干过一段时间的里长（清朝村官，辛亥革命前后辞去），属于半个文化人。曾祖父谆谆告诫自己的几个孩子："做人不能忘本，不能忘记先人的事迹。"他在农闲时节给村里人讲评书呼家将，几个孩子在漫长的岁月中耳濡目染，也都能讲几段。爷爷不止一次说过，自己祖上收藏有全套的古本呼家将系列书籍，可惜在"文革"期间大都销毁掉了。每念及此，他总是痛心不已。

当时，村里还没有通上电。没有电灯、电视，即便是使用电池的收音机，也并非每个家庭都有，就更不要说其他的娱乐项目了。所以，在春节期间，聚集到爷爷家里听故事的人特别多。奶奶曾经埋怨："往家里招引这么多人，自己啥事都不用干了，还要摆放着桌凳，供给着茶水。"爷爷则乐呵呵地说："老呼家的传说，是中华优秀传统文化的一部分，能警醒后人热爱国家，不怕邪恶，敢于斗争哩。大家喜欢听，说明他们都想做一个顶天立地的人，这是件好事情啊。"停了一下，爷爷又面带羞赧地说："人家老徐、老王等人不也带着酒来的嘛，就冲这深厚情谊，咱也得讲，是不是？"

爷爷平时喜欢喝两口，村里的几个家庭条件比较好的人，喜欢听爷爷的故事，敬重爷爷的为人，每年都会将自己舍不得喝的好酒送一两瓶给爷爷。汾酒、景芝白干、泸州老酒、洋河大曲等佳酿，爷爷都喝过，不过，他最喜欢喝的还是村支书刘同庆送他的习水大曲。爷爷说："来自贵州的习水大曲醇厚甘爽，馥郁芬芳，回味悠长，口感和茅台酒最接近哩。"

原来，爷爷在 1957 年到县里参加农业积极分子表彰大会时，他的南墅老乡、莱西县人民委员会主任（县长）曹文旭请他喝茅台酒。曹主任和爷爷的三弟呼元斋在抗日战争时并肩战斗过，1941 年呼元斋壮烈牺牲，曹文旭非常痛心，借开会之机请爷爷喝酒，既表示对爷爷的祝贺，又表达对老战友呼元斋的缅怀。爷爷在这次会议上获得的奖章，作为家庭文物，我们珍藏至今。

爷爷在世的时候，他每年都讲呼家将故事，每年都有人来听。据父亲回忆，爷爷在小酌两杯之后，微醺之际讲述的故事最为生动感人。他去世后，村里人都很怀念他和他讲的故事。父亲便主动承担起讲呼家将系列故事的重任。不过，当时电视已经逐渐进入农家，精彩的春节晚会节目和引人入胜的电视剧吸引了村人们的目光，听故事的人越来越少。渐渐地父亲只讲给家庭成员听了。他对呼家将故事的内容记得不是很熟，需要经常翻看书籍，讲得时断时续。不过，这丝毫没有影响我们的热情。

爷爷去世已经三十多年了，呼家将故事仍然在民间流传。父亲已经年迈，他对我说："作为一名人民教师，面对的孩子们都是祖国的未来和希望，你要把祖先的故事继续讲下去，莫让它失传了哟！"

我说："我一定会讲给学生听的。老爸您放心，随着国家对非物质文化遗产越来越重视，这些口口相传的民间故事正在得到应有的保护，会一如既往地滋润着人们的心田。"

（本文于 2023 年 5 月获得莱西市"我的家风故事"征文比赛一等奖）

莱西木偶，飞舞千年的精灵

每当岁末或者年初，我总会到莱西市博物馆去一趟，看看镇馆之宝——岱墅西汉古墓出土的大木偶。

大木偶高达 1.93 米，身躯伟岸，全身关节能够活动，站立、坐下、跪着、躺卧均可。它的头颅硕大，用整块木头雕成，耳目口鼻具备，线条粗犷，神态威严。头部、躯干、四肢合乎人体比例，造型独特，结构匀称，属于国家一级保护文物。

大木偶发掘于 1978 年 12 月。岱墅村民在村东高地"点将台"挖地瓜窖的时候，偶然间发现古墓，报告莱西文物管理所，进行了抢救性发掘。古墓有两座，均为长方形土坑竖穴，距地表深约 7 米，墓向 95 度，M1 号墓葬在北，M2 号在南，相距 1.5 米。专家考证后，断定 M1 号墓葬为妻子，M2 为丈夫，两墓为夫妻分葬墓。

M2 号汉墓脚箱中，出土木俑 13 件，男俑 11 件，女俑 2 件，身高近 50 厘米。他们或双手下垂，或拱手作揖，或举手托物，皆以整段圆木雕刻而成，刀法古朴，体态生动，面部表情悲怆、安详。据专家推测，这些木俑为侍从俑。另有一具大木偶，出土时木制骨架已散乱，经过精心拼合，除腹部一些细小木骨架腐朽成泥外，其余都恢复原状。这些诞生于两千年前的木偶，在考古人员的努力下，得以重见天日。尤其是身材高大的活动木偶，是我国现存发现最早、最大的木偶。

木偶最初的出现应该与图腾崇拜有关。《博物记》中说："黄帝仙去，其臣刻木为黄帝像。"意思是黄帝去世后，他的臣子用木头雕刻了他的像，以此缅怀纪念他。20世纪80年代，辽宁牛河梁女神庙遗址，出土了真人大小的泥塑女神像。作为距今约5000年的红山文化的宝贵文物，专家认为，女神泥塑像是原始部落对先人膜拜和祭祀用的。

在商代，人们普遍相信死后灵魂会到另一个世界去，按照"事死如事生，事亡如事存"的规制，奴隶主用奴隶殉葬，以便在另一个世界能够继续奴役、驱使他们。到了秦朝，秦穆公更是达到了"登峰造极"的地步，竟然用大臣奄息、仲行、针虎为之陪葬，此举遭到了朝野上下的反对。等到了西汉，人殉制度基本废除。贵族死后，用木佣或者陶俑代替活人来殉葬。《礼记·檀弓下》曰："俑，偶也，有面目机发，有似于生人。"

岱墅西汉古墓出土的大木偶，正是用来守护、陪侍死去的墓主人的，以保证墓主人能够在另一个世界继续享受荣华富贵。不过，和13个陪葬的木俑不同的是，大木偶个头大且肢体关节可以活动。专家猜想，大木偶不仅仅是作为冥器使用的，在一些祭祀、庆典的重要场合，它有时站立，有时端坐，有时被人牵引（大木偶的腹部、腿部钻有小孔，可系线绳），供人们祭拜，与人们同欢。

20世纪90年代，我在岱墅小学教书，听村里的老人们说，自古以来，在春节、元宵节、上元节、中秋节、寒衣节等节日里，当地百姓就有表演、观赏木偶戏的习俗，并且会在家里供奉偶像，祭奠先人。村里老人去世了，也会请人用秸秆、彩纸扎制童男童女等人偶，在坟前焚化，其寓意和古人用木偶陪葬有异曲同工之妙。

时至今日，莱西木偶成为一种具有传统文化特色的现代表演艺术，已经是省级非物质文化遗产代表项目。木偶的表演艺术家，运用提、举、捻、拉等一系列动作，指挥着木偶摇摆、转身、跳跃、翻腾，演绎出《嫦娥奔月》《三娘教子》《罗成拜师》等精彩节目。

站在博物馆中相貌庄严的大木偶前面，我不由得感慨万千：社会在演变，时代在发展，莱西木偶已经由殉葬、祭祀、庆典之用，扩展到专业演出、艺术展览、文化交流、学术研究之用，大大丰富了人民的精神生活。

莱西木偶，像一只飞舞千年的精灵，带着美好的祝愿和期盼，漂洋过海，到美国、日本、瑞典等许多国家交流演出，成为与世界各国友好往来的文化使者。

（本文发表于 2023 年第一期《青岛史鉴》）

老座钟，承载着难忘的亲情

1971 年，母亲 21 岁。这年冬天母亲和父亲结婚。

出嫁前，姥爷问母亲："闺女，你想要啥嫁妆？绸缎被面，脸盆，暖水瓶，还是梳妆镜？尽管跟说，我好提前给你准备。"

母亲张了张嘴，欲言又止。她看着姥爷满是期待的神情，母亲轻声说："爹，我还没想好呢……等想好了再告诉您吧。"

母亲是知道家中贫困境况的。哥哥姐姐虽然已经成家，但是娶媳妇、嫁闺女耗尽了家中有限的资财，欠下的债务刚刚还完。比自己小四岁的弟弟在读书，用不了几年也要考虑娶妻生子了。

姥爷是个整劳力，每天可以挣到 10 个工分，折合人民币两角八分。母亲在村卫生室当赤脚医生，每天大约挣两角二分钱，加上姥娘的收入，家庭一个月总收入大约 20 元出头。

姥娘是母亲的后妈。姥爷的原配夫人因病去世三年之后，在别人的撮合之下，姥爷跟姥娘结为夫妻。不到半年，母亲就要出嫁了。

南墅的供销合作社里，母亲站在柜台前，看着货架上北极星牌座钟，怔怔地出神。座钟高约 50 厘米、宽约 30 厘米，有着鲜红的木质外壳。它的顶部呈拱形，线条流畅，两侧的凹渠用的是黑漆，底座上沿削去了棱角也成为凹渠，显得古朴典雅、精致美观。玻璃钟面上面与圆形的钟盘协调一致，下面绘有蜡梅、青松和红日。用白色的边纹做装饰，给人以清新朴素的感觉。

洁白的铝制钟盘上，12 个圆润可爱的阿拉伯数字围成一圈。黑色的时针和分针如同姑娘灵巧的双手，围绕着同一个轴心，有节奏地翻飞旋转。钟盘上的两个圆孔是上弦用的，像两只炯炯有神的眼睛，顽皮地看着发呆的母亲，仿佛在提醒她："快，把我领回家去吧。"

售货员是位年轻的姑娘，扑闪着一双大眼睛："这是烟台钟表厂新出的北极星座钟，钟表中的大品牌呢。"母亲点点头，她当然知道北极星钟表，无论谁家结婚，若是能有一台北极星钟表，那可是一件无比风光的事情。

"这一阵子结婚的人多。"姑娘压低了声音说，"你要是看好了，可得抓紧时间，数量有限呢。"母亲红着脸点点头。

一连好几个晚上，北极星座钟都会悄悄溜进母亲的梦中，像一个精灵，挥舞着指针，晃动着钟摆，焦急地对母亲说："快来接我呀……"

早晨醒来，母亲的枕头湿了一大片。

这台座钟的价格是 38 元，这是一笔不小的款子。母亲的工分收入全部上交家里。村里卫生室时常有村西边矿上的或者铁路上的工人，他们平时有个头痛脑热的，就在医院抓了药后到母亲这儿打针，打一针手续费是 5 分钱，母亲平时省吃俭用，把这些零钱攒起来，有了 10 元多的积蓄。

姥爷提到的嫁妆，最贵的是绸缎被面，十三四块钱。

母亲想，自己的私房钱加上姥爷能够给予的，至少还有十二三元的资金缺口。让爹爹出去借钱，于心不忍；张口向婆家要，更不妥。婆家不富裕，迎娶她这新媳妇进门，肯定要借债的；问哥哥姐姐借钱吧，可他们的孩子都小，花钱的地方多着呢。

姥娘是个细心人，她对姥爷说："闺女一连几个晚上都哭着哩，婚期快到了，嫁妆也该准备好了。"姥爷摇摇头："孩子有自己的想法，她想要的东西不便宜啊。"姥娘焦急地问："那可怎么办呀？"姥爷叹息一声："我想想办法……看能不能编些篮子集市上卖。"

时值隆冬，田野里一片雪白，萧瑟的枯木在寒风中瑟瑟发抖。棉槐条子在秋天时节基本被人们割光了，剩下的弯腰驼背、细瘦不堪。枝条割下来不能直接使用，农民要把它们捆扎起来，放到池塘里浸泡一个月的时间。沤熟了的棉槐条子才结实有韧性，编出来的篮子、筐子才经久耐用。

池塘已经结了厚厚的冰层，即便是未结冰，也来不及了沤泡了。这难不倒姥爷，他将大锅里添满了水，将条子放进去，生起了烈火，他要用烹煮的办法将条子尽快沤熟。

昏暗的煤油灯下，一家人在一丝不苟地编篮子。姥娘在姥爷的指导下，从最基本的"打底"学起。母亲为了减轻父母的负担，在老人睡下后她继续熬夜干，稚嫩的手指磨起了许多血泡。

几天下来，姥爷高兴地问母亲："想要什么？这回可以说说了吧。"母亲嗫嚅着说："我……想买一台北极星座钟，需要38元钱，我自己有12元了……还差26元呢。"

姥爷的笑容仿佛一瞬间被寒风冻僵了，一丝愁苦爬上了面颊。姥娘扯了扯姥爷的衣襟，说道："座钟好呢，闺女看好了，这嫁妆，得买！"她又对母亲说："孩子，你放心，剩下的钱我们来凑。"

姥娘没有食言。两天后，当母亲接过姥娘递过来的钱时，欣喜之情溢于言表，高兴地说一句："妈妈，我去买了……"一阵风似的离开了。

临近中午，母亲像霜打的茄子，垂头丧气地回来了。姥娘心里一慌，身子一晃："这闺女毛里毛躁的，莫非是半路上把钱丢了吧！"

"妈，供销社里座钟断货了……恐怕一时进不来了……呜呜……"

姥娘悬着的心终于放下了，她安慰母亲："傻孩子，南墅供销社没有，不意味其他地方没有啊，日庄、马连庄，再不成到县城去买，别难过，来得及！"

家里人立马行动起来，跑遍了周边的公社，又去了县城。紧俏的北极星居然全部断货，姥爷和姥娘不由得也慌起来。

姥爷问姥娘："家里还有多少个鸡蛋？"老娘说："有 8 个，过两天老母鸡下了，可以凑够一把的数。"姥爷说："8 个就 8 个吧，等不及了。"从不求人的姥爷，拿着鸡蛋，硬着头皮去了县城里他叔伯兄弟的家。叔伯兄弟在县供销联社当科长。

结婚的前一天，姥爷的叔伯兄弟托人送来了崭新的北极星座钟，一同送来的还有两包点心和两元钱的贺礼。北极星座钟陪着母亲风光出嫁。

母亲说，姥娘是卖掉了自己的金戒指才凑足了钱，姥爷的叔伯兄弟把他儿子结婚用的座钟转给了我们，他儿子比母亲晚一个月结婚，有时间再买。

这就是老座钟承载的故事。

2023.06

丰收季的泥老虎和棉条篮

　　周末开车途经产芝村，看到路边晾晒的花生玉米和盛粮食用的筐子篮子等器具，我心中一阵感慨：又是一个丰收的季节。

　　村头有人摆摊，一排排色彩亮丽的泥老虎一下子涌入眼帘。我母亲曾经也有一个，胖乎乎的脑袋，圆滚滚的身子，威风凛凛却又憨态可掬，模样跟这些很相似。腹部和尾部用羊皮连接，捏住头和屁股往中间挤一挤，就会发出"咕咕"的响声。那可是母亲小时候的玩具，她视若珍宝。

　　我和妹妹小时候玩母亲的泥老虎，她必定在旁边监督着，生怕我们摔坏了。后来母亲到集市上给我们兄妹两人各买一个，样子也不孬。只是无论是做工还是着色，均不如她的好。有一次，妹妹踩着凳子去拿摆在衣橱顶部的泥老虎，没有拿稳，母亲的泥老虎掉下来摔碎了。

　　母亲的泥老虎来自产芝村，它记录了一段难忘的历史。与它有关的故事，在母亲的讲述中，深深地刻在了我的心里。

　　1958年的秋天，也是一个丰收的季节。忙完了田里农活的姥爷，正想稍微休息一下，将割回家的棉槐条子编成篮子，拿到集市上换钱补贴家用。恰在这时，县里一项史无前例的重大工程，将姥爷的计划打乱了。

莱西和莱阳两县合并，集合力量修建产芝水库。40多岁的姥爷跟村里的十几位民工一起，参加到这次活动中来。10月22日，他们带着一天的干粮，或推着独轮车，或挑着箩筐，奔赴到20公里以外的产芝村，和全县数万民工一起，投入到胶东最大的人工水库建设中。

民工凭着一腔热情，热火朝天地挖土方、堆堤坝。大家推的推，拉的拉，分工合作，肩挑手抬，要用自己的双手挖出面积5000公顷、容量4亿立方米的大水库。高强度的劳动中，扁担折断、筐子掉底、手推车散架的现象时有发生，但是姥爷的独轮车和他亲手编的棉条偏篓，却经受住了严峻的考验，在施工中发挥了重要作用。姥爷屡受表扬，内心十分自豪。

同一连队班组内，有一位和姥爷年龄差不多的胡姓男子家住产芝，也非常能干。这位老胡在饭后小憩时间从不休息，提着一个柳条篮子四处查看，看到黏黏的黑土或者黄泥，就高兴地往篮子里挖，等到晚上收工后再拿回家中。老胡的做法引起了姥爷的好奇心，因为不是很熟，姥爷不好意思问。

直到有一天，老胡篮子的提把断开了，姥爷割来柳条，帮他编好新提把时，忍不住把心中的疑惑问了出来。老胡哈哈一笑，告诉姥爷："黑土的黏性大，韧性好，是制作泥老虎的好原料，跟黄泥掺和在一起，制成的泥老虎最结实呢。"

为了满足姥爷的好奇心，也为了表示对姥爷的感谢，收工后老胡领着姥爷到家里参观。昏暗的屋子里，搁板上放着一排熠熠生辉、光彩夺目的泥老虎，角落里散落着模具和泥坯等半成品。看着目瞪口呆的姥爷，老胡拿起一只泥老虎塞到他的手中："小孩子都喜欢这东西，送给你一只，回家后拿给孩子玩。"

姥爷小心翼翼、翻来覆去地看，这可是穷人家孩子都渴望得到的玩具呢！家中的四个孩子，大儿子已经成人，大女儿 10 岁，小女儿（我母亲）8 岁，二儿子 4 岁，这精美的玩具拿回家给哪个孩子好呢？姥爷犹豫了一会，对老胡说："你那柳条篮子不结实，快不顶用了，我帮你编一个结实耐用的棉条篮子，你能不能再送给我两个泥老虎，家里有三个小孩子呢。"事情就这样商定了，大姨、母亲和二舅都拥有了自己的珍爱的泥老虎。

那段时间，天麻麻亮，两位中年男子就到附近野外割来了棉槐条子。白天跟大家一起轰轰烈烈地干活，晚上收工后，吃罢了晚饭，两人一起到老胡家中。守着昏黄的煤油灯，姥爷认认真真地编篮子，老胡则一丝不苟地抟泥坯，制作泥老虎。半个月后，姥爷为老胡家编了四样东西。老胡的家人掂量着沉重又细密的一对篮子和一双偏篓，寻思着这回可有了装粮食的好器具，他们高兴得合不拢嘴，对姥爷的手艺赞不绝口。

1960 年水库修建完成，两人分手之际可谓依依不舍，老胡又送给姥爷一个制作泥老虎的模具留作纪念，对姥爷说："制作的工艺你都见到了，喜欢的话，可以自己给孩子们做。"往后的日子里，老胡到姥爷家来过，姥爷也在春节时分去看望过老胡的父母和家人。"文化大革命"期间，这种友好和谐的交往被打断了，更可惜的是模具也被红卫兵当作"四旧"毁坏了……

承载着姥爷对母亲关爱的泥老虎，被妹妹不小心打碎后，母亲表面上很平静，但我们能感受到她内心的失落与痛苦。我不清楚，老胡是否会像姥爷和母亲对他的泥老虎奉若珍宝一样，也对姥爷编制的篮子偏篓珍惜万分。但是我知道，两位手艺人通过县里一次重大活动，通过浸润着传统文化的泥塑和编筐技艺，将彼此的心紧紧联结在一起。

看着路边摆放的泥老虎，我不由得停下来买了一个，我要送给母亲并告诉她："其实，正如祖辈传下来的编篮编筐技艺，泥老虎一直都在……"

后记：产芝村的泥老虎制作工艺已经成为市里非遗保护项目。我想，在不久的将来，编篮编筐技艺也必将得到保护和重视。

（本文于2023年9月获得莱西市"农民丰收节征文比赛"三等奖）

浙师见闻，维实维新

2017 年 11 月初，从浙江师范大学培训归来后，我一直很怀念那一段在江南学习的时光。前几天，随手翻阅手机今日头条，无意当中看到一则新闻——《跨专业直博清华，浙师美女学霸是这样炼成的》。讲的是地理与环境科学学院的本科生施亚成同学，因为学业成绩卓越，获得了保送清华大学攻读博士学位的资格。

这则新闻能够迅速吸引我，在于两点——浙师大和清华直博生。浙师大，优美的校园风光，醉人的桂花之香，教授的精彩演讲，令我记忆犹新。一所既非 985，又非 211 的普通院校，她的学子能够直博一流学府清华大学，不能不令人赞叹称奇。文章揭示了学霸的成长之路：大一加入导师的实验室，大二埋头搞科研，大三申报各大高校夏令营，大四成功逐梦。四年期间，施亚成同学获得众多奖励：国家奖学金，省政府奖学金，SAIL 科技大赛优秀奖，省大学生科技竞赛二等奖，第三届唐孝炎环境奖学金。最难能可贵的是，在 SCI 核心期刊发表四篇科技论文。

近年来，浙师大排名逐年提升，2017 年更是取得了全国第九十二名、浙江第三名的好名次。在全国范围看，浙师算不上一所重点大学。每年高考后，总能听到有家长和学生埋怨考入的学校不理想，殊不知，只要有一颗不肯服输的心，在普通院校也可以成就自己的人生理想，施亚成同学便是颇具代表的范例。

在我印象中，浙师算不上严谨的学府，体现得更多的是自由与开放，青春与活力，校园中的商场超市、小吃部、快餐店随处可见，学生三五成群，手里拿着饮料或零食，边吃边聊，十分惬意。金发碧眼的欧洲留学生和皮肤黝黑的非洲留学生比比皆是。专家教授幽默诙谐，四五十岁的人了，一个个生动活泼，几乎都脱稿演讲，兴之所至还会与学员互动一下，活跃一下课堂气氛。偶有学员进出会议室，去洗手间或开水房，都丝毫影响不到教授的讲课情绪。

在接下来的 12 月份，南开大学高端培训，与浙师大培训相比，要正规严肃得多。伯苓楼学术报告厅的会议桌上，早就摆上了学员的姓名牌，位置固定，便于点名；开班典礼上，全体起立，奏国歌；教授讲课期间，如无特殊情况，学员禁止外出。当然，我们不能简单地说严谨肃穆一定比自由宽松要好。就我个人来讲，在这两种不同的环境中，收获是一样的，甚至在宽松祥和的环境中更容易引发共鸣，触动心灵。

山东省师干训中心副主任刘文华教授，在开班典礼上发表了热情洋溢的讲话，阐明了本次培训项目的产生的背景和培训的目的，明确指出，在省里组织的各类培训中，诸如全员参与的远程研修，贫困地区校长园长培训，薄弱学科教师培训，骨干教师培训……你们农村特级教师培训是为培养未来教育家而进行的高端培训，希望学员把握机会，努力提升自己。刘副主任的讲话，给了在座的学员很大的鼓舞和促动，大家暗下决心，要不负领导期望，认真完成培训任务。

浙师大继续教育学院承担了本次培训任务。浙师大异军突起，内强素质的同时，通过投标各地的名师培训项目，提升在全国的知名度。继续教育学院院长张继新教授向学员介绍了浙师大的几个特点：校园之大，风光之美，师生之多，以及在浙江省内实力之强。在接下来的几天，我们真切地感受到浙师大的独特魅力。

第一堂课是朱敬东教授讲的，着重阐释了特级教师的三重身份：师德的表率，教学的专家，育人的楷模。真正的名师都是在学习中领悟，在领悟中成长，从而实现博采众家之长，成为术业有专攻、工作有特长的教育专家。敬东教授既严肃认真，又风趣幽默，时不时插科打诨一下。正当学员听得如痴如醉，他会突然拿起前排一名女学员前面的水杯，问道，里面泡的是什么？学员不明就里，如实回答是毛尖茶，敬东教授惊讶地说，你怎么能用金华的水来泡茶呢？看到大家一脸错愕，他将杯子用力放回桌上，大声说道，这简直是浪费水啊！短暂的沉默之后，爆发出一阵哄堂大笑。等到大家情绪稍稍平静教授又说了，各位学员，金华的水质是一流的，富含各种有益于人体的微量元素，并且带有一种天然的香甜味道。我们从来不泡茶叶的，喝的是原汁原味的白开水。不等大家质疑，他又说，你们晚上回到宾馆以后可以看看电水壶，里面干干净净，不留一点儿水垢的。

黄立新教授《指尖上的教育》，传达的现代媒体在课堂教学中的崭新理念。今后上课，学生人手一台平板电脑，即可实现无限镜像，老师可以进行知识的传授、作业的批改，实现师生间、学生与学生间的交流互动。这种交流可以是远程的，可以随时随地进行。学生不懂的地方标识出来，老师可以通过在线交流或者传输微视频给其解答。

孙炳海教授的课题是《高明的教师必然拥有个性化的理论》，当今教学是面向全体学生的，但是教育的趋势必将是个性化的。知识渊博、个性独特的老师最受欢迎。根据学生自身特点进行的个性化教学，才能最大限度地发挥学生的潜力。孙教授告诉我们，不久的将来，讲得好的老师只能算是合格的老师，讲的、做的都好的老师才是优秀老师，讲的、做的、写的都好的老师，才能成长为特级教师和名师。教师在课堂教学、教材研究和学生管理三个方面必须统筹兼顾，树立起良好的学生观、教学观和课程观，言传身教，以德树人。在以往，重视教学活动，忽视学生情况的现象十分突出。通过学习，我们明白了新的个性化理念认为，学生作为独立的个体具有很强的主观能动性，必须牢牢抓住他们的个性特点，因材施教，拨动学生的心弦，激发他们的潜力，从而实现最大幅度的提升。

如果说教授的讲座是一股清流，滋润我们的心田，那么浙师的校园风光，便像一幅画卷，让人们流连忘返。刚到金华浙师专家楼报到时，我就闻到一阵阵幽香袭来，起初以为是同行美女的脂粉香。直到有人说好大一片桂花树，我才恍然大悟。尖峰山下，名师荟萃；初阳湖畔，风光旖旎。走在校园的林荫道中，嗅着醉人的花香，激情澎湃，忍不住诗兴大发：桂花香飘溢满城，绿荫丛中取真经。

浙师大校园大，仅湖泊就有三处，湖畔的假山瀑布，茂盛的树林，迷人的喷泉，孔子的大型雕塑，都有着独特的魅力。难怪张继新院长说，金华的新人结婚，婚纱照必定要到浙师大校园来取景的。培训的几天里，这种现象天天见到。

有一次，北师大裴娣娜教授过来给我们讲课，地点设在国际学院二楼的学术报告厅。国际学院在哪儿？打听几个浙师大学子，他们也只能说个大概，在校园东南方位，离着远呢。我们几人吃罢了晚饭，在暮色中前往的时候，居然迷路了。没有办法，只能打开导航，按照提示才找到国际学院，又七拐八拐，费了很大的劲儿才找到二楼的学术报告厅。好在培训期间仅有一次课程安排在晚上，否则真的担心在漆黑的夜晚，在偌大的校园中，长距离往返奔波迷失方向。

校园内是有共享单车的，黄色的、蓝色的，整整齐齐排列在楼下道旁，只要下载一个软件，用手机扫码解锁，就可以使用了。教授讲课时也曾告诉我们，可以骑单车往来于教室、餐厅、宾馆之间。不过学员都嫌麻烦，没有一个人使用。是啊，走在满是花香的校园里，锻炼着身体，欣赏着美景，这是一件多么美好惬意的事情。

傍晚时分，初阳湖畔的一个二层的亭台上，传来咚咚的鼓声，我好奇地登上亭台，见到一个黑人小伙坐在那儿演奏，神情忧郁，鼓声沉闷，他是在思念远方的家乡吗？小伙会讲汉语，简单的交流之后，我们两人留下一张合影。湖面的九曲浮桥上，有女生偎依在栏杆上，将馒头、面包撕成一片片的碎屑，抛撒到湖中，一大片金色的鲤鱼聚拢在一起，翻滚跳跃，争抢着食物，仿佛一片涌动云朵，红艳艳，亮闪闪，吸引许多师生驻足观看。

外语学院的大厅里，经常有学生在表演情景剧。我们在会间休息的时候，愿意围在一边观看。学生的表演有点呆滞笨拙，但是很认真。即便是我们在旁边不礼貌地笑了，他们依然有板有眼地演着，丝毫不受影响。这让我很感动，他们参与、合作、团结的精神，多么值得赞扬。每个人都想为团体奉献自己的力量，发挥自己的光和热，可能暂时表现不突出不成熟，但是总有一天会好起来的。浙师大的师生们，人人上进，个个争先，完美地诠释了"砺学砺行、维实维新"的校训。在这里，能够培养出施亚成这样的卓越学生也就不足为奇了。

2017. 10

南开印象，月异日新

说实话，踏进南开校园的那一刻，我的内心是失落和怅惘的。

南开大学，这所闻名遐迩的高校，并没有我想象中的高楼矗立和鸟语花香。也许是初冬时节吧，在天津灰蒙蒙的天空笼罩之下，南开的校园显得有几分破旧和凌乱。柏油路边人行道上的地砖，似乎颇有些年岁了，高低不平且多有破损。红砖砌成的建筑物，斑斑驳驳，传递出历史的气息。

校园里往来的大都是学生，偶尔也会有几辆大巴车徐徐开进来，那是和我们一样来南开培训的学员。我们青岛市的乡村特级教师一行83人，从2017年11月5日开始，到这里进行为期6天的高端培训。在此之前的10月份，我们这批人和山东省的其他180名农村特级教师，参加省教育厅在浙师大举办的特岗教师培训。美丽的浙师大，给我们留下了极其深刻的印象：桂树飘香，湖水荡漾，风光旖旎，心情舒畅！

和浙师大的校门比起来，南开的正门是毫不起眼的；和浙师大校园的辽阔空旷相比，南开的校园是狭小局促的，与名校的身份似乎不相符。不过，当你徘徊流连在校园之中，走在高大的杨树柳树之下，经过古朴典雅的楼房，看着那些步履匆匆朝气勃勃的青年学生，尤其是当你驻足在主教学楼前的周恩来总理的石像下，凝视基座上伟人手迹"我是爱南开的"六个鎏金大字，仰望伟人坚毅果敢的面庞，不禁让人感慨万千。

如果说，浙师大是一位姿容秀丽、聪慧灵动的豆蔻少女，那么南开便是一位历经沧桑、满腹经纶、沉稳大气的中年大叔。

大学之大，非楼高厦大，乃师心广大

1931 年 12 月 2 日，梅贻琦在清华大学校长就职演说中提出，"所谓大学者，非谓有大楼之谓也，有大师之谓也。"在南开领略的第一位大师的风范，是张晓唯教授，他的讲座是《张伯苓的教育理念与思想》。张教授中等身材，面容慈祥，宽阔的脑门闪烁着智慧的光芒。他穿着朴素随意，讲课声音不急不缓。

张伯苓先生创办私立南开学校，倡导"允公允能，日新月异"，校训标明南开要为国家培养讲公德有才能，敢于开拓创新的有用人才。张教授讲的虽然是张伯苓的教育思想，但是纵论古今，从世界上创办最早的大学——意大利的博洛尼亚大学，讲到美国的哈佛、耶鲁和斯坦福大学，再到我国的清华、北京大学；从我国历史上第一所真正意义上的公立大学——北洋大学，到近代中国的教会大学——金陵、辅仁、协和医科，再到私立南开学校。南开和张伯苓校长一起，在我国的教育史上，留下了浓墨重彩的一笔。

张伯苓为南开呕心沥血，为世人所称道。当时国民党政府最高领导人蒋介石说过，张伯苓办南开学校不是为了发财，令人敬佩。1948 年，蒋介石邀请张伯苓出任考试院院长一职，这一经历，成为新中国成立后张伯苓饱受诟病的缘起。1950 年，南开大学的校庆上，张伯苓未被批准参加，后来因为海外学子的强烈要求，张伯苓才得以坐在会场的最后边。我们可以想见，他当时的心情是何等的难过与凄凉。张教授告诉我们，其实在 1949 年国民党撤退到台湾的时候，蒋介石亲自登门邀请张伯苓同往，被他以离不开南开和学生为由婉拒了。

在当时政治挂帅的形势下，张伯苓一次次遭受打击，终于在 1951 年 2 月去世。周恩来总理，在请示了中央的情况下，默默赶回天津参加追悼会，为老校长送行。亲人们收拾张伯苓遗物时，发现他的钱夹里仅有七元四角和两张戏票。他房无一间，地无一亩，但留下了四座学校：南开大学、南开中学、南开女中和重庆南开中学。

张伯苓教授倾情办学的举动令我们感慨，而他晚年遭受的不公平的待遇，又令我们心情沉重，唏嘘感慨不已！

或许为了调节一下沉闷的气氛。第二堂课上，南开大学高端教育培训中心，就为我们组织了一个模拟游戏——楼兰掘金。团队总指挥杨老师，将与会的 80 人分为 17 个小组，每个小组 5 人，自行选出队长一人，资源专家、分析专家、贸易专家、计算专家各一人。每个小组配备相应的虚拟物资：汽车、燃油、食物、帐篷、备胎，甚至呼救器和电池。队长负总责，分析专家负责分析选择要走的道路，高原、平原还是沼泽：计算专家负责计算出分析专家选择的道路所需要的食物、燃油、帐篷等物资；资源专家负责管理团队的资源；贸易专家则会在小组某种资源匮乏时候，利用多余的物资到指定的贸易场所交易。如果没有到达贸易所，也可以私下与其他小组进行黑市交易。

小组在掘金的途中，选择的道路不同，所用的时间也不相同，耗费的燃油、食物等物资也不相同。倘若遇到恶劣的天气，物资消耗则会加倍。小组到达楼兰，每停留一天，就会得到一块金子，待的时间越久，掘到的金子就会越多，但是消耗的资源也会越多，所以要量力而行，留足返程的资源，返回营地才算成功。如果在返程途中遭遇恶劣天气，或者因为计算失误而导致资源不足，则可以通过呼救器（配电池使用）向救援队求救，救援队索取掘到金子的一半作为报酬，方可将其带回总部。总部会统计每个小组掘到的金子和剩余物资，掘金数量最多的小组获冠军，如果掘到的金子数量相同，总部会根据剩余物资的多少来确定赢家。楼兰掘金的游戏，极大地调动了小组合作的积极性，让学员真切地了解了一番"合作、配合好才能共赢"的道理。

马云泽教授的讲座是《关于中国经济形势的分析与判断》，让我们领略了南开教授的全球视野与爱国情怀。英国《卫报》曾经刊文称：英国引领了19世纪，教会了世界如何进行工业生产；美国引领了21世纪，教会了世界如何消费；进入21世纪，中国若要引领世界，则要告诉世界如何可持续发展。

马教授说，世界的确给了今日中国很高的评价，但也毫不留情地指出了中国的问题和弊病所在。马教授侃侃而谈，言语中透着民族自信心和自豪感。从古到今，从西方到东方，从世贸组织到欧共体，从人民币到美元。马教授说，以前美元是硬通货，贯穿世界贸易的各个环节，甚至主宰整个世界贸易。作为经济金融超级大国的美国，好处是需要钱的时候，可以随时印钞，流通世界。不过，弊端也是有的，那就是印出的钞票总是要流通回来的，自酿的苦酒必须自己吞咽，通货膨胀在所难免。教授讲解可谓一针见血，切中肯綮。

中国的泡沫经济也是有的，马教授认为，金融、新城、园区和产业四大领域，或多或少地存在着泡沫。以人们热衷投资的金融泡沫为例，基金、股票以及各类理财产品，这些由实物衍生出来的

"不是东西的东西"，充斥着整个金融市场。人们购来售去，两眼紧盯着能否获利，丝毫不关心，甚至不知道手中的产品究竟为何物。在金融市场不很成熟的中国，众多的股民亏钱也就不难理解了。追逐着房价，大肆购房的人们也将面临着"严冬"。中央已经明确定位，房屋是用来住的而不是用来"炒"的……转型时期的中国经济，尽管有着内忧外患，道路很曲折，但是前途很光明！

相对于教育思想和经济分析，赵励君教授的"教师压力分析与情绪管理"一课，对于我们这些来自于乡村的中小学教师更具有现实的指导意义。物质与科技飞速发展，精神与观念相对落伍滞后；功利主义泛滥，致使负面情绪能量增加集聚，健康快乐的因素在现实生活中似乎越来越少。赵教授的话"与吾心有戚戚焉"，引起了大家的共鸣。

农耕时代，经济匮乏，可人们之间其乐融融，鲜有尔虞我诈和你争我斗的现象。繁重的肢体劳作，让人们汗流浃背。排出汗液的同时，那些偶尔积聚在体内的怨戾之气也随之消失，体会到的是劳动的愉悦与欢畅。时至今日，心理学家强烈建议那些压力大的脑力工作者和管理人员，要经常参加一些高强度的体育锻炼，在挥汗如雨中抛弃负面的情绪。

赵教授告诉我们，在一定范围内压力和成就是成正比例的。

不过，压力超出了人的承受能力，就会出现身体或精神方面的状况，导致成就断崖式坠落。鉴于此，压力必须有，只是要掌握好尺度，避免出现过犹不及的状况。赵教授还告诉我们，无所事事毫无压力的人和工作压力很大的人，罹患重疾的概率都非常大。太空虚无聊，容易患精神方面的疾病；而压力过大，则会导致免疫功能衰减、糖尿病、心脑血管病及消化系统的病症，严重影响健康。大多数情况下，单纯的外在压力不会置人于死地，可怕的是外在的压力加上内心的崩溃与绝望。

教授说得真好，负面的情绪害死人啊。我记起以前有媒体报道，一个高考失利的男生，闭门在家萎靡不振，时常唉声叹气悲观厌世，听了父亲的一句呵斥，"没用的废物，你去死吧"，心如死灰的儿子毅然决定跳楼自杀。父亲的话，成为压死他的最后一根稻草。探索频道曾经播放过这样的故事：非洲草原有一种体形很小的吸血蝙蝠，它们会袭击野马，附在野马身上吸血，野马无论如何蹦跳奔跑都无法甩掉蝙蝠。等到蝙蝠吸饱血液飞走之后，野马仍旧会长时间狂奔乱蹦，有许多马在狂暴中死去。是谁害死了野马？是吸血蝙蝠吗，可蝙蝠并无毒液，吸完之后就飞走了。是负面的情绪，是恐惧、愤怒、暴躁和绝望害死了野马。

赵教授告诉我们，减压的方式除了运动，倾诉和交流亦不失为一种简单易行而且有效的方法。每个人都应该有几个关系密切的朋友圈。闲暇之际，喝茶聚会聊天，能够化解内心的苦闷，排解负面的情绪。不过，必须提醒大家的是，在结交朋友的时候，要能够甄别益友和损友，做到与君子交而不与小人交。情绪本身不是问题，它只是身体上的一种信号。我们不能把责任归咎于情绪，就像我们在红灯亮起来的时候，不能砸碎红灯一样。不压制，不对抗情绪，而是要关注情绪背后的问题，并且想办法解决这些问题。问题解决了，负面的情绪自然就会化解了。

教授还说，有时候，精神胜利法是必需的。当我们处于绝望的边缘，要多想到自己的好。不是有人说过吗，聪明的比较是用自己的长处和优点去比别人的短处和缺点。通过自我安慰，渡过精神上的难关，何乐而不为呢？

最精彩的讲座当数南开大学历史学院的孙立群教授了，孙教授是央视《百家讲坛》的主讲，讲了一系列的历史人物和事件，我们大家都不陌生。孙教授的《以史为鉴，感悟人生》准备了 60 多张幻灯片，但是教授旁征博引，起伏跌宕，三个小时只讲了不到六张幻灯，让我们充分领略了南开大师的高超的授课技艺。我们不无遗憾地想，假如能够给孙教授多一点儿时间，他会给我们展现一幅中国历史的全景图，让我们充分领略中国历史之宏伟壮观、光辉灿烂！孙教授刚刚讲完，大家就纷纷涌上讲台，请教授签名，与教授合影，忙得不亦乐乎。

为了增进学员对南开历史的了解，南开大学高端培训中心还为我们邀请到原云南师范大学党委书记叶燎原教授。叶教授为我们做了《西南联大，彪炳千秋》的报告，重现了那段艰苦岁月。北大、清华、南开在抗日战争时期组成西南联合大学，迁到云南昆明办学，我多少是了解的，此时再听叶教授讲解，心潮澎湃，感慨万千。

到达南开的第一天，我写了一首小诗，发布在微信朋友圈：

南开印象

没有气度恢宏的大门
没有高端大气的楼宇
也没有繁花似锦宽阔寥远的校园
有的只是古朴低矮端庄的建筑
有的只是凝练沉稳与厚重的历史
更有朝气蓬勃潜心向学的一流学子

允公允能，日新月异
创校先贤张伯苓认为
唯公德才能兼备方可服务社会

唯不懈创新才能造福国家百姓

南开大学，立足津港

以渤海般的胸怀延纳八方优秀学子

培养定国安邦经纶世界之雄才

十四年抗战，步履维艰

南开与清华北大一起

迁往云南昆明组成西南联合大学

抗战胜利，挽救了民族危亡

西南联大，保全了知识的火种

缔造了中国教育史上的辉煌

著名校友杨振宁李政道

将中国人的名字刻在了诺贝尔的奖项上

今日的南开低调、素雅，不事张扬

滤去了世间的浮躁与喧嚣

保留了至真至纯的宁静和美好……

　　叶燮原教授为我们呈现的是西南联大的细节，从梁思成、林徽因为校舍设计建造，到梅贻琦严于律己、以身作则；从历史典故到奇闻逸事，西南联大成为近代中国历史上一个不可或缺的符号。

　　天津实验中学杨静武校长所做的《教学方法与创新》，南开信息技术学院史广顺教授所做的《信息技术在教学中的应用》，针对中小学教学中的问题，理论联系实际，高屋建瓴地给出了诸多解决办法，具有很强的现实指导意义。

　　南开讲坛上的大师们，凭借高端的理论，精彩的演讲，给我们留下了永不磨灭的印象！谢谢你们了，我尊敬的老师。

勿傲勿暴勿怠，宜和宜静宜庄

走进南开，随处可见的是，严范孙先生在南开创立之初制定的南开学子容止格言："面必净，发必理，衣必整，纽必结。头容正，肩容平，胸容宽，背容直。气象：勿傲，勿暴，勿怠。颜色：宜和，宜静，宜庄。"

南开的学子是有自己的独特之处的。踏入南开校园的那一刻起，我就觉察到他们不骄不躁，安稳祥和，匆匆的步履之中，透出坚定和自信。

校园虽然不是很大，对于我们这些刚来的乡村教师而言，也如同刘姥姥进了大观园，摸不着门径。向学生打听学习的地方伯苓楼，吃饭的地方第二食堂，他们会驻足停留，用手给你远远地指一下：喏，前方右拐。不待我们说出"谢谢"二字，就点头微笑离去。这完全不像浙师大，如果问路，那里的学生会很热心地为你指路，详细地解答，直到你完全明白为止。有一次，我向一名男生询问浙师大北门的位置，那男生怕说得不明白，一直陪我拐过两个路口，不由得让人心生感动。而在天津，同行的女老师，不无调侃地说，南开的学霸们不太爱搭理人哪！这也是对南开学子惜时如金的别样称赞吧。

在南开，在天津，天是灰蒙蒙的，空气也是沉闷阴冷的。但是，我的心情却因了一件事情，充满了意外和喜悦。在张晓唯教授的课上，我收到了一条手机短信，内容是：呼老师您好，我是您的学生丁国林和丁国臣的姐姐，现在南开读研究生。我听他们说您到南开来培训了，想问问您何时有空，我们见个面，我想了解一下我弟弟们的学习情况，丁彦妍。

　　丁国林、丁国臣这一对双胞胎是我班上的学生，学习成绩都不错，国臣上次月考还是班级第一。他们有一个姐姐，而且在南开读书？这么厉害，这么巧！我当即回复，你真是你弟弟们的好榜样！中午12点，周总理的雕像下见面怎样？

　　丁彦妍的出现，我喜出望外，这回有了解南开、探索南开的向导了。

　　我们在食堂楼下见的面，她个子不高，留着马尾辫，鼻梁上架着一副黑框眼镜，一件浅蓝色的羽绒服，一条天蓝色牛仔裤，背着一个双肩包，手里提着一个蓝色的印有南开大学徽标的手提袋。虽然是打电话先约的我，但是看得出来秀气的小姑娘有几分拘谨，毕竟她并不了解我。

　　这是一个不一般的小姑娘，从知道我到南开，到主动联系约我面谈，再到见面后的言谈举止，她有着南开人独有的沉着与大方。而后来的进一步了解，也完全印证了我的看法。

　　国林和国臣是我们的纽带和桥梁，话题自然是有关他们两个的。老大国林活泼外向，但学习略显虚浮，不够扎实，成绩在班级八九名；国臣沉默寡言，学习扎实认真，各科成绩都很好。我对两人的分析，受到了姐姐充分肯定。不愧为班主任，对学生的性格脾气了解得很。彦妍说道，老师您是农村优秀教师的代表，他们跟着您读书，我感到很荣幸，希望您以后对他们严格要求，让他们有更大进步！

　　我说，有你这高才生的姐姐做榜样，他们肯定差不了。对了，彦妍，你本科就在南开读的吗？她说，不是，我是从曲阜师范大学过来的。

　　我啧啧称奇，人们称曲师大考研全国出名，果然名不虚传啊。彦妍笑笑，说，老师，饭后我领着你去校园里四处走走吧。我高兴地说，太好了，正有此意！

南开的正门在东面，我想去看看，彦妍推着自行车，我们一同前往。南开的校园虽然不是特别大，校园内也有共享单车，但是考虑到要在办公室、宿舍、食堂之间来回奔波，很多学生都自己买了自行车。

向东经过马蹄湖——行政办公楼前面一个不大的、马蹄形的湖泊。湖心岛上，有一块立于 1979 年的白色大理石纪念碑，上面镶嵌有周恩来金色头像，镌刻着其手迹"我是爱南开的"六个鎏金大字。我们刚来的第一天，在主教学楼前方正对着南门的周恩来大型雕像（立于 1989 年）下合影时，我看到雕像的基座上也刻着这几个字。我问丁彦妍，这话好像不完整哪，应该还有下一句的，对吧？彦妍笑着说，很多人初次看到后，感觉下一句应该是"可惜南开不爱我"，老师你有没有这样认为？我点点头，的确如此。

她接着说，其实下一句应该是"可是我看现在南开的趋向，是非要自绝于社会不可了"，这里面有个历史典故：1919 年五四运动期间，时任交通总长的卖国贼曹汝霖为了收买人心，提出给经济异常困难的南开学校捐款。南开张伯苓校长准备同意曹汝霖担任南开校董，换取他的捐款。可是遭到了以周恩来为首的学生的反对，周恩来给南开写了一封信，里面就有上面的话。尽管张伯苓校长在不同场合一再提到，"粪水可以培育出鲜艳的花朵""不义之财可以为我们所用，为国家做贡献"，可是依旧遭到了爱国学生的坚决抵制。

听了这话，我沉默良久，百年南开，竟然承载着如此沉重的历史。张伯苓校长一心办学，想要为国育才，其心拳拳；年轻的周恩来全力救国，痛恨卖国求荣之徒，其心昭昭。师生二人相争，老师最终让步，为南开留下了一段爱国佳话。这一结局恰恰保持了南开在历史上的绝对纯洁。

我们又到南开和天大之间的南天楼看了看。她告诉我，这座大楼的通道，连接着两家高校，进出十分方便。在南开，人们习惯称之为南天楼，而天大的人们则愿意称之为天南楼。老师，你说有意思不？我笑着说，南开人喜欢把"南"放在前，天大人喜欢把"天"字放在前，充分反映了南开和天大人以自己的学校为荣，以及两所大学伯仲之间的实力。21世纪初，全国新一轮的高校合并大潮中，有人建议南开大学和天津大学合并，组成敢跟北大、清华抗衡的中国最牛高校。在学校的命名上出现了争执，用南开的名字，天大不同意；用天大的名字，南开反对；叫天津南开大学，天大还是不同意；叫南天大学，或是天南大学，双方都强烈反对。这个事情，到底是真是假？彦妍说，大家都这么说呢，应该是真的。

紧邻南天楼的是南开的游泳馆，气势雄伟，规模庞大。彦妍介绍说，里面的设施很不错，价格也不贵，每小时4元钱。前一阶段网上说，在清华，游泳成为一门必修课程，如不通过，将无法毕业。南开虽然没有这样的规定，但是在游泳场馆的建设上还是很用心的。她让我站在台阶上，以游泳馆为背景，用手机给拍了一张照片。

能够在异乡遇到家乡人，而且这家乡人还是自己学生的亲姐姐，无论如何都是让人高兴的，尤其可称赞的是彦妍姑娘很博学，热情开朗，和我交流起来毫无隔阂，这可比在会场外面服务的一脸严肃的学生志愿者亲切自然多了。

为了提升农村特级教师的理论知识和业务水平，青岛市教育局不惜重金投入，让我们来到南开学习。南开继续教育中心的服务堪称一流，每次开课前都会提供饮品：茶叶和咖啡。茶分红茶和绿茶，都是立顿车仔品牌，装在小纸包内，和住宿的宾馆内提供的很相似，但是喝起来的味道却要好多了。咖啡只有一种，是麦斯威尔经典原味速溶咖啡，香醇可口，回味绵长。会间休息时，除了饮品，还有水果和点心。水果种类搭配齐全，今天是香蕉、蜜橘，明天是大枣和菇娘果，后天就可能是圣女果（小西红柿）和切成一片片摆在盘子里的火龙果。点心更是花样繁多，小饼干、小桃酥、小蛋糕等，和水果一样，每次提供两种。

站在旁边服务的学生志愿者不苟言笑，娴熟地给学员们打水，取一次性水杯。见到水果点心茶叶咖啡用完后，从箱子里往外拿，放在桌上的盘子中。我们听课，他们有时候也会坐在角落里听讲。南开的每栋楼里都有保安，有一次，我还看到一名保安坐在后排津津有味地听着。我感慨，大学的保安工作真好，可以随时聆听大师们的教诲。

在南开的日子虽然短暂，但是知识渊博的教授、勤奋好学的学生给我留下了极其深刻的印象。尤其是学生的姐姐带我了解很多南开不为人知的历史，真是获益匪浅！

2017. 11

青岛中考阅卷随记

担责阅卷点

2014年青岛市中考语文历史试卷批阅点设在江西路的外贸职业学院。这是一所有着50多年历史的高校，初建于1963年，主体建筑只有两栋教学楼，两栋宿舍楼，虽然面积不大，但是因为地处市南区的黄金地段，学校的生源非常不错，据说已经在其他地方建设了规模宏大的新校区。目前只有两个系的学生留在此地学习。为了支持阅卷工作，这两个系的学生也不得不暂时转移到新校区学习，腾出场地供中考阅卷组使用。

古朴凝重的青灰色的楼梯上爬满了绿意盎然的爬山虎，校园里古树参天，绿荫匝地，环境清幽。或许是因为此地距离市招生考试办公室只有两条街道的距离，便于监督管理；或许是看中了此处的清静幽雅，便于阅卷人员专心致志地开展工作，中考阅卷点设置在此地真是再合适不过了。今年开始，青岛市首次实行中考网上阅卷，我批阅的是作文，作文阅卷人员共有62人，分为三组，全部集中在外院三楼的一间微机教室内。

阅卷点管理严格，阅卷人员和后勤服务人员无论是进出学校大门，还是到食堂就餐，都要佩戴青岛市教育局发放的工作证。中午和晚上在食堂就餐，伙食标准较高，质量不错。食堂供应荤菜和素菜各五六样，荤菜一般有鸡腿、排骨、红烧肉、猪蹄、鱼、虾，素菜有青椒、豆腐、茄子、大头菜、黄瓜、蒜薹、芸豆等，可以任选两荤两素。主食是大米和馒头。正餐时，学院食堂每人发放一个水果，比如香蕉、油桃、杏子等，也可能是一份西瓜。

相比学院饭菜的丰盛，而住宿的所谓的三星级宾馆配送的早餐，就有点儿寒酸了。每人一个鸡蛋，四五份蔬菜加上三四种咸菜。面食是油条、馒头、面包老三样，稀饭只有两种：玉米糊和大米稀饭。十几天来，一成不变，人们都吃腻了。

工作时间从上午八点半开始，到下午四点半结束，中午一个半小时的就餐和小憩时间。看起来并不紧张，压力其实蛮大的。坐在电脑前，瞪大眼睛瞅着屏幕上的试卷，逐字逐句阅读学生的作文，评优劣分高下。字体正规大方的还好辨认，若是遇到细若蚊足小如米粒的汉字，或者是凌乱如草的文字，就会累得眼睛酸胀不已，大大降低阅卷的效率。到了十点钟休息的时候，站起来往往会头晕眼花站立不稳，需要扶着桌子停顿一会儿才行。所以参加阅卷工作的大都是年富力强的中青年教师，和我们一起去的一位56岁的老教师，只干了两天，就因为视力和体力的问题，被阅卷小组劝回去了。

上午休息半小时，下午也是，从两点半到三点钟。这段时间，大家可以在校园里走动一下，舒活一下筋骨，扭动一下腰肢，让疲劳的视线都有点模糊的眼睛得到片刻的休息和放松。

批阅其他题目的人员，因为简单且数量少，不容易出现评分上的分歧，一天可以批阅几百份甚至上千份卷子。而我们能批阅完200

份卷子就不少了，60 多人的作文阅卷组，一天批阅 1 万多份，全市总共有 7 万多初中毕业生的卷子，批完第一轮要用五六天的时间。

作文的要求高，一份卷子由不同的人员批阅两次，如果两次的评分相差不到 5 分的话，系统会计算出平均分，作为该作文的最终得分。如果相差超过 5 分，系统会自动筛选出来，提交第三人批阅，取三个成绩中得分最相近的两个的平均分，另一个分数就成为无效分。每隔一段时间，组长就会在电脑上查看一下阅卷的进度（总体和个人），看一下得分的曲线图。总体上，得分曲线是一条抛物线，最高点在 38 分，这一部分的成绩最多，最低点分别为 0 分和满分，因为这两端的成绩最少。

因为试卷的分配是打乱了县市、学校，不分地域，由系统自动调整的，所以个人的曲线大致和总体评分曲线差不多才行，如果偏离太大，说明批阅中赋分偏高或者偏低。阅卷人员给出的无效分的多少，系统也会在终端显示，组长可以查看到每个人的无效分所占的百分比，一般情况下 3% 以内是正常的，超过 3%，组长就会找你谈话，一起分析查找一下阅卷过程中存在的不足之处。批阅中，个别评卷人员的有效分比率仅仅为 92%，大部分为 96%～98%，令我自豪的是我的有效分比率为 98.1%，即无效分比率仅为 1.4%，这是一个很不错的成绩，说明对阅卷标准掌握到位。

阅卷中，我们始终秉承"给一分有道理，扣一分有依据"的原则，坚持"为千千万万的考生和家长负责"的态度，埋首于电脑前，全力以赴地批好每一份卷子上的每一篇作文。

阅卷苦与乐

连日来，青岛的天气阴沉多雨。青岛属于一座海滨城市，温润凉爽的海风可以吹到城市的每个角落。即便是在夏季，我们也不觉得炎热。

　　坐在宽敞的阅卷室内，听着窗外雨点滴落在树叶上的沙沙声，62 双眼睛静静地盯着电脑屏幕，移动鼠标—审阅作文—输入成绩—点击提交，一篇作文批阅完成需要一到两分钟。评价立意是否准确，语言是否通顺，结构是否完整，层次是否清晰，书写是否规范，依据评分标准给出相应的得分。

　　阅卷人员时而眼珠转动快速浏览，时而凝视深思。偶尔有相邻的老师凑在一起，讨论交流自己遇到的某一篇或好或差的作文，声音也都压得很低。

　　因为中考是人生中一件重要的事情，所以几乎每个考生都是带着满腔的热情和期望来写作文的。沉浸其中，我们能够分享到考生的幸福与快乐，能够感受到他们内心的焦灼与痛苦。尽管他们的思想尚不成熟，笔触尚显稚嫩，语言也可能不够严密，逻辑性也不是很强，甚至有的学生还会出现一些病句和错别字，但是文章字里行间透露出来的对生活的热爱，对亲情的渴望，对梦想和真善美的追求，着实让人感动。

　　当然，部分作文也传递出考生心中的苦闷和彷徨：父母离异对自己的伤害；自己的想法不被家人尊重、理解的痛苦；辛苦付出没有得到相应的回报的焦灼。这些磨难和挫折，引用一位考生在作文中的话来做一评价，最恰当不过了。"雏鹰要经历几番跌倒才能在天空中飞翔；鱼儿需要劈波斩浪才能在大海中遨游；而我们需要经历磨难，才能在生活中变得成熟坚强……"

　　阅卷的过程是枯燥的，但是当你沉下心去品味考生的文章，就会发现其中包含的乐趣，感受考生火热的情怀，剖析考生的心路轨迹，与小作者同悲同喜，同甘共苦。不知不觉中，到了休息时间。20 分钟的空闲，可以站起身来走动一下。到走廊里倒一杯热水，冲一盏香茗，让茶香氤氲于鼻息下，滞留在唇齿间；站在阅卷室窗台前向远处眺望，放松一下疲劳的视神经；或者站在电脑前，一边用手揉捏着有些僵硬的颈椎，一边就某一篇作文和其他阅卷人员展开激烈的辩论……这些，都是阅卷生活中不断重复的画面。

更多的人喜欢走出阅卷的大楼，三五成群地来到校园（阅卷点在某高校）的林荫道上、操场上，活动一下手脚，呼吸一下新鲜空气，让已有几分麻木的大脑得到片刻休息。

我更喜欢到教学楼后面的食堂旁边的小花园中。青岛的地势高低起伏，建筑往往依地势而建，食堂是一栋两层的楼房，地势较高，它和小花园所处的平台与前面的教学楼二楼平齐。踩着一级级台阶走上去，一排苍翠高大的雪松首先映入眼帘，雪松掩映之下，露出精致小巧的花园的一角：幽深的葡萄长廊和恰似碧玉的微型荷花池。

几套石凳干净素雅，可是没有人去坐。久坐少动的阅卷老师更喜欢站在树荫下闲聊，或者是沿着狭窄崎岖的小径，一边走一边聊。几平方米见方的荷花池边，有几个人在凝望着池中碧绿的荷叶，嗅着莲花的馨香。月亮门旁，有人在做扩胸运动。花丛边，有人在做转体运动，一下一下地扭动腰肢。有几个中年女教师居然跳起了广场舞，手臂有节奏地挥舞着。还有两个人扶着廊柱，右手食指和中指交替向上移动，身形也跟着一节一节拔高。食堂门前的树下，有一名男教师打起了太极拳……

我摆动一下僵硬的脖子，低头，仰头，左摇，右晃。颈椎咯吱声清晰传入耳中。我眨巴眨巴干涩的眼睛，极目远眺，数着远处高楼的楼层，一层，二层，三层……二十八层。

如今，青岛的高层建筑越来越多，五四广场、奥帆中心一带的沿海高楼，大都在三四十层之间，鳞次栉比，岿然矗立。早年间红砖碧瓦的古老的低层建筑几乎荡然无存，经济的飞速发展，使得青岛这座海滨城市正逐步变成为国际化的大都市。也正因为如此，一些独特的人文景观也在慢慢消失。

学院教学楼，上面雕有一个朱漆已经剥落的五星，很容易让我们想到那个热火朝天的革命年代。可是这古朴典雅、造型独特的建筑她的存留时间又会有多久呢？

铃声响起，我将游弋的思绪拉回，松弛的神经一下子又绷紧了，跟着众人急促的步伐，快速地向大楼中的阅卷室跑去。

逛奢侈品店

夏日的青岛海滨，凉风习习。劳碌了一天的当地人，观光旅游的外地人，都喜欢饭后到海边散步、谈心、纳凉、消暑。所以五四广场和奥帆中心等沿海一带就出现了络绎不绝的人群。夜幕逐渐拉开，街边的路灯放射出璀璨的光芒。我不由得想起了郭沫若老先生的诗句"远远的街灯明了，好像闪着无数的明星"，这情形，真是一点儿不假。

几十层的高楼，在夜空中都亮起了墙体上装饰的彩灯。有的像焰火，五彩的光芒升腾、绽放、消逝，再升腾、再绽放、再消逝，周而复始；有的则将自己公司的品牌图案呈现在楼体上，滚动出现；有的则用灯光在楼体上绘制出巨幅的山水画屏，几十秒钟变幻一次……

五四广场上，重达 700 吨的全钢制雕塑《五月的风》，在灯火的辉映下，分外鲜红，十分夺目。而周围彩色灯柱，与雕塑形成众星拱月之势。最吸引人的莫过于雕塑旁边和海边卖唱的街头艺人了：一个小姑娘坐在轮椅上，擎着话筒，唱着婉转凄美的歌曲；一名神色凝重的中年人，坐在一架扬琴的后面，灵活地敲击着琴弦，铮铮淙淙的声音如泉水般倾泻而出；吹笙的，吹箫的，弹电吉他的，各种乐声、歌声此起彼伏，争相入耳。一位皮肤大面积烧伤的中年男子，面目看上去有些狰狞的壮汉，坐在一盏路灯下面，身前摆着各色的橡皮泥。他的手指飞快地揉捏着。一会儿，一朵显眼的玫瑰花就在手中绽放。一位小姑娘俯身在他身前的纸箱内放下 20 元钱。壮汉双手将用玻璃纸包好的花儿送到小姑娘的手中。

沿着海岸，一路逶迤向东，不到十分钟就来到了奥帆中心广场。这里的游人更多，小商小贩也多起来。安放一盏充电灯，展开一块帆布，平摊在地上，摆上许多精细的物件：大海螺、珊瑚、珍珠项链、念珠、各种小挂件，品种繁多，琳琅满目。价格也不是很贵，大都在七八元到壹佰元之间。

再向东走，一些规模大的，带货棚的，比较正规的交租纳税的摊点出现了。商家很热情，态度也很好。出售的物品和小摊贩的差不多，但是品种数量增多了，价格也稍贵。20 世纪 90 年代，我到栈桥游玩，流动的小商贩缠着不放，死缠烂打地兜售小物件。而今天，这种现象荡然无存。我不由得感慨，随着青岛市文明化程度的提高，商家的素质也不可同日而语了。我随意挑选了几件小饰物，准备带回家，作为送给妻子女儿的小礼物。

海边，停靠着一排排的船只。最引人注目的是两艘游轮，有三四层楼房那么高，装修豪华，设施齐备，顶部的闪烁的"某某银行"的 LED 灯，在夜色中远远就可以看到，那是银行的大幅广告牌。更多的是帆船、橡皮艇和摩托艇，坐上去沿海转一圈，依据里程的长短和船只的豪华程度来收费。标准从五十元到几百甚至上千元不等。其中，还停有两艘海监船，中等体量，因其上面的警灯和船体侧面的"海监某号"而分外惹人注意。

这一带也是大型商场的集散地，阳光百货、佳世客、家乐福、百丽广场等大超市云集辐辏，各自占据着黄金海岸的一些质地。同行的张世品老师说，海信广场开业时间不长，建筑宏伟，规模庞大，装修也很豪华，值得去一看。于是，我们四人信步前往，朝着远处一栋顶着"海信"两字的摩天高楼走去。因为按照惯例，那高楼底部必定是商场无疑。

花了好长时间走到跟前，才发现我们错了。请教路人，路人遥指我们所来之处，说道，那个方位，一座椭圆形，外观类似体育场的建筑物便是。哦，原来是它呀。刚才与之擦肩而过呢。不对呀，当时怎么没看到门店的招牌名号呢？路人笑曰：海信广场格局与众不同，面北背南，招牌在北面，你们经过的是它后面的道路啊。

海信广场，奢侈品的世界，富豪的购物天堂。一件看上去普通得不能再普通的 T 恤衫，售价八九百元；一个最便宜的女士手包价格在千元以上；一套平淡无奇的紫砂茶具，要价五六千元。

四楼的家庭商场摆满了高科技产品，这些产品大都来源于国外。一阵凉风吹来，我们走到一家专柜跟前，好奇地围绕在一个形状像放大镜似的可以摆头的物品前，研究了半天，也搞不明白一个铁环模样的东西是怎样吹出风来的，没有叶片，听不到风机转动，只能听到呼呼的风声。猛一抬头，又看到前面有一个盘子大小的物件在桌面上跑来跑去，正当我们担心它会不会掉下来摔坏的时候，它在桌子边上骤然停下，仿佛早就预知了前面的危险，掉头跑向另外的地方去了。

售货员告诉我们，那个是无叶片电风扇，这个是智能吸尘器。看看价格，不由得令我们咋舌，风扇贵过空调器，而小小的吸尘器价格近万元呢。这还不算离谱，毕竟科技含量高，价格贵一点儿，还是可以理解的。但是有些东西的价格却不是我们敢想象的了。

饰品门店的橱柜里有许多昂贵的首饰，黄金白银，珍珠玛瑙和翡翠……一件看上去稀松平常的手链，木质的，灰白的底子，红褐色的纹理，摆在精美的盒子里，下面衬着黄丝绸，在珠光宝气中不仅不起眼，还有几分寒酸，与摆放它的器物很不相称。

一起的王树宁老师悄悄扯扯我的衣襟，指了指标价牌。我一看，嘴巴不由得张开成为一个 O 形。该不会是哪个粗心的物价员标错了，在后面多加了零吧？我想。邱振金老师年龄大，见过的世面多，但是他看到后，脸上同样露出几分疑惑。他干咳一声，故作镇定地问那位年轻漂亮的、脸上挂着职业微笑的售货员，姑娘，这手链的材质是什么？沉香木的。那价格呢？姑娘纤纤玉手一直标价牌，上面不是标着的吗，十二万。她轻描淡写的话语中，透着几分鄙夷。

我听了，下意识地向后退了一步，尽管那手链摆放在结实的玻璃柜中，我还是生怕自己一不小心碰到它似的。天啊，标价没有错，我们做贼似的落荒而逃。

食品的价格不会太贵吧？毕竟是吃的东西，有合适的买点儿回去给孩子，讨得她的高兴与欢心，也不枉来青岛一趟呢。我的意见得到了大家的一致赞成。我们坐电梯来到地下一层，在货架间转来转去。一包来自国外的饼干，价格要三五十元；一盒源自欧洲国家的巧克力则要上百元。我捏捏干瘪的钱包，咬咬牙，正想给女儿买上两包奢侈的食品时，一旁的高级教师老邱也想为孩子买点食品，看了以后气呼呼地说了一句，奶奶的，不就是份零食吗？居然如此昂贵，走吧，到别家商场买国货去。

哈哈，高级教师也不富裕啊。

热心的青岛人

我们对外宣称自己是青岛人，尽管很牵强，但也没有错。莱西属于青岛辖区内的一个县级市，就全省、全国而言，莱西人是当之无愧的青岛人。但在青岛范围内，我们只能算是乡下人了。真正的

155

青岛人只能是居住在市南、市北和李沧三个区的居民，即便是崂山区、城阳区和黄岛开发区的人也不能算是严格意义上的青岛人。

说起青岛人留给我的印象，要先从阅卷场地的工作人员开始。学院总务处的老师在我们到来之际，就将餐票和工作证发放到我们手中，临了还不忘告诉我们一句：工作证要随时佩戴，进出大门、到食堂就餐都要核验的，一旦丢失请及时告诉我们，我们为你们补办。服务周到，话语暖心。阅卷室门外的走廊内，摆放着开水供应桶和大桶水。阅卷人员可以根据需要自行取用。有一位老伯专门负责开水的供应，将一壶壶烧开的热水从楼下提到三楼，倒入开水桶中。

一次，我端着水杯去接开水，站在一旁的老伯关切地说，小心点儿，水热，别烫着。一句提醒，让人感动不已。食堂里负责发饭的大姐更细心。将每餐一个的水果递到你手中，还不忘轻轻一按，看你抓紧了才放手，免得掉到地上。吃完自助餐，端着盛有残羹冷炙的托盘去交回。站在那儿的食堂工作人员老早就伸出双手接住。当你将盘子、筷子、勺子分开来放的时候，他们会笑着说，放下就行，我们来。或者说，你们批卷子累，早回休息吧。这些关切的话语，在炎炎夏日送来丝丝凉爽。

饭后回宾馆，突然想剔牙了，问前台的服务员有无牙签。服务员一脸热情，您哪个房间，待会儿派人给您送上去。走在街道上，向一位穿着整齐的公务员模样的中年男子打听地方。热心的他立马停下来，详细地告诉你，在哪条道路，坐哪路公交车，到哪个站点儿下车，说得详细具体，让人感动。

登上公交车，尚未站稳，车开了。我身子一晃，差点儿摔倒。身后的小伙子一把扶住我的肩膀。旁边的一位姑娘也伸出两手，准备着扶我一把。我连声道谢，小伙子轻松地说，没事没事。而姑娘则莞尔一笑，友好而矜持地点点头。

忠于职守、勇于担责、乐于助人，在青岛阅卷这十几天的时间里，所接触的青岛人的热情给我留下了深刻的印象。

在青岛走向国际化大都市的过程中，我们每个人，都要用自己的实际行动为这座城市增添无限的光彩。

2014. 07

大熊猫，现代中国的文化符号

提起大熊猫，每位中国人都会感到自豪无比，那可是人见人爱的吉祥物，集万千宠爱于一身的国宝级动物。每次到青岛去，只要时间来得及，我总会去动物园一趟，近距离观赏一下动物界珍稀的"活化石"大熊猫。

青岛动物园的大熊猫有两只，雄性的叫乐水，雌性的叫贝贝。看着憨态可掬的它们在草地上打滚，在架子上嬉戏，我感到无比的开心与快乐。回想起来，我对熊猫的喜爱还是源于一部叫《功夫熊猫》的电影。2008年6月，动画片《功夫熊猫1》上映后，立即在世界上掀起了一股大熊猫热。故事讲述的是憨厚执着的大熊猫阿宝，在乌龟师傅的教导下，在虎、猴、蛇、鹤、螳螂五位功夫大师的帮助下，终于打败了不可一世、恃强凌弱的花豹。影片中的大熊猫阿宝朴实憨厚、勤劳能干、好学上进、意志坚强、不畏强权，给人留下了深刻的印象。情节虽然简单，但是蕴含的道理却丰富而深刻。有人说，这部电影传递了美国的艺术家对东方古老中国的敬意；有人说，这部电影宣传了在地球上生存了800多万年的大熊猫，告诫人们要与自然和谐共处，蕴含着反对战争、反抗暴力的思想……不论怎样，大熊猫这一珍稀动物形象，深深刻进了世人的脑海之中。

看着动物园里的大熊猫慢吞吞地爬树，慢悠悠地嚼着竹子，看着它们趴在地上呼呼大睡，我不禁发出感慨：野生大熊猫的平均寿命在 18 年至 20 年之间，圈养的寿命长一点儿，大熊猫算不上地球上长寿的动物，但是它们能够在地球繁衍生息 800 万年之久，到底凭借的是什么？要知道这么长的时间里，有多少旧物种消失，又有多少新物种诞生啊！是大熊猫淡定从容、随遇而安的性格影响的？还是它以竹子为主、辅以蔬菜水果甚至竹鼠等动物的饮食特征决定的呢？我不得而知。我只知道，这种可爱的珍稀动物，在人类的保护之下，一定会长久地生存下去……

青岛动物园里的乐水和贝贝，吃饱了就运动会儿，然后睡觉，看似没有目标和追求，其实包含了"有容乃大""无欲则刚"的哲学思想。细细想来，大熊猫不正像极了我国躬耕于田园的农民吗？农民生于乡村，寄情于山野，日出而作，日落而息，默默无闻，无私奉献，付出很多却索取甚少。但他们是生命力和耐受力很强的群体，拥有坚韧不拔、朴实无华的品格，为我国粮食的供应辛勤耕耘，为现代化建设事业添砖加瓦。

《功夫熊猫 1》之后，剧方又分别在 2011 年、2016 年出品了《功夫熊猫 2》和《功夫熊猫 3》，电影一如既往地突出了大熊猫的可爱与勇敢，塑造了阿宝拯救乡亲的高大英雄形象，掀起了一波又一波的大熊猫热潮。如果说"龙"这种虚幻神奇的动物是中国千百年来传统的文化符号，那么真实憨厚的大熊猫完全担得起中国现代文化符号的象征。在当今，大熊猫为我国的和平外交做出了积极贡献，是当之无愧的"友好大使"。

当下，我国正将大熊猫保护与自然生态保护教育、传统文化教育、爱国主义教育紧密结合起来。大熊猫帮助我们正视自然生态，促进人与自然和谐共处，帮助中国与世界进行友好交流，让世界人民了解、认识中国。

大熊猫，不愧为动物界的"活化石"、中华民族的瑰宝！

（本文 2021 年 9 月 17 日发表于"学习强国"平台）

冰墩墩，探索未来引领时代

科技缔造未来，熊猫引领潮流。2022 年北京冬奥会期间，人们抢购具有科技色彩的吉祥物"冰墩墩"，出现了"一墩难求"的现象。头戴运动头盔，身穿航天服，双目炯炯有神，挥动手臂向人们致意的冰墩墩，造型活泼可爱，寓意高远，受到世人的无比喜爱。

作为世界性运动会的吉祥物，大熊猫绝非第一次。1990 年北京亚运会吉祥物是熊猫盼盼，2008 年北京奥运会吉祥物之一是大熊猫晶晶，2017 年成都国际马拉松比赛 Logo 也是一只可爱的大熊猫。不仅如此，大熊猫是联合国开发计划署第一任动物大使，还是 2018 年中国国际进口博览会的会徽，更是世界自然基金会、中国野生动物保护协会的会徽。

具有科技美感的冰墩墩，意味着创造非凡、探索未来，体现了追求卓越、引领时代，以及面向未来的无限可能。它的畅销并非偶然，似乎与我国航天事业的迅猛发展有着不可分割的联系。

大熊猫的传播，令其成为中国与世界交流的使者，而科技的发展，让中华民族雄起于世界的东方。2021 年 9 月 17 日，神舟十二号飞船顺利返回地球，举世瞩目。乘坐飞船的三名航天员聂海胜、刘伯明、汤洪波，实现了在空间站驻留三个月，圆满完成了太空舱外设备维修维、更换等一系列操作任务。这是继 2003 年神舟五号载着杨利伟进入太空，2008 年神舟七号载着翟志刚太空中行走之后，我国的航天事业取得的又一重大成就。

大熊猫是最闪亮的动物明星。作为一名农村长大的孩子，我从小就对各种动物有着天然的亲近感。城里孩子见不到的猪牛羊驴骡马等，都是我们日常的好玩伴，画册图片上的老虎狮子大象犀牛河马也能吸引我们农村孩子的目光。尤其是大熊猫，大大的黑眼圈，胖乎乎的身躯，格外讨人喜爱，成为孩子们追捧的对象。参加教师工作以后，我发现不仅我们那一代人对大熊猫充满了向往，所有的孩子都喜爱这种极其珍稀的国宝级动物。

1999 年，几件与大熊猫有关的事件，我至今记忆犹新。那年 1 月份，河北教育出版社出版了卡伦·达德利著、莫妮翻译的图书《大熊猫》。该书面世以后，我立马到书店买来一本，在语文课堂上组织学生阅读，在班级内掀起一股熊猫热。3 月市里组织了一次大熊猫图片展，我利用星期天时间，带领几个同学，乘车 50 里前去观看，和孩子度过了非常开心、非常有意义的一天。6 月份，在中华爱国工程联合会和中国教育报联合举办的征文活动中，王英娇同学写的征文因高远的立意和远大的抱负获得优秀奖，入编《我在跨世纪时》一书。她在征文中写道，"我们是二十一世纪的建设者，从现在开始，我要努力学习，长大后当一名宇航员，乘着宇宙飞船去探索宇宙的奥秘，去寻找到适合人类生存的第二个星球。"二十年后的 2019 年 9 月，北京冬奥会吉祥物冰墩墩闪耀亮相，它赫然就是一名宇航员的形象！真令人啧啧称奇啊。

冰墩墩这一形象的出现，旨在号召中小学生"爱科学，学科学"。

"科学源于实践，创新才能发展"，作为教师，不仅要在课堂上传授给学生科学知识，提升他们的科技素养，还应该以身作则，带头科研。我的农村老家地处丘陵，气候干旱，经常缺水。我利用常见的塑料桶、橡胶软管、铁丝网、纱布、水龙头等，研制成一个简易的净水器，将生活污水进行循环利用，节水效果非常明显。街坊邻居知道了，都来取经学习，该器具在我们村里被广泛使用。

就像大熊猫充满了神秘吸引力一样，科技探索也是魅力无穷。"旱灾区域生活污水循环净化器"被授予国家实用新型专利后，大大激发了我的创造力，也给学生树立起良好的榜样。想到擦黑板时粉尘飞扬，既破坏环境卫生，又容易危害身体健康。我带领学生集思广益，设计了一种能够吸尘的黑板擦，也被授予国家专利……我们的探索研究，是不是与大熊猫有着某种神秘关联呢？

2022 年北京冬奥会吉祥物冰墩墩，寄托人们对未来的憧憬与向往，凝聚着人类探索宇宙的智慧，昭示着科技发展的丰硕成果。人们对大熊猫的喜爱，必将热烈而久远；人们对宇宙的探索，必将达到一个新高度。

（本文 2022 年 3 月 22 日发表于"学习强国"平台）

百年窖藏，五洲芬芳

"葡萄美酒夜光杯，欲饮琵琶马上催。"这是唐代诗人王翰《凉州词》中的诗句。将士出征前畅饮一杯葡萄酒，是壮行程、鼓士气，也是慰劳和奖赏。"醉卧沙场君莫笑，古来征战几人回。"出征将士的豪迈胸怀和视死如归的精神，在红艳艳的葡萄美酒的映衬下，光耀千古。

葡萄酒的历史悠久。8000 年前，高加索山脉一带的人们就学会了酿制葡萄酒。在地中海地区，葡萄酒逐渐由饮品演变为美食艺术的重要元素，乃至于被基督教作为宗教仪式的一部分——葡萄酒和面包成为圣餐。

葡萄酒能在中国盛行，应该感谢"中国的葡萄酒之父"、烟台张裕公司的创始人张弼士。1841 年出生于广东埔县的张弼士，18 岁时远赴南洋，经过艰苦打拼，成就一番事业。1871 年在雅加达出席法国领事馆酒会，接触到葡萄美酒后，立即对其着迷。听到与会的法国人谈到中国烟台一带的野生葡萄口味纯正，非常适合酿酒，他的心里便萌生了在烟台设厂酿造葡萄酒的想法。

随着事业的逐步壮大，声望的日益隆盛，张弼士也被清政府重视并擢升，这为他投资建厂提供了便利条件。1892 年，张弼士投资 300 万两白银在烟台的海边创建张裕酿酒公司。酿造葡萄酒，需要用到酒窖，临时的小型酒窖很快就满足不了企业发展的需要，公司要有一个相当规模的地下大酒窖来贮藏保存葡萄酒。这项任务落在张弼士的侄儿、张裕公司的总经理张成卿身上。

张成卿，马来西亚圣思维亚斯学院土木工程专业毕业的高才生，在张裕建设之初就跟随叔叔张弼士来到烟台。他身兼总经理、工程师、翻译和技术员等多个职务，带领员工开辟了 3000 多亩的葡萄园，引进了 120 多个葡萄品种，研发出十余种葡萄酒。他身先士卒、日夜操劳，为公司的发展立下了汗马功劳。

那时，张弼士考虑到侄儿的身体瘦弱而又公务繁忙，担心他积劳成疾。故而与他商量，聘请西洋人来完成酒窖的设计建筑，张成卿欣然同意。据发表于 1907 年第三期《商务官报》上的《烟台张裕酿酒有限公司节略》记载，光绪二十二年（1896 年），德国工程师建造了一所可以贮酒 30000 箱的酒窖，只是因为设计施工存在重大问题，第二年便坍塌了。

一时之间，酒窖的建设陷入僵局。张成卿看到叔叔张弼士一筹莫展，忍不住挺身而出，主动请缨重新规划设计大酒窖。首先，他摒弃了西洋人使用铁梁钢构进行建造的建议，因钢铁材料均需进口，花费巨大，虽然建设起来快捷方便了，但是酒窖毗邻大海，海水极易腐蚀钢铁，使用时间很难长久。他经过深入细致的考察和调研，决定采用中国"土法砌券"，结合西方洋灰（水泥）灌浆扎缝的方法建造穹隆顶的地下大酒窖。为此，他和叔叔张弼士多次探讨、修改、完善图纸。

在张成卿亲自监督指挥下，建设工程进展顺利。不料大功垂成之际突降天灾。1903 年 5 月，烟台大雨如注，洪水泛滥。因护救不及时，大水冲坏了酒窖的许多建筑。张成卿在暴雨中仰天长啸、号啕大哭，导致寒邪入侵，为本就羸弱的身体埋下了病根。好在大雨过后，大家积极抢险全力补救，酒窖终于在 1905 年落成。《商务官报》记载了当时的盛况，"各国工程师来观者，俱为诧异，竟谓中国人有此绝大本领焉！"由此，这座由石材堆砌、水泥勾缝的地下建筑闻名于世。

张裕大酒窖历时 11 年，经过三次改造，终于成为亚洲最早最大的地下酒窖。其深度达到 7 米，由 8 个拱洞组成，面积为 1976 平方米。里面至今保存着落成之初存放进去的三个容量为 15000 公升的橡木桶，号称"百年桶王"。酒窖距离大海不足 100 米，却做到了滴水不漏，这仰仗于精心设计的隐秘排水系统，将渗出的水滴通过暗渠排入深井。内部通风、换气良好，温度、湿度恒定，温度保持在 13℃ ~17℃ 之间，湿度保持在 60% ~80% 之内，有利于葡萄酒的存放与熟化。2013 年，酒窖以其堪称完美的设计理念和中西合璧的建造工艺，被国务院认定为第七批"全国重点文物保护单位"。

而今，张裕公司的酒品丰富，分为葡萄酒、白兰地、起泡酒、味美思、冰酒、保健酒（三鞭酒）、白酒（烟台古酿），单是葡萄酒就有解百纳、卡斯特、爱斐堡、黄金冰谷等不同的品级，形成了十多个系列，上百个品种，产品销往亚非欧、南北美洲的 70 多个国家和地区，受到各国人民的喜爱和追捧。应该说，大酒窖在张裕公司发展进程中功不可没，它奠定了张裕葡萄酒行业龙头的地位，见证了公司波澜壮阔的发展历史。只可惜，大酒窖建成后不久，张成卿就英年早逝，没有看到张裕公司辉煌的成就。

2022 年元旦佳节，我有幸跟随赵子义先生，偕同两位朋友，前往烟台拜访文化名人夏仁胜老先生。夏老先生知晓我有参观张裕酒文化博物馆的想法后，直接将见面地点定在他的好朋友、张裕酒文化博物馆于波馆长的办公室里。真是意想不到的惊喜！

军人出身的夏老就像陈酿的葡萄酒，越到老年著作越是敦厚内敛、意蕴丰富，中央电视台连续剧《大秧歌》就是根据他的同名小说改编而成。早在几年前就有幸得到未曾谋面的夏老签名赠书。夏老在少年时代，曾经于莱西一中读过书，视莱西为第二故乡，见到我们之后分外亲切，悉心传授写作技巧。他说："小说创作，不能把坏人写得一无是处，也不宜把好人写得完美无瑕。我们要抓出坏人的亮点，找到好人的缺点，这样的作品才会像张裕公司的美酒，滋味悠长。"在场的人被夏老的幽默睿智所感染，会心地笑起来。谈到自己的创作，夏老说："岁月不饶人啊，我要争分夺秒，将《大厨师》尽快搬上荧屏，将《大孝子》尽快付梓出版。"他鼓励我们要趁着好年华，认真读书努力创作，多出精品。他的话如同甘醴琼浆，令人回味。

于波馆长是莱西籍的老乡，温文尔雅、知识渊博。他一边引领我们参观，一边侃侃而谈。从张弼士投资建设张裕公司，张成卿呕心沥血建造大酒窖，到孙中山参观张裕留下"品重醴泉"的墨宝，到张裕葡萄酒巴拿马万国博览会斩获金奖，到张学良参加张裕建厂40周年题赠"圭顿贻谋"，再到1992年江泽民总书记手书"沧浪欲有诗味，酝酿才能芬芳"鼓励张裕人……百年来，张裕公司以发展壮大民族经济为己任，砥砺奋进，受到社会各界的关注和支持。一路走来，一路芬芳，成为烟台的名片，国家的品牌。

在于波馆长的介绍中，我们学习到了关于葡萄酒的很多知识。葡萄酒成分复杂，除了60%～80%的水和10%～20%的酒精以外，其余的是多种微量元素、维生素、矿物盐、有机酸和多酚等。多酚能使多密度脂蛋白免受自由基导致的氧化，可以有效预防动脉硬化和心脑血管疾病。据说在这一点上，任何食物和饮料无法与之媲美。

在品酒台前，于波馆长为每位客人斟了三分之一杯的卡斯特葡萄酒，引导大家端起酒杯，轻轻摇晃，嗅着葡萄酒的香味，他问我们："知道喝葡萄酒为什么要用高脚玻璃杯，且不斟满吗？"我们面面相觑，无法回答。夏老不慌不忙地说："手持高脚杯细长的杯柄，可以避免手掌握住杯体而影响酒的温度，要知道人体的温度是36℃，而葡萄酒的最佳饮用温度为17℃，倒少量的酒，便于晃动，既可以散发酒的芳香，又有利于酒体与空气接触，进行适度地氧化，从而达到最佳口感。这一点是不是像写小说，留有适度的想象空间，让读者回味咀嚼？"夏老不愧为文学大家，一席话语道出了创作和品酒的真谛。

地下大酒窖在博物馆的下方，我们不仅瞻仰了存世百年的精美建筑，还看到身材高大的"百年桶王"。

葡萄美酒，四季皆宜。隆冬时节喝，能够体会到陆游"如倾潋潋葡萄酒，似拥重重貂鼠裘"的温暖；春暖花开时节喝，可以感受到李白"遥看汉水鸭头绿，恰似葡萄初酦醅"的美好。

世界上高品质的葡萄酒大都出自地球北纬37度附近的地区。烟台地处这一纬度，在胶东半岛的东北部，气候温润，四季分明，雨水丰沛，阳光充足。这里和法国的波尔多、希腊的雅典、美国的旧金山同一纬度，历史遗迹星罗棋布，人类文明熠熠闪光。独特的地理位置，适宜的气候土壤，酝酿出人类视为琼浆的葡萄美酒。不仅张裕葡萄酒闻名世界，烟台的长城、威龙葡萄酒也声名日显，成为行业内的大品牌。

我所居住的莱西小城也处在北纬37度，院上镇北部的九顶庄园也以盛产葡萄酒驰名遐迩。庄园总面积130公顷，种植葡萄90公顷，分布于高低起伏的丘陵山坡，光照和排水良好，土质富含矿物质和有机物，适合霞多丽、小芒森、蛇龙珠、马瑟兰和米尔多等葡萄品种生长。九顶庄园的佳酿"气"干白葡萄酒，口感香醇绵厚，甘酸独特，屡次获得大奖。

"人生得意须尽欢，莫使金樽空对月。"葡萄美酒激发出多少文人墨客的诗情画意，滋润着多少亲朋好友的高光岁月。"人生不能没有朋友，朋友来了不能没有葡萄酒。"于波馆长的一句话，引起大家的共鸣。夏老哈哈大笑道："喝葡萄美酒，交五洲朋友！"

以文会友，以酒寄情，这不正是葡萄酒文化绵延千年的精魂吗？

2024. 02. 08

169

辅仁大学，东西方诸领域融合的时代成果

在我国教育史上，办学时间最短，却文化底蕴深厚，声望和名气都很大的高校，非辅仁大学莫属。

从 1925 年到 1952 年，辅仁大学在短暂的 27 年间，共有 12355 学生注册入籍，本科毕业生 4812 人，毕业研究生 76 人。曾会聚了马相伯、柯劭忞、英敛之、沈尹默、周作人、张星烺、范文澜、季羡林、启功等一大批教育名家，培养了王光英、叶嘉莹、王光美、萧乾、欧阳中石、娄师白等许许多多的社会精英人才。

抗日战争期间，为了免受战火侵扰，北京大学、清华大学和南开大学被迫迁址昆明，组成了西南联合大学；北平大学、北平师范大学、北洋工学院、北平研究院则迁移到西安，组成西北联合大学。辅仁大学凭借自己独特的地位和陈垣校长非凡的斡旋能力，不仅在北平继续办学，还是沦陷区唯一一所不悬挂日伪旗帜、不读日伪编写的奴化教材的大学。

当时北平好几所大学或者停办，或者被日伪当局取缔，只有辅仁大学坚持学术自由、行政独立，不但招收爱国优秀青年，还在战

火纷飞的 1938 年成立了女子学院，吸收女大学生入读，辅仁大学秘密传播革命思想，由著名教授组织发起"炎社"（后发展为"华北文化教育协会"），进行抗日救亡运动。

新中国成立后，私立辅仁大学收归国有，1952 年全国高等学校院系调整的过程中，辅仁大学并入北京师范大学。

2023 年岁末，我有幸参加了北京师范大学《中国教师》杂志社举办的"编委会换届暨创刊二十周年纪念"活动。在杂志社的安排下，周强主任、胡玉敏、袁雪雪老师陪同我们参观了辅仁大学旧址。这里在 2013 年 5 月被国务院公布为全国重点文物保护单位后，没有学生读书上课，平时不对外开放，归北师大继续教育学院管理。听说我们要去参观，北师大非常重视，派出学识渊博的罗容海副教授当导游。

在罗老师的引领下，我怀着既高兴又崇敬的心情，瞻仰了历经将近一个世纪风雨的辅仁旧址，近距离阅读它的沧桑和荣光。我深刻地感受到它是时代发展进程中的多方努力的成果，它身上镌刻着明显的时代烙印，它的诞生源于东西方诸多领域的交融汇合。

思想文化的交流与碰撞的时代成果

在清朝末年，私立高校是在封建社会向半殖民地半封建社会的转型过程中出现的。

鸦片战争以后，闭关锁国的局面被坚船利炮给打破了，清政府面临着内忧外患。1901 年《辛丑条约》的签订，更是将腐朽的清王朝推入进退维谷的绝境，被迫实行"新政"，训练新军、改良经济、改革官制、修订法令一系列政策出台。尤其是在教育方面，废除科举、兴办新学、鼓励留学，学习和引进国外先进科技文化技术，加上启蒙思想家魏源"师夷长技以制夷"观点的广泛传播，为私立学校的产生奠定了基础。

辅仁大学是罗马教廷出资创办的公教大学，有着深厚的天主教背景。天主教在唐代的时候以"景教"的名义传到东土，修建教堂，发展信徒，可惜教义不被大众认可，很快就消弭了。到了元代铁穆耳时代，天主教再度兴起，被称为"也里可温教"，在元大都建有教堂，在蒙古族等贵族中渗透传教。由于缺乏广泛的群众基础，元朝灭亡后，教众逐渐消失。

明朝末年，意大利人利玛窦来华传教。他弘扬"赏善惩恶、勿生邪念、勿贪财盗窃"的天主教教义，倡导"忏悔赎罪"，传播"福音"。利玛窦将传播西方先进的科学知识作为辅助手段，尤其是他尊重国人"崇孔尚礼"和"祭祀祖先"的传统做法，使天主教不仅得到了贵族士大夫的接受，也得到了普通百姓的认可。

清朝末年，具有变法革新观念和救亡图存思想的开明地主、留学归国的知识分子、深受国学经典熏陶的进步文人，一直认为要抵御列强入侵，实现国富民强，从学习西方的数学、物理、化学、天文、地理等自然科学和语言、经济、历史、法律、教育等社会科学入手，转变国人的思想观念，提高外交和作战。这一社会群体成为当时私立高校的积极倡导者和大力支持者。

1978年，张焕纶创办我国历史上第一所新式小学正蒙书院；1896年，盛宣怀等人筹办南洋公学，私立南洋公学和同一时期的官办北洋大学被誉为中国近代创办最早的两所大学。1905年马相伯创办的复旦公学，1906年由姚宏业、王敬芳、郑孝胥等人创办的中国公学在上海开学招生。

私立高校在风雨飘摇的近代中国社会中，在激烈的思想碰撞里，步履蹒跚地前行。马相伯创办的震旦公学，教会势力干扰严重，他因为反对逼迫学生学习宗教课程，不同意学生参加祷告、做礼拜等，受到教会势力的排挤打压，于是愤而率领进步学生离开，另立复旦公学。

马相伯从小就在教会学校学习，长大后拿到神学院的博士学位，成为一名宗教研究的学者。他深谙教会势力欲凭借发展教徒，兴办学堂实现宗教入侵的野心。但是他又明白，在积弱积贫的国度内，刚刚萌芽的民族资产阶级是没有力量办起良好的高等教育的，更不要说平民百姓了。要实现教育救国，必须转变国人的思想观念，在夹缝中求得生存。

马相伯还认识到，要办高等教育，绝非一人之力能够实现，必须找到志同道合的人一起努力，他认准了比自己小 27 岁的英敛之。

英敛之在天津创办的《大公报》以"开风气，镛民智，挹彼欧西学术，启我同胞聪明"为宗旨，极力反对因循守旧，积极倡导变法革新，抵抗外来侵略者，追求民族独立。英敛之也信仰天主教，对儒家文化，佛教和道教有很深的研究。大致相同的文化背景和思想造诣，让马相伯和英敛之建立起非同一般的友谊。

马相伯年长，沉稳大度，有谋略方法；英敛之则年轻气盛、敢闯敢拼，做事雷厉风行却又能坚持原则和底线，二人都有一颗忧国忧民的赤诚之心。

国家的出路在于国民有智慧，英勇无畏。而开启民智必须兴办教育。马相伯办震旦公学、复旦公学呕心沥血、殚精竭虑，耗尽家财且不说，还因为保护进步学生、培养革命分子，遭到了教会和清政府的刁难、打压。

如何兴办高等教育，马相伯和英敛之进行了深入持久的讨论。他们一直认为民族资产阶级薄弱的势力、开明地主的局限，使他们很难办好高等教育。教会学校以培养忠实信徒为己任的同时，也传播了西方先进科技和人文思想，虽然具有反动性质，但也尊重中国的传统文化，甚至有意识地开设国学课程和中医教程，帮助当地培养人才，具有积极进步的一面。

二人一致认为，20世纪初期的中国，要办高等教育，教会是一股可以借助的力量。尤其是传教士等外国人在政治上享有治外法权，在经济上有雄厚的财力支撑，在文化上重视宗教教义与儒家、道家思想的融合，在行为上加紧对我国各领域的渗透。更为重要的是，教会也愿意借助当地有声望的人的力量，增加教徒，扩大影响。

1912年，马相伯和英敛之联名上书罗马教廷，阐述在中国创办教会大学的必要性和可行性，请求尽快设立公教大学。

不久，英敛之避居香山静宜园，"以文会友，以友辅仁"（出自《论语·颜渊》）。有声望的学者、好学上进的青年子弟慕名而来，登门学习。在朋友的帮助下，英敛之创办辅仁社，将国学传授给青年子弟20余人。他们崇尚孔孟，衔觞赋诗，抒情咏怀，于乱世中寄情山野，在山野中积蓄爱国力量。1917年，因经费拮据，辅仁社难以为继，只好停办。然而它的影响是深远的，为8年之后辅仁大学的建设奠定了坚实的基础。

1924年，罗马教廷发布赦令，明确北京公教大学为一所教会大学，由圣文森总院长负责筹建。1925年司泰莱任命奥图尔为校长。1927年大学名称更改为私立北京辅仁大学。报呈北洋政府（1912—1928年）教育部的办学宗旨为：引进介绍西方学术及科学的最现代化发展，保存并复兴中国传统文化。

抗日战争期间，民族矛盾激化，思想文化领域的斗争也十分激烈。日伪奉行奴化教育，灌输亲日思想，打着"中日友善"的幌子，欺骗奴役国人，营造所谓的"大东亚共荣圈"。日寇明白，想要灭亡中国，必先摧残中国的文化。日军侵略之下，北平的高校纷纷外迁，西南联大、西北联大就是在这一时期组建的。

1938 年日伪在北平成立伪北大，报考人数寥寥无几，伪政府便以发放助学金为诱饵，四处搜罗学生。日伪控制下的高校，要求师生吃饭前举行拜谢仪式，感谢天皇和皇军的恩赐，消磨国人的爱国意志，摧残我们的民族气节，模糊华夏民族的血脉意识。

社会的复杂，在于生活的多样性和不可预测性；社会的发展，虽然会暂时遭受挫折，但是并不会完全因为侵略者的残暴而完全陷入停顿。辅仁大学校长陈垣认为，大丈夫为人处世，能屈能伸方为上策，有些事情可以商量着办，但有些原则则不容讨论和变更。日本的民族文化是从中国传承和发展起来的，儒家思想在日本也有广泛的传播，开设日语系学习日本语言可以接受，但是强盗的思想做法坚决不能容忍，我们不能做有辱于国格和人格的事情。

正如辅仁大学创办之初，马相伯、英敛之和陈垣就跟罗马教廷据理力争：宗教课程只能对学生中的教徒开放，不能面向全体学生。1933 年德国圣言会接替美国本笃会接管辅仁大学，第二次世界大战爆发后，日本和德国是轴心国主要成员。辅仁利用德国背景、校董会的人脉关系和陈垣校长灵活的外交手段，最大限度地实现了行政独立和学术自由，成为沦陷区唯一不悬挂日伪旗帜的学校。

辅仁大学还积极联络平津一带的教育团体，竭尽所能地接纳沦陷区的进步青年和爱国人士。一些著名教授因为部分高校外迁，但是又不甘心到日伪进驻的高校任教，便纷纷转入辅仁大学。

各行业人才携手促进与推动的高教殿堂

回顾近代中国高校发展历史，从来没有哪所学校能像辅仁大学那样汇聚社会上的精英人才。人才的进入，为辅仁大学的迅速发展提供了强大的支撑力量。

1927 年，私立辅仁大学按照教育部《私立学校条例》规定，设置学校董事会。第一届校董会由 15 人组成，校长奥图尔和副校长陈垣 2 人，教职员代表 3 人，教会司牧、司铎 8 人，吸纳社会名流 2 人，教会职位占据多数。

在群雄逐鹿的旧中国，各派军阀纷争不已，社会动荡不安，政局变幻莫测。并不很了解中国国情的美籍传教士奥图尔，由于语言文化上的差异，缺乏与中国旧官僚打交道的经验，在社会关系的处理上显得左支右绌、力不从心。

有一次奥图尔去教育部办事，被阻拦在外面，递上拜帖之后，站岗的卫兵依然优哉游哉，不去传信，气得这位性格温和的传教士破口大骂。还有一次，奥图尔为了学校的事情和北平的官员商谈有关事宜。方案都报好了，竟然没有了下文。好在陈垣出面协调，上下打点，才将方案落实到位。

辅仁大学第一届董事会，在学校的创建与发展上做出了积极贡献，尤其在争取罗马教廷大力支持方面，发挥了无可替代的作用。然而，以教会人员为主的董事会，对中国的国情了解不够，对错综复杂的人际关系认识不清，处理有关问题有着很大的局限性，对辅仁大学的进一步发展起不到应有的作用了。

1929 年 6 月，在陈垣的积极推动下，选举组成了第二届董事会。成员由原来的 15 人增加到了 27 人，保留原董事会中的 8 人，增选了新成员 19 人。

新成员中出现了国民党元老、北平政治分会主席、原同盟会成员张继，前国务总理陆征祥，清朝遗老、光绪进士翰林院庶吉士、前教育总长傅增湘，光绪进士、翰林院编修、原京师大学堂总监督柯劭忞，我国地理学先驱、坚定拒绝袁世凯称帝贿赂并竭力推荐蔡元培任北大校长的刚正不阿的张相文，蒙古族政治家教育家、创办蒙古地区第一所女子学堂的贡王、前蒙藏院总裁贡桑诺布尔。

前上海求新制造厂总经理朱志尧、前上海华商电车公司总经理陆伯鸿等著名企业家也被吸纳进入董事会。辅仁创校先贤马相伯、陈垣、英千里、沈兼士仍在董事会之列。

司牧司铎等人员有所调整，但是总人数比以前有所增加，由原来的 8 人增选为 11 人。罗马教廷驻华代表意大利人刚恒毅，校务长美国人奥图尔，事务长美国人鲍尼腓，训育主任美国人高福德，都是董事会成员。第一次世界大战之后，美国的国际地位急剧上升，美国人大量涌入中国，他们在辅仁大学董事会和学校担任职务，有利于学校工作的开展，也有利于提升辅仁大学的国际影响力。

第二届董事会选举张继为董事长，陈垣为校长，奥图尔为教务长。

1929 年 4 月，教育部曾将辅仁大学降格为"学院"。无奈之下，辅仁调整并增加了院系。8 月在新一届董事会的周旋下，重新恢复了"大学"名称。

第二届董事会成立之后所做的事情，便是推进辅仁大学新楼的设计建设工作。此前不久，在比利时传教士、建筑师格里森的主导下，规划设计图纸基本完成，大楼的整体建筑呈现为一个倒下的"日"字形，长 450 米，宽 200 米，二层砖混结构，正门三层，四角有塔楼。大楼包括教室、办公室、图书馆、实验室、大礼堂和宿舍，融合了中国古代宫殿建筑的特点和天主教本笃会的精神理念，格局上调和新旧，思想上贯通东西，是中国传统建筑技术和西方教堂设计风格融合的结晶。

建设工程从 1929 年 11 月动工，到 1930 年 8 月完工，仅仅用了半年多的时间，一座名垂青史的著名建筑就屹立于世人的眼前。

辅仁大学良好的教风学风，受到社会各界的好评。1930 年 9 月，在陈垣校长的邀请下，美国本笃会修女来华，筹备设置女子学院事宜。两年之后，增设女子中学高中部。辅仁大学女子学院从无到有，从中学开始，逐步建立。

20世纪30年代，中日矛盾日趋激化，1931年的九一八事变，彻底暴露了日寇侵华的狼子野心。而国民政府"攘外必先安内"的反共政策，激起了有识之士的愤慨。北平高校纷纷邀请社会名流演讲，鼓舞国人士气，抵制日寇侵略。

就是在这个时期，革命斗士鲁迅从上海来到北京，1932年11月22日先在北京大学做了《帮忙文学与帮闲文学》演讲，接着又奔赴辅仁大学做了《今春的两种感想》报告，24日在北平女子文理学院做了《革命文学与遵命文学》的讲座，27日在北平师范大学做《再论"第三种人"》演讲。这四场演讲像四支锐利的标枪，扎在国民党反动派要害，对激起北平大学师生的抗日热情起到了很大的作用。

1929年到1933年美国发生了有史以来最严重的经济危机，辅仁大学的最大资金支持者美国本笃会陷入困境，筹募办学款项显得力不从心、捉襟见肘。罗马教廷将办学事宜交由德国圣言会接替。1933年7月任命圣言会总会长德国人葛林德为辅仁大学监督，美国人穆尔菲为校务长。

1934年，私立北平辅仁大学第三届校董事会成立，这届校董会由15人组成，我国第一位地质学博士、国民政府行政院秘书长翁文灏，罗马教廷驻华代表、意大利人蔡宁被选为新的校董，葛林德、穆尔菲也在校董之列，董事长仍热由张继担任。

1936年末，德日意三国组建法西斯轴心国，极力密谋发动世界大战。

抗日战争爆发后，北平沦陷，而辅仁大学得以免受战火侵害，与第三届校董会的斡旋是分不开的。不仅如此，1938年9月辅仁大学开始招收女生，许许多多爱国女青年纷纷报考辅仁大学。一时之间，辅仁大学名噪京华。

沦陷区的北京城，日伪当局迫使高校实行奴化教育，日语成为必修课，学校要在正门悬挂日本国旗，师生被要求向日本国旗鞠躬行礼……

尽管有着德国、意大利和罗马教廷的背景，辅仁大学仍然受到日伪的监视与骚扰。陈垣校长和德国司铎与日伪周旋交涉，坚持做到不悬挂日本旗帜，不使用日语课本，只是将日语作为选修课程，不做必修要求，保持了行政独立和学术自由，昭示了中华民族不屈的精神。

1939 年，日本人细井次郎以第二外语教授的名义进驻辅仁，由此，日本籍教师逐渐增多，他们大都是日本特务，在学生当中培养亲日分子。陈垣校长在 1940 年的《辅仁年刊》中引用《论语》中的话题词，"子张问行，子曰：言忠信，行笃敬，虽蛮貊之邦行矣；言不忠信，行不笃敬，虽州里，行乎哉?"蛮貊之邦暗指沦陷区，这是陈垣看到个别学生甘当日伪走狗，十分痛心，于是借孔子的话来劝诫学生一定要严格要求自己，做一个正直的人，坚决不能做言而无信助纣为虐的事情。日伪当局对陈校长恨之入骨，却也无可奈何。

沈兼士教授则将自己的书斋更名为"抗志斋"，意为抗日志士的书房。他还联络张怀、董洗凡、英千里等人秘密组织"炎社"，借着研究明末清初具有民族气节的思想家顾炎武的学说的名义，以"天下兴亡，匹夫有责"号召师生要有爱国、爱民、不妥协、不投降的民族气节。

1939 年"炎社"扩充为"华北文化教育协会"，以辅仁大学的学生为基础，在一两年内发展了数百名会员，不仅在故宫博物院、北京图书馆设立了支部，还在太原、开封、济南等地开设了分会，组织和领导各种抗日活动。

1945 年抗日战争胜利以后，国民政府对沦陷区的高校或改造，或不予认可，或取缔，唯独对私立辅仁大学进行了嘉奖，并追认了沦陷期间辅仁大学毕业生的学籍。这些做法，与抗战时期辅仁师生不屈的民族气节有很大关系。

建筑技艺互鉴与融汇的精品工程

建筑物是一所大学的重要外在表现形式，是大学传播文化的殿堂。独特优美的大学建筑物呈现出不同的地域特色和人文智慧，成为屹立千年不倒的丰碑。例如，世界著名的剑桥大学的建筑，以哥特式、英国古典主义和维多利亚风格造型为主，历经四五百年的风雨而越发古朴、峭拔和深邃，成为世界文化遗产中的杰出代表。

辅仁大学主楼是传统复兴式建筑的经典代表作，与协和医学院、燕京大学的教学楼并称为民国时期三大杰出建筑。站在将近百年的辅仁大学主楼前，听着罗荣海教授娓娓而谈，不禁赞叹刚恒毅的睿智和格里森的细腻。

刚恒毅出生于 1876 年的意大利，其父亲是当地著名的建筑师，他从小就接受建筑艺术的熏陶，有着很高的审美水平。21 岁时，精通多国语言的刚恒毅获得罗马额我略大学的神学和哲学博士学位，1922 年被教宗庇约十一世任命为首位宗座驻华代表。

在中国，刚恒毅认识、结交了陈垣，二人一见如故。陈垣不仅在儒家、道家思想上有着很深的造诣，对于基督教、佛教、火祆教、摩尼教都有研究专著存世。刚恒毅在陈垣的影响下，认识到中华文化的博大精深，感受到儒家的仁义礼智信恕忠孝悌的观念，传递的是博爱、公平、正义。这些，与天主教的仁慈、和平、友爱以及关注义务的理念是共通。不仅如此，佛教的清心寡欲、慈悲为怀，道教的无为而治、道法自然、天人合一等思想观点，都令刚恒毅着迷。

　　天主教本笃会成员、比利时人格里森，1920 年来到中国后，就对中国的传统建筑，由好奇到痴迷，进行了深入的学习和研究。在刚恒毅和陈垣的邀请下，他开始了对辅仁大学主体建筑的构思与设计。关于格里森的设计理念，可以从他在《辅仁英文学志》上发表的两篇文章《论中国的建筑》《对中国建筑的思考》中看出来，在这两篇文章中，他较为系统地阐述东西方建筑风格的差异。

　　首先是基础部分，中国建筑基础是外部造型的一部分，常用栏杆或平台突出这一特征，而西方建筑基础则隐藏不露或降低到不引人注意的高度。其次是立面，中国建筑的立面是矩形，一般朝向南方，无论是皇宫还是民居，里面正南正北，并尽可能增加南向的长度。欧洲建筑立面往往是山墙，以垂线为主进行立面构图；第三屋顶部分，中国人的屋顶设计非常重要，就像王冠一样显眼且突出，讲究规制。屋面的排水口都设计有图案，比如用螭形，充满了艺术的幻想，其使用功能好像在其次，比如三重屋檐和两重屋檐。而西方建筑则尽可能降低屋顶在造型方面的重要性。

　　美国著名设计师柯立芝以豫王府为基础建造了古朴典雅协和医学院，曾经设计建筑了金陵女子大学、雅礼大学等教会大学的美国设计师墨菲，以北京西郊的淑春园旧址为中心建设了规模宏大的燕京大学。格里森尤其注意到这两所大学的建筑风格，外部结构是以明清宫殿造型为主，内部结构却体现了西方建筑的特点，水暖管道一应俱全，可谓兼具审美与实用双重价值。

　　如何别出心裁、不落俗套，还能与涛贝勒府周围风光优美的什刹海、庆王府、恭王府、阿拉善王府以及众多的四合院民居融为一体？原本坚持教堂风格的刚恒毅，在陈垣的劝说下，要求格里森：一方面要遵循中国古典艺术的风格，体现对中国传统文化的尊重；另一方面要融入天主教建筑的元素，彰显出信仰的力量。刚恒毅很信奉孔孟儒学的中庸之道，他认为不偏不倚的处世方式，方能彰显公平和正义。

格里森花费数月的时间研究故宫的建筑特色，寻找适合的建筑材料。涛贝勒府的花园马厩面积不大，修建一所大学的主体建筑，显得有些局促。如果以西方的高楼大厦的形式进行建造，可以解决用地狭窄的问题，很显然，这样做与宗座代表的要求不符。如果按照燕京大学的建筑格局，建筑物错落分散，这种模仿既没有了自己的个性特点，更满足不了多种功用所需要的较大的建筑面积。最终，格里森提出，可以从中国的皇宫屋顶、宫墙、城门和城楼的建筑造型中汲取中国元素，以放倒的"日"形格局建造一座分为东西两个院落的，四个角落矗立起三层歇山顶的重檐角楼。这种建筑格局既满足了使用面积的需求，又较好地解决了采光的问题。正门建设在主体建筑的正中三层重檐歇山顶，覆盖绿色琉璃瓦，朝南向，汉白玉圆券拱门。在主楼的正立面上，采用了我国古典建筑的修饰手法，汉白玉石的须弥座、红色雕花的木窗、仿木的斗拱以及高大的基座，展现出可以看到中国宫殿的影子。

整座建筑中轴线很明确，呈东西对称，体现了中庸平和的思想。建筑物的顶部是琉璃瓦屋檐或是城墙的样式。主楼正北面的大门通往后花园，大门的最上方矗立着一座歇山顶券门，此门具有装饰和象征意义，寓意人才辈出、高瞻远瞩。正对后门的是假山顶部的圆形亭子，两边连接着缓缓而下的长廊，与后院里亭台楼阁迤逦相通，后院的周围是悬山顶的建筑，雕梁画栋、古色古香。红色的廊柱、彩色的屋檐，椽子的外头刻有镀金的汉字。圆亭刻的是"紫云"，长廊刻的是"南园"，八角亭刻的是"雨香"，花厅刻的是"平安"，东厅刻的是"酌春"，还有格格楼的椽子头上刻的是"菡萏"。无一处不精微，无一处不细腻，让人赏心悦目、赞叹不已。

很显然，格里森是懂得中国建筑文化的，尤其在中国建筑规制方面。在我国的建筑发展史中，屋顶最初的功用是挡阳光遮雨水，后来有了装饰作用，并逐步演变为等级的象征，以至于成为"王冠"一样的存在。最高等级的庑殿顶，只能用在宫殿主殿堂、佛堂主建筑，一般官府和百姓是不可以采用的。第二等级的屋顶是歇山顶，官员府邸、皇家园林，甚至私家园林中大量采用。最低等级的是硬山顶。悬山顶和硬山顶主要用于民居，明清时期六品以下的官员和平民的住宅只能使用这两种屋顶，否则就是逾制，要受到处罚。辅仁主楼没有采用宫殿建筑的最高层级"庑殿顶"，部分采用了"歇山顶"，更多的是悬山顶。

比辅仁大学主楼建筑时间略早的协和医学院和燕山大学，它们的建筑物却有许多采用了庑殿顶。这种逾越规制的做法，固然有清政府已经灭亡，而北洋政府无暇顾及的原因，更多的是因为设计师柯立芝和墨菲，对中国建筑的研究不够深入，当然，也有可能是由于二人依仗背后巨大财团支持的狂妄与自大。虽然他们二人为世界留下了无比宝贵的具有中国传统色彩的古典复兴式建筑遗产，但是这种遗产却有着与中国古建筑规制相违背的硬伤。而格里森设计建筑的辅仁大学，却显然要低调内敛很多。

总的来看，辅仁大学主楼虽然大量借鉴了中国古典建筑的传统元素，但是仍然于不经意间传递出西方宗教建筑中遁世的超脱和隐世色彩。辅仁大学的主楼内部具有明显的西方特色。修长的支撑立柱、十字拱形、穹隆顶、拱形门，以及框架结构，无不充满了哥特式建筑的气息。在这里读书的学子，仿佛避开了世间的喧嚣，可以在知识的海洋里尽情地邀游。

站在高大的辅仁主楼前，仰望这所历经沧桑的著名学府的古朴庄重的容颜，心中唯有感慨与景仰。老北平隆隆的炮响似乎回响在耳畔，陈垣校长凛然的民族正气、鲁迅先生振聋发聩的演讲、师生不屈不挠的抗争，穿透历史的壁障，清晰地展现在我的眼前。"以文会友，以友辅仁"，辅仁大学以它的仁爱与中庸、慈悲与和平、不屈与抗争，缔造了一个时代的教育神话，留下了传唱百年的颂歌。

2024. 02. 12

楸木大衣橱，跨越百年的馈赠

一米六的高度，一米二的长度，六十厘米的宽度，黑黢黢的颜色，两扇门厚重且严丝合缝，每扇门上有半圆形的铜质薄片装饰，关起来正好组成一个圆形，像一轮初升的红日，又像古代将士胸前的护心镜。装饰薄片上有两片树叶形状的门拉手，自然下垂，轻轻晃荡。

这是一台来自百年前的大衣橱，楸木制成。它蜷缩在角落里，灰头土脸，散发出久远历史的气息。它是曾祖母的嫁妆，大约在辛亥革命前夕，跟随着青春靓丽的她来到了曾祖父呼配令的家中。

风雨如晦的年代，年轻的曾祖母和时尚的大衣柜，为贫贱的曾祖父家带来了一时的风光和荣耀。村里人来看新媳妇的同时，围绕着楸木大衣橱一边看着、摸着，一边啧啧称赞着。陪同曾祖母一起来的还有八仙桌和杌凳，同样地做工精良、坚固敦实。在那时，它们属于嫁妆中的高配了。据父亲说，曾祖母娘家境况优渥，其父亲为了体面地嫁女儿，将生长了 30 多年的楸树伐倒，请来两位木匠师傅，花了将近半个月的时间打制了这些家具。

动荡的社会中，曾祖父和曾祖母土里刨食、起早贪黑，含辛茹苦地养育了四儿三女。女儿是不愁嫁的，可是儿子婆媳妇是个大问题，为了给大儿子（我的大爷爷）盖房子，家中已经一贫如洗，怎么办？曾祖母自有办法，他让曾祖父从外地亲戚家借来一匹骡子，拴在新房的门口，又将自己的嫁妆——楸木大衣橱抬到屋里，然后再请媒人来，能有骡马牲畜的家庭自然是不会错的，楸木衣橱也算是农村里的高档家具了，婚事顺利地定了下来。然而，借的东西终是要归还的，婚后没几天，亲戚就来牵走了骡子，大衣橱则在大爷爷家里多待了两年。

还有三个儿子要娶妻，老三呼元斋参加革命了，戎马倥偬，很少回家，可以先不考虑。老二和老四还是要成家的，老二（我爷爷）常年当长工，忙着挣钱补贴家用，终身大事也暂时无暇顾及；老四在家里帮衬父母干农活，小伙子长得一表人才，时不时有媒人来提亲，让曾祖父母欣慰的同时又有几分愁苦。

老人家省吃俭用，总算操持着为四儿子盖了房子、娶了媳妇。因为四爷爷的婚姻，大衣橱从大奶奶家倒腾出来，送进了四爷爷的家里。到了老二我爷爷要娶亲的时候，再从四奶奶家里往外搬大衣橱，遇到了很大的阻力。四奶奶不像温顺善良的大奶奶那样哭几回就算了，而是撒起泼来，不准任何人动大衣橱。她想不通，说好了给自己结婚用的家具，咋能让别人随随便便就搬走呢？好在四爷爷体谅父母的难处和二哥娶亲的不容易，一连好几天苦口婆心地劝说，大奶奶也来帮腔："老二成家以后，没有压力了，家庭条件好了，爹娘帮你做新衣橱……再说，咱们总不能看着老二打光棍吧。"

楸木衣橱参加了四次婚礼，娶了三房媳妇，曾祖父母的境况更加艰难了，此后的好几年一直在还债，自然无力给老四媳妇再打制新的衣橱。一直苦苦等待的四奶奶终于忍不住爆发了，先是将老两口一顿斥责，说他们睁着眼睛说瞎话，言而无信，之后又跑到大奶奶家把自己的大哥大嫂好一通挖苦，最后来到了我爷爷奶奶家，要把楸木衣橱生搬硬抬回去。

如果四奶奶和风细雨地把自己的诉求说一下，爷爷和奶奶或许就同意了，他们都属于那种心地善良、吃软不吃硬的人。当脾气火暴的爷爷看到四奶奶跟父母、哥嫂撒气，心中的怒火早就压抑不住了。爷爷当着四奶奶的面把四爷爷叫来破口大骂之后，又用脚狠狠地踹向大衣橱的左侧，大声说道："把它砸碎好了，省得亲人之间你争我抢。"说罢，又去找了斧子，作势要劈了这衣橱。四爷爷和我奶奶急忙拉住了爷爷，说："亲人间有话好好说，何必大动肝火。"四奶奶也低声下气地说道："二哥，这大衣橱是你和二嫂的，我们不要了……"

就这样，楸木大衣橱在爷爷奶奶家保留了下来，只是在左边侧壁留下了再也抹不去的印记——那里被爷爷踹得裂开了。大衣橱事件对奶奶的触动很大，她下决心要让自己的儿子（我的父亲）将来学木匠手艺，打制出精美的家具，供他自己结婚时候使用。

父亲在当木工学徒期间就和母亲结婚了，没能来得及制作自己结婚用的家具。但接下来的几年，他用上好的水曲柳木料，用传统的木工工具——刨子、锯子、钻子、凿子、鲁班尺和墨斗等，打制了大衣橱、高低柜、写字台和书架。这些家具纹理自然美观、造型紧跟时代潮流，许多地方还采用古老的卯榫结构，呈现出 20 世纪 80 年代家具独有的特点。尤为重要的是，它们和楸木衣橱一样结实耐用，至今还在老家发挥着各自的作用。

到了我结婚的时候，家具制作就容易多了，三合板、五合板、大芯板，这些合成品木料，经过父亲灵巧的双手，配以金属合页、把手、滑槽等现代物件，很快就制作出结构简单、外形美观的衣橱、桌椅等家具。只不过，它们的寿命远远不能和曾祖父母的楸木衣橱相提并论。

楸木衣橱从爷爷奶奶那儿，传给了父亲母亲，至今仍然存放在老宅的角落里。两扇橱门上方接缝处有非常明显的被老鼠啃咬过的痕迹，想是那年月人们忍饥挨饿，老鼠更是饥不择食，连木头都吃。母亲还告诉我，衣橱的四只脚原来要高许多，因为长期站立在阴暗潮湿的泥土地面上容易腐烂，所以被父亲截去两三次了。

站在敦厚古朴的大衣橱前，我仿佛看到了曾祖父母为几个儿子操劳的身影。两位老人勤劳朴实，一生默默无闻，却培养出英烈三儿子和劳模二儿子，让村里人刮目相看。

感谢曾祖父母，他们为我们留下了历经百年风雨的楸木大衣橱，这是最宝贵的馈赠，值得我们永远保护、珍藏下去。

2024.03.02

第三章

发现身边的榜样

只要对生活稍加留神，
就会发现：
原来榜样就在我们的家乡，
就在我们的身旁。

革命的旗帜，永远的榜样

——纪念我的三祖父呼元斋

我的三祖父呼元斋先生，1914 年 12 月 6 日出生于莱西市（原莱阳县）南墅镇西泥牛庄村。1932 年 3 月加入中国共产党，1937 年 12 月参加莱阳地方抗日武装队伍。1941 年初，与国民党投降派赵保原作战，受伤后被捕。1941 年 5 月 5 日，被敌人在西泥牛庄村残忍地用铡刀杀害，为革命事业献出了年轻的生命，牺牲时年仅 27 岁。

好学上进的农家少年

曾祖父和曾祖母一生含辛茹苦，养育大了 6 个孩子，其中 4 个儿子 2 个女儿，我的三祖父呼元斋先生最被他们钟爱。

三祖父出生于 1914 年，那是一个时局动荡、风云变幻的时代：辛亥革命后各省纷纷独立，孙中山就任中华民国临时大总统，末代皇帝溥仪逊位，袁世凯悖逆中华民国称帝而亡，军阀割据一方混战不已，新文化运动逐渐兴起……三祖父在国运艰难、民生痛苦的社会环境中逐渐长大。

曾祖父见自己的三儿子天资聪颖、机灵可爱，认为若能好好培养，让其知书达礼，将来必成大器，便咬牙将三祖父送入学校读书。看到哥哥、弟弟和姐姐、妹妹要到地主家里干苦活、做帮佣，稍有差错，就会受到责罚，三祖父心里很不是滋味，下定决心要好好读书，不辜负亲人的期望。

学校里的老师不仅传授文化知识，还关心时局变化，经常给孩子们讲社会上的事情。1925年初春的一个傍晚，三祖父从学校高高兴兴地跑回家，对曾祖父曾祖母嚷道："罢工胜利了，青岛胶济铁路工人罢工胜利了！"看着三儿子那股高兴劲儿，曾祖父和曾祖母既高兴又担忧。高兴的是，孩子小小年纪就关心国家大事；担忧的是，这个命运多舛的时代究竟会把自己的三儿子推向何方？

三祖父好学上进，成绩优秀，在学校里深得老师和同学的喜爱。他在作文《我的理想生活》中写道："人人穿的衣服整洁如新，顿顿能吃上白面馍馍，大家都住在高大宽敞的房屋里，即使下倾盆暴雨也不会漏雨，外出可以骑马乘车……"老师看了以后大加赞赏。三祖父学习干劲儿更足了，经常点着蜡烛学习到深夜。曾祖母埋怨家中的蜡烛消耗太多太快，懂事的三祖父为了讨得母亲的欢心，就利用空余时间跟大哥、二哥（我的祖父）上山砍柴补贴家用，放学回到家中，挑水、劈柴等重活累活抢着干。

曾祖父说："三儿子嗜书如命啊，出生一周岁'抓周'，周围的东西不抓，单抓书籍。"事实也确实这样。有一次，三祖父跟二哥到集市上，在书店里看中了一本书，翻来覆去地看，想买下吧，哥俩手里的钱不够。等以后再买吧，店里仅此一本了。看到三祖父拿着书爱不释手的样子，他的二哥——我的祖父就对店家说："老板，缺少的钱请宽限两天，我们一定还您。"店家自然不肯相信两个孩子的话，没办法，祖父让三祖父先在店里等着，自己跑了十几里路回家拿钱。

还有一次，三祖父从学堂里拿回一本破旧的杂志，在家中偷偷阅读，被祖父看到了。三祖父便给祖父讲起杂志上的文章，说共产党抨击黑暗社会，关心人民疾苦，引领人们思想进步，让受苦受难的百姓感受到温暖，看到了希望。祖父呼元会排行老二，虽然比三祖父大3岁，但是没有读过书，兄弟姐妹中他跟三祖父关系最亲密，便也跟三祖父学了不少字。祖父后来才知道那本杂志叫《励新》，是中国共产党在山东的早期领导人王尽美、邓恩铭创办的，是一份替共产党宣传新思想，向老百姓介绍新文化的革命进步刊物。

三祖父中学毕业时，已经有了自己人生的追求和改造社会的理想。他认为衰弱的国家要想变得强大，百姓的思想必须改变，而思想认识的提高，靠的是国民教育。

我陷入深深地地思索：是什么给了三祖父远大的抱负和志向？

明清之际学问家朱舜水说过："敬教劝学，建国之本，兴贤育才，为政之先务。"曾祖父自然没有朱舜水的见地与高度，但是他让三祖父读书的英明决定，无疑为孩子打开了一扇神奇的大门。步入学堂，勤学苦读，开阔视野，让三祖父逐渐有了胸怀天下苍生、敢于反抗剥削与压迫的救世情怀。

二乡师里的进步书生

追溯家族历史，老呼家在村里几代是贫苦农民。曾祖父希望三儿子能够通过读书改变命运、光宗耀祖，极力建议他将来到高等学校里攻读法学或者商科。

1931年，三祖父不顾家人的反对，毅然报考了离家乡不远的山东省立第二乡村师范学校（简称二乡师，莱阳师范的前身）。在那里，三祖父刻苦学习先进文化，继续接受进步思想的熏陶，积极参加体育锻炼。在那里，三祖父遇到了志同道合的人，进一步接触到马克思列宁主义。

1932 年 3 月，在中共地下党员姜宗泰、刘松山等进步学生的介绍下，三祖父秘密加入了中国共产党。这一年二乡师多灾多难，5 月份，国文教师张光吾受西方无政府主义思潮的影响，利用讲台向学生宣传无政府主义、自由主义，批评马克思主义、俄国十月革命，攻击党派和政府，在学校产生恶劣影响。在校长董凤宸、教务主任王哲的支持下，三祖父跟刘松山等进步学生行动起来，在张光吾的课堂上予以强烈反击，批判他的错误观点，号召学生不要再进他主讲的国文课堂，张光吾只好灰溜溜地逃出了二乡师的校园。

1932 年 9 月，韩复榘与刘珍年之间爆发战争，刘珍年部队撤出烟台，驻留在莱阳，驱逐第二乡村师范学校的师生，占据了校舍。三祖父和进步师生一起进行了抗议活动，怎奈秀才遇到兵，有理说不清，面对军阀的排挤，师生只能停课，暂时各自回到原籍，一直到 1933 年 5 月，学校才恢复上课。

三祖父回到老家西泥牛庄，他一边广泛地读书看报，自学学校课程，一边发动群众，进行救国宣传。这期间，曾祖父本家的一位兄弟在地主家里干活，临近年关却没有拿到一分钱的报酬，在家里唉声叹气。三祖父知道了，上门鼓励他回去讨要薪水。那位堂叔却是个胆小怕事的人，平时在地主面前唯唯诺诺，大气都不敢出，如何敢去讨薪？三祖父一怒之下，领着我的祖父——他的二哥跑到地主家中，痛斥地主为富不仁、剥削贫苦百姓的无耻行径。不知是被三祖父那一番消除土地私有制、打倒地主阶级的说辞所震慑，还是忽然良心发现，地主乖乖地拿出钱财，一分不少地交到三祖父手中。

这件事情，让村里人对三祖父刮目相看，纷纷赞叹老呼家的三儿子伶牙俐齿，有胆有识，将来了不得。祖父更是对三弟佩服无比，不仅在行动上，在思想上也紧紧跟随三弟。不久之后，祖父经三祖父介绍也加入了中国共产党。鉴于当时严峻的社会形势，按照上级党组织的要求，哥俩没有对家人公开自己的党员身份，只是暗地里为党沟通联络，做一些力所能及的工作。

"为天地立心，为生民立命，为往圣继绝学，为万世开太平。"心系苍生百姓，谋求社会公平。三祖父一介少年书生，已经开始承担起改造社会的重任与使命了。

杀敌抗日的勇敢战士

1935 年三祖父师范学校毕业后，没能如愿以偿地踏上教育岗位。由于品学兼优，被莱阳县政府选拔到区里，担任武装干事。九一八事变以后，中日民族矛盾上升为中国社会的主要矛盾，三祖父协助区里的领导发展壮大地方武装，积极保家卫国。在区里，三祖父目睹了国民党的腐败无能和消极抵抗，官吏只顾鱼肉百姓，搜刮钱财，根本无意于抗日，他内心忧急似焚却又无可奈何。

1937 年七七事变爆发，中华民族陷入空前危机。12 月，莱阳县县长梁秉琨听说日军占领了德州，恐慌不已，竟然携带家眷偷偷溜走了。国难当头，长官弃城而逃，这一事件让三祖父无比愤怒，他立即投笔从戎，参加了莱阳地方抗日武装，奔赴抗日前线，英勇抵抗日寇入侵。三祖父所在的队伍后来编入共产党领导的山东人民抗日救国军第三军。

入伍后，三祖父敢拼敢闯、作战勇敢、谋划得当，接连打了好几个胜仗。祖父曾经自豪地说："你三祖父在战场上用兵如神，攻无不克，战无不胜。"有一次，受胶东特委指派，三祖父率队伍与附近据点的日军展开游击战。他将手下的队伍划分为甲、乙、丙三个游击小组。甲组负责"引蛇出洞"，进攻日军据点吸引鬼子出来；乙组则阻断鬼子的退路，让日军不能顺利返回；丙组则全是枪法精准的士兵充当狙击手，待敌人进入埋伏圈时，逐一击毙。三祖父的军事才能得到首长和战友的认可和赞扬，在部队里很快就脱颖而出。

闲暇之际，三祖父经常跟战士讲毛泽东战略思想，称"敌进我退，敌驻我扰，敌疲我打，敌退我追"简直就是克敌制胜的法宝，若能在战场上灵活运用，必能收到奇效。由于在战场上表现突出，功勋显著，三祖父在短短三年内，由班长、排长，再到连长，一直晋升为副营长。

蒋介石在九一八事变提出"攘外必先安内"后，当时还是学生娃的三祖父就和党内许多有识之士一样，认识到蒋介石反共产党反人民的反动本质，他为国家民族的前途命运而担忧。抗战全面爆发，三祖父在跟日本鬼子作战的同时，一再提醒将士密切关注国民党投降派的动向。

20世纪40年代初的胶东半岛，风云诡谲、局势多变，百姓生活在水深火热之中。据祖父讲，胶东战场上有三股力量在博弈：号称"胶东王"的国民党赵保原部队、日本鬼子和伪军、共产党领导的抗日救国军。共产党的队伍深受百姓的拥护和爱戴，日本鬼子和伪军最令群众恐惧、害怕，也最令人民憎恨。

1940年深秋的一天，三祖父得到消息，两名日本鬼子、三名伪军骑着两辆偏三轮摩托在莱阳西北的一个小山村里劫掠。自抗战以来，三祖父看到、听到鬼子奸淫掳掠的事情多了，他们大都是大部队团体作恶，像这样一小股敌人单独行动实属少见。机不可失，失不再来，他立即带领几名身手敏捷的战士火速前往追歼。

在小山村里，三个敌人正往一辆偏三轮的挎斗里装抢来的粮食，另外两名敌人用枪逼迫一个十八九岁的、哭哭啼啼的姑娘上另一辆摩托车。三祖父他们仿佛从天而降，敌人始料未及，不等举起枪来反抗就被消灭了。姑娘的父亲感恩戴德，把家里仅有的公鸡杀了，煮给战士们吃，姑娘更是将三祖父视作救命恩人，把亲手绣成的手帕送给三祖父留作纪念。三祖父命令手下将粮食发还给百姓，把摩托车拆解之后抛入池塘，又把敌人的尸体掩埋了。由于消息封锁得好，敌人居然没有反扑。只是从那以后，鬼子也提高了警惕，再也不敢轻易外出"扫荡"了。

日寇入侵，国难当头，三祖父率领队伍在南墅、日庄、马连庄一带，英勇抗击敌人，为胶东地区的抗日战争做出了重要贡献。

山东抗日救国军第三军第九大队队长庄国瑞与三祖父常有往来，两人在一起切磋、交流作战经验。三祖父十分佩服庄国瑞的军事才能，将其视为知己。1940 年 4 月庄国瑞被赵保原杀害，三祖父为此伤心、痛苦了好一段时间。庄国瑞曾赞扬三祖父："饱读诗书，有儒将风范。"

的确，三祖父敏锐的头脑、长远的目光源于不断地学习，他在征战之余喜欢读书看报。当时的中共中央机关报《新中华报》，宣传党的抗日民族统一战线的方针和全面抗战路线，揭露打击日本帝国主义、汉奸卖国贼的阴谋和国民党顽固派的投降反共行径。三祖父最喜欢这份报纸，经常随身携带，随时随地阅读。

1941 年 5 月《新中华报》与《今日新闻》合并为《解放日报》。令人痛心的是，三祖父在该年该月壮烈牺牲。

宁死不屈的壮烈英雄

1941 年 1 月皖南事变爆发，国民党加快了反共的步伐，不断制造摩擦，屠杀革命志士。日本鬼子和伪军也在日庄、马连庄一带增设据点炮楼，负隅顽抗。那个时候的三祖父，已经担任莱阳地方抗日武装的区队队长了，他率领队伍一边与鬼子开展游击战，一边按照上级党组织的指示，与国民党反动派苦苦周旋。

早在几个月之前，我抗日武装队伍就和赵保原投降派展开了激烈的斗争，先是在小森格庄一带，接着在白石山一带给予敌人重创。皖南事变的当月，抗日武装队伍击溃驻院里、岱墅的敌顽分子，收复了小沽河东岸一带。经过休整准备，次月又进攻驻日庄的敌顽分子。双方相持不下，展开了拉锯战，战斗进行了七天七夜。

三祖父在战斗中左边臂膀受伤，他沉着镇定，指挥并掩护部队分散、撤离。面对穷追不舍的敌人，三祖父带领三位战士，一边战斗，一边退守到一处空置的民房内躲避。他手臂受伤，自知突围困难，便要求其他人翻墙逃跑。战士们舍不得丢下他，表示要死一起死。三祖父吼道："这是命令，快走！"他咬着牙，用没有受伤的肩膀逐一托起其他三位战士，使他们得以翻出墙外，顺利逃脱了敌人的追捕。三祖父自己则在子弹打光后，趁着暮色艰难地逃出来，躲在附近一个好心的农户家中养伤。一个月过去了，三祖父的伤逐渐愈合，就在要马上归队的时候，由于该村通敌分子告密，三祖父不幸被赵保原顽固派分子捉住。

赵保原将三祖父关押了一段时间，先是威逼利诱，见没有效果，又进行严刑拷打。三祖父丝毫没有屈服，他痛斥国民党反动派杀害共产党、迫害人民群众的罪恶行径，痛斥他们绝不会有好下场。赵保原不仅没能从三祖父嘴里得到共产党的任何机密，还被他大义凛然地骂了个狗血喷头，不由得恼羞成怒，下令派人将三祖父解押到他的家乡——西泥牛庄，国民党顽固派叫嚣着要"杀一儆百"。

1941 年 5 月 5 日，这一天上午，被打得遍体鳞伤、奄奄一息的三祖父，给赵保原的两个手下拖到了设在村头的铡刀跟前，惨无人道地用铡刀将三祖父杀害。听老人们说，三祖父牺牲的时候，他用尽最后一丝力气，嘶哑地喊道："赶走日本鬼子……打倒国民党顽固派……共产党万岁……"

那一年，三祖父年仅 27 岁。

全村百姓没有不为三祖父牺牲而落泪的，没有不对国民党反动派恨得咬牙切齿的。祖父当时急红了眼，要闯出去跟敌人拼命。曾祖父母因为三儿子的牺牲而悲痛欲绝，见到二儿子要拼命，几乎吓傻了。还好大祖父镇定些，他抱住二弟不放手，死死地把他拦在家里。祖父哭喊着："怕死不是共产党员，头掉了也就碗大个疤，我要为三弟报仇！"大祖父抢起巴掌，忽地扇过去，吼道："敌人很快就要完蛋了，何必去送死，你要相信，会有人给三弟报仇的！"祖父从疯狂中清醒过来。

从那时起，三祖父和祖父的共产党员身份才被家里人知晓。

永不磨灭的革命精神

大祖父说得没错，三祖父的牺牲，激起了战友们对敌人的无比愤恨，他们浴血奋战，全力杀敌。1941 年 7 月，胶东战役打败了赵保原顽固派部队。1945 年 2 月八路军一举攻克赵保原的莱阳万第据点，1946 年 6 月赵保原在胶县被我党胶东主力部队击毙，共产党为三祖父报仇了。

三祖父短暂的一生除了读书学文化，便是戎马倥偬、驰骋疆场，为民族的解放事业献出了自己的青春和生命。三祖父也曾向往花前月下、白头偕老的美好爱情，不过他常说："日寇猖獗，无以成家；国贼不除，决不卸甲。"其心迹之明朗，态度之铿锵，令身边的人肃然起敬。祖父告诉我们，那个被三祖父解救并送他手帕的姑娘，后来成了他的恋人，本来两个人约定在赶跑了日本鬼子、消灭了国民党反动派之后就结婚。1945 年日本战败投降，1949 年新中国成立，然而我的三祖父终究没有看到胜利的到来。

三祖父牺牲后，悲恸无比的不仅仅是家人和战友，还有那位美丽的刘姓姑娘。祖父说，她忧惧、思虑成疾，在不久之后也离开了人世，我们家族的人将她和三祖父合葬在一起。大祖父不忍心牺牲了的三弟没有后代，将自己的二儿子过继给三祖父。每年春节和清明节，大祖父的二儿子，也就是我的二伯父，总会领着家族的晚辈们，到村西南三祖父和刘姑娘合葬的坟茔前悼念他们，我们不厌其烦地听二伯父诉说烈士的英雄故事。

莱西烈士陵园修建的时候，县民政局和乡里专门派人到二伯父家中，希望能够把三祖父的坟墓迁到陵园去。二伯父和家人思虑良久，坚持把坟墓留下了，他要让三祖父驻留在家乡的绿水青山之间，永远陪伴在父母兄弟的身边。县民政局尊重了二伯父的意见，于是烈士的坟茔留在家乡，烈士的英名镌刻于陵园英烈墙上。

我曾多次到莱西城区南面的烈士陵园，留连徘徊在英烈墙前。看着那一排排的名字，内心感慨万千。曾经的一个个鲜活的生命啊，为了民族的独立、国家的解放，他们用鲜血染红了祖国大地，浇开了繁荣昌盛、国泰民安的盛世之花。

三祖父，您勤奋刻苦、追求进步的高尚品格，您心系苍生、扶危济困的家国情怀，您不惧邪恶、敢于反抗的斗争精神，您视死如归、舍生取义的凛然正气，必将流芳千古，也必将激励着我们在自己的工作岗位上，沿着新时代党指引的方向努力向前！！

（本文删减后发表于 2021 年第十二期《职工天地》杂志和"学习强国"平台）

忠于革命，克己奉公

我的脑海里，清楚地记得 20 世纪 80 年代，在村口的大榆树下听呼元福讲革命故事的情形。

一位年届古稀的老人慈眉善目，花白的头发胡子，坐在马扎上，光着膀子。肩膀上搭着一条白毛巾，左手摇着蒲扇，右手端着一个盛满浓茶的搪瓷缸子。

五六个十几岁的孩子，三四个成年人围坐在他的身边，聚精会神地听老人侃侃而谈。他们的不远处，燃着一根艾草绳，火头明灭闪烁……月朗星稀，凉风习习。在夏夜的西泥牛庄村，这是一道独特的风景线。

呼元福是我同族的大爷爷。在我们 200 多户的小乡村里，呼姓人家总共不到二十户，是人丁不够兴旺的一族。可是呼氏家族里，出过两个响当当的人物：一个是革命烈士呼元斋，1941 年被国民党顽固派赵保原在村里用铡刀杀害；另一个就是曾经给八路军担任过交通员的离休干部呼元福。呼元福比呼元斋小一岁，两人是堂兄弟，从小就光屁股玩耍，一起长大。

两家都住在村子的东北头，有一条蜿蜒曲折的河流——芝河绕过村庄，向西南方向逶迤而去，注入产芝水库。芝河河水清澈，四季水流不断。夏天水草丰茂，鱼虾成群，村里的孩子们成群结队在河中游泳嬉戏。冬天河流表面结了一层厚厚的冰，孩子们在上面溜冰。下雪后，在河边的雪地里捕鸟，撒下米粒，支起筛子，拉着绳子躲在树后等鸟来，或者躲在远处匍匐着，用弹弓射鸟。村里长大的孩子，大都习水性，能上树下井，身手敏捷，不畏艰难。

童年快乐的时光总是短暂的，在呼元福的少年时代里，村里绝大多数的孩子没有条件读书，很早就是地里农活的好帮手。

数百年来，繁衍生息在这片土地上的人们，过着贫穷劳累的生活。

饱受苦难的青少年

呼元福，出生于 1915 年 11 月，是家中的老大，下面有四个弟弟和两个妹妹。

家中贫困，根本无力供给孩子读书，作为老大，呼元福既要干家务和农活，又要照顾弟弟妹妹。他很羡慕比自己大一岁的堂兄呼元斋。呼元斋弟兄四人，家庭也很困难，但是他的大哥二哥在地主家里当长工，其父母把希望全都寄托在他身上，竭尽全力让他进学堂，接受文化教育。

20 世纪二三十年代的胶东农村，土地大都集中在地主手中，农民手中只有极少量的土地，而这一点儿土地根本保障不了日常生活的需要。为了生存，农民只能租种地主的土地，或者到地主家里当长工、短工。租种土地要缴纳地租，农民大部分的劳动果实被剥夺。长工、短工更不容易，吃不饱穿不暖，干着又脏又累的活，拿着极其微薄的薪水。碰上仁慈的东家还好一点儿，遇到穷凶极恶的东家，稍有差错，非打即骂，过着猪狗都不如的生活。

1927 年 4 月，以蒋介石为首的国民党新右派发动"四一二"反革命政变，大肆屠杀共产党员和革命群众。同年 7 月 15 日，以汪精卫为首的武汉国民政府召开"分共"会议，大肆攻击共产党，第一次国共合作正式宣告决裂。

远离政治中心的胶东地区也未能幸免，白色恐怖之下，贪官污吏、土豪劣绅相互勾结，一面杀害了李伯颜、张静源等一大批优秀共产党员，一面又残酷压迫和剥削穷苦百姓。苛捐杂税和繁重的地租，让许多农民入不敷出，艰难度日，

呼元福家中就是这种情况，几个孩子衣衫褴褛，长得面黄肌瘦。以至于他的父亲慨叹：再这样下去，孩子们恐怕就要饿死在家里了。他叫来了老大呼元福、老二呼元开，说道："过两天，就去地主家当长工，出苦力吧。"元福、元开体谅父母的苦衷，默默点头答应。就这样，两个未成年的孩子被送到地主家里，白天挑水、劈柴，晚上在昏暗的油灯下铡草，喂牛喂马，经常干到深夜。

喝的是稀饭，吃的是糠菜，睡的是冬冷夏热的厢房。五六个雇工睡在一个大通铺上，一张破席子，两床破被子。成年雇工干的是犁地、推车、扛货的重活，晚上躺下便睡，鼾声如雷。刚开始两兄弟怎么也睡不着……

枯燥乏味的生活在一天天过去。虽然累死累活，但总算能吃上饭了。何况到了年终，还能从地主手中拿到几块银圆，交回家中补贴生活，帮衬一下父母，养活弟弟和妹妹。

这期间，呼元福的儿时伙伴呼元斋考上了山东省立第二乡村师范学校。两个人春节时候才能见面。元斋讲学校里的逸闻趣事，呼元福听了非常羡慕，说道："哥你的命好，不仅能吃到白面馒头，还

能够学习文化知识,不像我和元开过着牛马般的生活。"说着,流下了眼泪。呼元斋安慰他:"苦日子快到头了,别哭,总有一天劳苦大众会在共产党的领导下……"说到这里,压低了声音,四下张望一番,接着说:"劳苦大众会联合起来,推翻地主阶级,过上幸福的日子。你和元开要抽时间学习识字,用知识武装自己的头脑,用智慧跟地主做斗争!"

呼元福非常敬重这位比自己年长一岁的堂哥,和他在一起,能感受到一种前所未有的激情和力量。1932 年 9 月韩复榘、刘珍年之间爆发战争,刘珍年派兵占据了省立二乡师校舍,驱逐在校学生。呼元斋回到家乡,一直待到第二年 5 月份才复学。这期间,呼元福晚上经常偷偷从地主家溜出来,跟呼元斋在芝河岸边,沐着清风明月,谈人生谈理想,接受进步思想的熏陶,长了很多见识,明白了很多道理。

1932 年底,春节来临之际,西泥牛庄村这个贫困落后的小乡村,笼罩在淡淡的年味之中。地主家干活的雇工,都拿着微薄的薪酬回到家中,过个团团圆圆的春节。呼元福有一件事情闷在心中,如鲠在喉。他去找到呼元斋,气呼呼地告诉他:"培华大叔在地主家干了一年,地主一分钱也没有给他,正在家里落泪呢。"说完拉着呼元斋一起去看他。原来大叔在地主家干活时,不小心打碎了一把紫砂老茶壶,地主就扣了他一年的薪酬。

呼元斋听了以后义愤填膺,跟元福去培华大叔家,鼓励大叔去地主家讨要工资。可是培华叔生性懦弱、胆小怕事,无论如何不敢去。呼元斋愤慨地说:"我就不信,天下没有道理可讲了。走,元福,我们去替大叔讨回公道。"走到地主家附近,呼元斋突然停下了,回头对元福说:"你也在这地主家干活,不宜出头呢,你回去吧,我找我二哥呼元会,我们去找地主理论。"呼元斋和元会来到地主家中，痛斥他欺负老实人的卑劣行径，揭露地主阶级压榨穷苦百姓的罪恶本性。地主自知理屈，又被两位义正词严的少年所震慑，忽然良心发现，乖乖地拿出银圆，一分不少地交给呼元斋。讨薪事件让呼元斋在村里声威大震，从此以后，呼元福更加佩服这位有勇有谋的三堂哥了。

20 世纪 30 年代中期的胶东地区，国民党地方势力穷兵黩武，乡绅巧取豪夺，再加上天灾不断，导致赤地千里，民不聊生。穷苦人家卖儿鬻女的现象时有发生。

一天，呼元福从野外砍柴回来，发现管家带着一个面黄肌瘦、满脸泪痕的十六七岁的女孩，蓬头垢面、衣衫破烂的女孩跟在管家身后，躲躲闪闪，非常拘谨。一打听才知道，村里一户刘姓人家把女儿卖给地主了。这个叫秋红的小姑娘，从此就成了地主家烧火做饭、刷锅洗碗的丫鬟。地主婆待人凶狠刻薄，对她呼来喝去，稍有不顺就非打即骂。秋红忙得跟陀螺似的，丝毫不得空闲。

此时的呼元福已经到了弱冠之年，呼元开也成年了。两兄弟跟其他雇工到田间劳动，回来还要兼干其他杂活。都是穷苦出身，更容易同病相怜，看到秋红趔趄着身子提水洗衣，两兄弟再累也会默默地过去帮一把。秋红充满感激的纯净眼神，让二人心里很温暖。两人决定，谁得空谁就帮秋红分担一点儿家务。他们的做法，给了苦命女孩莫大的安慰，她愁苦的脸上慢慢地有了阳光，变得灿烂起来。

大哥瘦高个子，皮肤白净，心思缜密，看上去有点腼腆和儒雅。二哥壮实，浑身有使不完的劲儿，看上去有几分粗鲁莽撞。秋红打心眼里感谢两兄弟，得闲的时候，偷偷塞给两兄弟或两个窝头或两个鸡蛋，补充一下营养。有一次，秋红她见旁边没人，悄悄将自己熬夜绣好的手帕塞给呼元福，羞红脸转身快速离去。

　　呼元福不是木头人，心里明白姑娘对自己的一片情愫。他既兴奋甜蜜，又忐忑不安：秋红是签了卖身契的丫鬟，自己是地主雇工，虽然都是穷苦人，但是他们之间仿佛有一条不可逾越的鸿沟。不管怎样，年轻人心里有了牵挂，有了爱慕，时光就变得美好起来，再苦再累，晚上都能带着甜蜜入睡。元开经常发现大哥看到秋红的时候眼里充满了柔情蜜意，大哥干活的时候则会莫名其妙地发呆、微笑。再粗心的人也知道大哥恋爱了，在劳作时，想方设法为大哥和秋红制造相见的机会。

　　穷人家的孩子缺吃少穿，往往发育不良。秋红到了地主家中，虽然遭受了不公正的待遇，但是饭食总还是能够吃饱。豆芽儿般纤弱的姑娘，几年下来出落得亭亭玉立，穿上素净淡雅的服装，梳着两个抓髻，明亮的眸子像一泓清泉，明亮有神，如宝石般镶嵌在鹅蛋脸上。

　　秋红的美一天天显现，地主的色眯眯的眼睛也一天天瞪大。身边的丫头在不知不觉中变靓丽，让他心花怒放，将她作为贴身丫鬟使用，经常趁机调戏秋红。

　　秋红的脸上布满了愁云，有时又挂上了泪痕，绚烂的笑容再也见不到了。秋红见到他，是欲言又止的无奈和苦楚。呼元福已经预感到了地主的不怀好意和秋红的危险处境。夜里，他拿着秋红送他手帕黯然落泪，晶莹的泪珠滴落在手帕上的红牡丹上，洇湿了一片。他也想找时机带秋红逃离。可是地主家对女眷的监管很严格，做工时候，管家巡视，晚上有家奴把门。再说了，秋红是地主家买来的丫头，他是地主的雇工，有家难回。赤地千里，饿殍遍地的黑暗社会，他们又能逃到哪里去呢？

　　自从地主将秋红作为贴身丫头后，两人就很少见面了。偶尔见到也是痛苦而绝望的面容。呼元福无奈地想，但愿东家能够待秋红好一点儿，若真的喜欢她，就纳她为妾，或许会有一个幸福美满的人生。他强迫自己不去想念秋红。干活的时候，全力以赴，不知疲倦，晚上躺到床上，死猪一般呼呼睡去。

在军阀和地主横行霸道的民国时代，阶级地位决定着人们的社会关系。秋红作为一个贫民出身的丫头，是不可能真正受到地主的关爱与呵护的。地主的新鲜感一过地主就玩腻了，秋红又恢复到干粗活重活的贱人行列。地主婆看到秋红的腹部日渐隆起，感觉自己在家庭的地位受到了威胁，便将满腔的愤恨发泄到她身上，骂她"狐狸精""骚货"，让她干脏活累活，甚至找借口殴打秋红。寒冷的冬夜，秋红在地主婆的监督下，身心俱疲地推着沉重的石磨磨面，地主竟然视而不见，对穷苦人的漠视和欺凌可见一斑。

呼元福哥俩实在气愤不过，找地主理论，指出他对秋红的虐待，要求给秋红减轻劳动负担。他们的正义行为被斥责为"狗逮耗子多管闲事""吃饱了撑的""再多说话就要挨鞭子"。而秋红这个花季女孩正逐渐失去生命的光泽。由于操劳过度，她在干家务活的时候摔倒，腹中的胎儿流产了。她悲愤交集，一病不起。地主见她没有丝毫利用价值了，便把她的父母叫来，几块银圆打发回家了事。医疗和营养跟不上，秋红在来年春天便去世了。一个鲜活的生命，在地主的迫害下香消玉殒。呼元福的心凉了，碎了。

对于秋红的遭遇，村里的人很同情，但是秋红是签了卖身契的，在地主的淫威下，没有人敢主持正义，为秋红讨回公道。呼元开愤慨无比，呼元福更是忧愤交加，受到沉重打击，心绪低落，意志消沉。

二人无论如何不愿意在地主家里继续干下去了，他们想投奔呼元斋闹革命。这位堂兄，精明强干作战有方，短短几年就已经担任当地武装队伍的营长了，跟他去抗日，总比待在家里等死强。

20 世纪 40 年代初，日伪军频频扫荡，国民党投降派赵保原不断制造反共摩擦，捕杀共产党员和八路军战士。呼元斋忙于对敌作战，很少回家，偶尔回来一趟，也是悄悄而来匆匆离去，根本没有见面的机会。

1941 年初，呼元斋在战斗中为了掩护战友撤退，不幸被赵保原手下抓住。5 月 5 日在西泥牛庄村，敌人用铡刀将其残忍杀害。南墅、日庄、马连庄一带的革命队伍遭受重大损失，白色恐怖笼罩了莱阳大地。呼元福的父母担心孩子生命安危，无论如何也不同意两兄弟参军。

堕入"地狱"当劳工

呼元福、呼元开的人生一度陷入迷惘：继续给地主当雇工，心中不情愿；参军进行革命斗争，不被父母理解和支持。

其时，日本帝国主义正加紧对我国东北地区的掠夺。常年征战，穷兵黩武，导致日本政府国库空虚、资源匮乏，于是打着建设伪满洲国的幌子骗招劳工，甚至强行抓壮丁。1941 年，日本关东军制定《关于入满劳动者的协议》，成立劳工协会，采用种种手段在华北招募抓捕劳工。

在青岛一带，关东军与新民会青岛总会签订劳工输出协议，利用当地的日伪政权诓骗百姓，说是到东北当劳工可以赚到工资，不仅能够保障正常的生活，还可以按时往家乡寄钱；吃的不只有白面大米，还有鸡鸭鱼肉；工作也不是很累，不满意可以调换工种，受到不公正的待遇可以投诉。

虽然将信将疑，但是在没有更好的出路的情况下，呼元福的父母让两兄弟跟招募公司签订了协议，收到了预付的几块大洋。简单地准备之后，将两个儿子送上了发往烟台的卡车。在那里，劳工将乘船到大连去。

用帆布罩住的大卡车里，塞满了招募来的劳工，每辆车都有两名荷枪实弹的伪军跟从。元福、元开一上车，便感受到气氛的肃杀与凝重，等到上了轮船之后，更有全副武装的日军在巡逻，监视着劳工的一举一动。

船刚靠岸，日军对全体劳工进行了一次搜身，将他们携带的贵重物品、钱财洗劫一空。到了这个时候，大家方才如梦初醒，可惜为时已晚。劳工拿着仅存的衣物，像囚犯一样被押送到离大连港码头1公里左右的"福昌华工株式会社宿舍"，一处有着近200栋红色砖房的住宿区。因其建筑物外观呈红色，故人们俗称其"红房子"。这座大连劳工的"集中营"，是日伪当局对劳工们进行政治迫害、经济掠夺和身心摧残的人间炼狱。

身处陌生的环境和压抑的气氛之中，呼元福叮嘱弟弟，要多长个心眼，无论何种情况均不要分开。

住宿条件极其简陋，一拉溜三间房屋内靠北墙是一排灰突突的炕，对面是木板搭建的架子，可以放餐具。20个人为一个班组，平时劳动在一起，住宿在一起，这一点让兄弟俩颇感安慰。只是很多人住在一起，没有隐私可言，空气污浊，卫生条件特别差。

天刚麻麻亮，执勤的士兵就会吹响起床的哨子，劳工纷纷起来，穿衣洗漱。两个人用破旧的水桶抬来半桶稀饭，半筐玉米面窝窝头，一大碗咸菜。分配下来，基本上是一个人两个窝窝头，一碗稀饭，几块咸菜。大家匆匆吃完，便在日伪军的监督下到码头工作。

卸货的工作又脏又累。一袋粮食200斤，一次扛一袋；一个豆饼30斤，要扛六个到八个。一旦发上肩膀，就要一气运到仓库或者是卡车上，稍有歇息就会被脚踢鞭打。午饭在码头吃，仅仅比早晨多了一样蔬菜。马不停蹄地干了五六个小时，吃饭和休息时间总共一个小时，然后又是疲于奔命的一个下午，天黑收工后回红房子吃饭、睡觉。

呼元福体质差些，几天下来，全身撕裂般疼痛。元开给他揉按缓解。有位劳工，由于水土不服，饭食质量太差，工作又累，上吐下泻，没有几天便瘦脱了形，走起路来都打晃了。即便如此，工头说他想偷懒，不准休息，胡乱给抓了点药，就逼迫他出工。这个可怜人扛着八块豆饼，一口鲜血喷涌而出，倒在地上再也没有爬起来。

在红房子住宿的劳工有几千上万人，每天都有死人的情况发生。有位劳工得了浮肿病，缺医少药，得不到及时治疗，去世的时候面部肿得像个面盆，四肢肿得像柱子，衣服都穿不下了，赤裸着身体，由一个伪军监督着两个劳工送到野外草草埋了。还有一次，呼元福看到四个劳工用板车往外运送尸体，五六具堆在一起，用一张破席盖着，几只瘦弱黧黑的胳膊耷拉在外面，像一截截枯木棍。他内心禁不住悲凉起来：我们这些被骗来掳来的劳工，恐怕要葬身于此了。

看清了苦难劳工的下场，呼元福干活就消极起来，因此免不了被监工鞭打责骂。呼元开想为大哥分担一点，可是在高强度的劳动中，在日伪军的层层监管之下，又如何能够实现。他们就像耕田的牛马一样，只能苦苦支撑。不，还不如牛马。一起干活的工友说过，在城子沟仓库干活的一个劳工，因为饥饿，偷着在日军喂马的桶里抓了一把豆饼渣吃了，就给日军扒光了衣服，活活打死了。

在大连的劳工中流传着这样一句话，"阴间地狱十八层，地狱之下是劳工"，充分说明了劳工处境的悲惨。他们每天都战战兢兢地埋头苦干，生怕一不小心就丢了性命。然而，众多的劳工不是被累死、病死，就是被活活打死。

红房子宿舍区的卫生条件极差，老鼠蟑螂成群出没，虱子等寄生虫隐匿在被子、衣服、头发的各个角落。有个劳工宿舍不知道得了什么急性传染病，半个月内 20 个人中死了 15 个，只有 5 个人侥幸活下来。后来，日伪当局将重病的劳工单独安置在"病号房"中，说是隔离治疗，实际上是放在那儿让其等死，既不提供药品，也不提供足够的食物，甚至连水都没有。过几天病人咽气后，就会用白布一缠，拉出去埋掉了事。

呼元福提醒同宿舍的工友，平时讲好个人卫生，及时清理宿舍垃圾。在艳阳高照的日子，把破破烂烂的被褥、棉衣拿到太阳底下暴晒。有经验的工友，还设法找来了生石灰，撒在房间的角落里，餐饮用具的搁板下，果然，老鼠蟑螂臭虫之类大大减少了。一段时间，红房子里的大部分劳工宿舍都发生过疟疾、流感等疾病，而呼元福他们的宿舍却安然无恙。

呼元福和呼元开和绝大部分劳工一样，没有读过书。但是良好的家教，以及较为广博的社会经验，使得两人的眼光比一般劳工要更为长远，心胸也比较开阔。他们主动帮助同班组的劳工整理物品，清洗衣物，主动维护好工友之间的关系。所以他们宿舍内的劳工很团结很和谐，大家互帮互助，从未出现过不愉快的事情。

抗日战争时期的大连劳工，就像在押的囚犯一样，丝毫没有人身自由，遭受着残酷的劳动力剥削。招工时候承诺的有较好的薪资待遇，能够吃饱饭，可以更换工作岗位等种种条件，均为骗人的鬼话。

码头港没有轻松的活，大轮船靠岸，单靠舷梯卸货速度太慢了。为方便货物运送，很多情况下需要贴近船体扎起架子。用杯口粗细的松木扎架子是个技术活。日本人从劳工群体中找一些懂建筑的瓦工和读过书、有点文化的人进行培训，可是这部分人数量也不多，满足不了需求，只能再找一些头脑灵活思维敏捷的人，呼元福在跟日军打交道的过程中，学会了简单的日语，于是他被选上了。这项工作虽然没有运货累，但是爬上爬下很危险。那时没有防护网，一不小心就有摔下去的危险，好几个劳工在劳作的过程中，摔断胳膊摔断腿。

呼元福用心学习扎架子技术，经他手扎出的架子牢固结实，安全性很高。后来，莱阳萌山区殉国烈士纪念塔建设的时候，他扎架子的技术发挥了重大作用。

应该说，在码头扛的货物，粮食包还是比较好的，干净、好背，遇到运送食盐、煤炭之类的货物，劳工们苦不堪言。一根扁担，两个箩筐，颤悠悠往返于轮船和货仓之间。筐中的食盐装得满满的，一不小心撒出来，就会引来一顿拳打脚踢。煤炭乌黑，尘土飞扬，污染特别厉害，弄得满身满脸都是，跟非洲黑人似的。脏且不论，可怕的是很多劳工因此患上了尘肺病，痛苦不堪，用不了几年就会死去。

运煤炭辛苦且危险。不小心砸了脚趾手指的大有人在。1943 年夏季的一天，呼元开一不留神踩在了煤堆里一块带钉子的木板上，锈迹斑斑的长铁钉一下子刺穿了鞋底，深深扎入脚掌，鲜血直流。呼元福请示监工之后，扶着弟弟到码头医务室进行了简单的包扎。

当天晚上，呼元开的右脚就肿得跟发面馒头似的，鞋子穿不下，连路也不能走了，疼痛钻心彻骨……呼元福急得直冒汗：这样下去，弟弟非死在这儿不可。

在离家的时候，父母担心孩子出远门，他们知道呼元福处事谨慎可靠，悄悄塞给他四块银圆，留着以备万一。元福将银圆藏在鞋垫的下面，在路上没有被敌人搜去。到了红房子，他趁人不注意，将银圆埋在庭院的一棵树下。

为了救弟弟的性命，呼元福在夜里取出银圆，瞅准时机给工头递过去两块，请他在日军面前通融一下，给开出了几天的病假条。

作为陪护，呼元福暂时不用出工，呼元开也不去"病号房"。只是过了两天，伤情未见好转，反而出现了其他症状，被扎的右脚开始出现了麻木、痉挛的情况，脸颊肌肉也抽搐起来，进而全身肌肉紧绷。呼元开牙冠紧咬，连吃饭都出现困难了。同宿舍有个老工友是烟台人，来大连之前当过几年医生，他惊恐地提醒呼元福："破伤风，这是破伤风，必须去外面注射破伤风抗霉素，否则会有性命之忧。"

呼元福费尽周折，上下一番打点，得到了外出的机会。可是四块银圆未等到买药就花光了，呼元福陷入新的困境。烟台老工友又给出了一个主意：西岗富久町附近的"德成商店"老板赵恩光先生是莱阳人，和你们是老乡。听说他为人仗义豪爽、乐于助人，帮助过码头上的许多工友，你们不妨去找找他。

赵恩光是胶东区委大连支部的地下党，任支部宣传委员。他和支部书记左友文、组织委员张更秀都是莱阳人，他们以商铺做掩护，秘密发展党员，宣传党的抗日政策，推动大连的工人运动。

对于呼元福的求助，赵恩光给予了无私的帮助，不光亲自买来破伤风抗霉素给呼元开注射，还鼓励他们要敢于和敌人进行斗争，积极争取自己的劳动权益。与赵恩光等人的短暂交往，让元福、元开两兄弟感受到久违了的亲人般的温暖，仿佛在无边的暗夜中看到了一缕亮光，燃起了对未来的信心和希望。

德成商店，这个胶东区委设在大连的地下党支部，不仅治愈了呼元开肉体上的病痛，还在两兄弟的心中植下了革命斗争的火种。当两个人知道救命恩人的真实身份后，表达了想加入共产党的迫切愿望。鉴于码头劳工的凶险环境和两兄弟自身的条件，赵恩光沉思之后说道："你们有为党工作的想法，这很好，只是码头劳工与外界接触有很大的限制，不利于组织活动的开展……你们平时多学习，多联络工友，等时机成熟了再入党也不迟。"

有着丰富斗争经验的赵恩光，既对大连党支部的安危负责，又将两位热血青年的安危挂在心头，充分展现了一个共产党人的远见卓识。只是，在白色恐怖之下，任何革命的行为都会受到敌人无情的镇压。

早在 1937 年 7 月，共产党员于朗带领工人放火烧毁码头的军用仓库。1938 年 2 月和 6 月，劳工两次放火焚烧日军物资。1942 年，王维汉和赵明益将日军的汽车破坏，导致敌人无法及时运输物资，大大振奋了码头劳工的反抗精神，打击了日军的嚣张气焰。一系列的事件之后，日军更加严密地监控劳工的举动，大肆搜捕、杀害异己分子。

1943 年春节前夕，大连的天气格外寒冷，红房子的劳工白天还好说，出苦力流汗水抵御严寒。到了晚上，盖着破旧的棉被，再把所有的衣物搭在上面，仍然冻得瑟瑟发抖。佳节在望，可是这些失去人身自由的苦命人有家不能回，有苦不能诉，有亲人不能团聚……

放工的途中，呼元开和两名年轻的工友向工头提出"为劳工宿舍配置火炉取暖，给体弱多病的劳工添加棉衣御寒"，合理的要求不仅没有被采纳，三个人还被日军狠狠地斥责、鞭打。

这天夜里，鹅毛大雪纷纷扬扬下了一夜。第二天，急促的起床哨声刺破了黎明的天空。荷枪实弹的日军伪军逐个房间催促劳工集合。广场上不一会儿就站满了衣着单薄的劳工，在雪地里瑟瑟发抖。"一定是发生什么重大事情了。"劳工压低了声音，议论纷纷。

原来，清晨的雪地上，有人写下了"减少劳动时间""改善劳工生活""日本人滚出中国""打倒日本帝国主义"等口号。红房子的日军首领立即下令彻查。而昨天三位替大家请命的青年劳工自然成了重点怀疑对象，另有 5 名平时比较激进的劳工也被驱逐出列。

一番严刑拷打，没有问出任何线索，日军恼羞成怒，将 8 人定性为"共党分子"，要杀鸡骇猴。当着全体劳工的面，放出几条饥饿的大狼狗，将 8 个人活活咬死……呼元开就这样被杀害了。

在侵略者的统治之下，被残杀的中国百姓何止千千万万。日军在疯狂掠夺中国物资的同时，用卑鄙无耻惨绝人寰的手段肆意剥夺中国人的生命。呼元福亲眼看着二弟被害，那一刻他真想挺身而出跟日本鬼子拼个你死我活。痛苦绝望之余，理智告诉他：冷静，必须冷静！否则将和元开他们一样的结局。

日军需要几个老工收拾残破的尸骸，拉出去掩埋的时候，呼元福抢先报名参与。他要亲手为二弟下葬，更重要的是他要趁机逃离这个人间炼狱。

人，有了怒火和仇恨，就把自己的生死置之度外了。呼元福瞅准了时机，居然从日军的魔爪下逃了出来。他找到德成商店的左友文、赵恩光，在胶东区委大连支部的帮助下回到胶东。

忠于革命的交通员

1943 年的春天，在家里经过短暂调养的呼元福，拿着左友文给他写的介绍信，找到胶东区委组织部部长刘坦的时候，他的人生终于翻开了崭新的一页。

1944 年，抗日战争进入战略反攻阶段以后，胶东地区的日伪军队，疯狂镇压共产党领导下的八路军和革命群众。日军所到之处实行"烧光、杀光、抢光"的三光政策，导致生灵涂炭，民不聊生。每逢秋季，日伪军队都会进行大规模的"扫荡"，抢夺农民的财产和粮食，屠杀党员和群众。

这年的夏天，胶东军区许世友司令员下达绝密命令，要求各军分区发动秋季攻势，先发制人，克制敌人"扫荡"，保卫来之不易的劳动果实。同时要求胶东行署通知所辖的东海、西海、北海、南海等各专署及地方武装队伍，予以紧密配合，务必打好这场战争。其中有一项重要作战任务就是拔掉位于牟平境内的水道日伪据点。信息到达胶东区委、胶东行署后，行署代理主任曹漫之立即找到对敌经验丰富的胶东区委常委刘坦，秘密商讨这件事情。

当时严峻的战争形势下，区委和行署条件很艰苦，没有电台，更不可能架设通信线路，各种文件、情报主要通过人工传递。到其他专署送递情报的人选很快确定了，唯独前往东海专署的人选，两位领导进行了反复研究。最终，刘坦推荐了到行署工作一年多的呼元福。曹漫之不无疑虑地说："呼元福虽然是贫农出身，履历也是清白的，可他毕竟不是党员，也没有任何的对敌经验，只是我们行署的临时交通员，这种重要情报，交给他能行吗？"

刘坦坚定地说："呼元福是我的同乡，他跟二弟呼元开被日寇强征到大连当了两年劳工，吃过日本鬼子的苦。他二弟在大连加入地下党后，被日寇残忍杀害，他是背负着血海深仇逃回来的。他没有扛过枪，没有军人的气质，出过苦力，看上去羸弱不堪，不容易引起敌人的怀疑，更重要的是，他能听懂简单的日语，这一点儿或许用得着。"

就这样，刘坦的一席话打消了曹漫之的疑虑。他们将呼元福叫到跟前布置了任务。于是，呼元福经历了一场惊心动魄的送信之旅。而途中遇到的事情，充分验证了刘坦的远见卓识。

呼元福讲这件事的时候，脸上洋溢着光泽，目光炯炯有神，压抑不住的自豪感和成就感充分流露出来。我们非常好奇，忍不住七嘴八舌地问他，"您送的也是海娃送的那种的鸡毛信吧？""是不是藏在鞋子里，或者缝在衣服的夹缝中呢？""肯定是需要放在某种液体里才能显出字迹来的密信吧！"……他笑呵呵地说："孩子们懂得可真不少呢。"随即，他又低声说："在战争年代，你们说的那些保密方式都曾有过，可我送的信息和你们说的可不太一样呢！"我们又问："有什么不一样呢？""您用的是什么办法，送的什么信息情报啊？"呼元福缓缓地说："送的什么信息情报，我也是后来才知道的。"

我们立马惊呆了，送什么情报居然送信人不知道，太不可思议了！

没有经历过战争年代的单纯的孩子，自然不会知道还有一种靠密码传递的信息，这种信息由一些特殊的符号数字组成，送到后需要专业人员破译。呼元福送的类似于这种密码信，不，比密信还要隐秘！

把信息从牟海县（今乳山）崖子送到牟平县郊的东海专署临时驻地姜村一带，从路程上来讲只有100多里地，骑自行车去不过半天的时间，只是这样做太显眼，很容易引起敌人的注意。刘坦要求呼元福扮成走亲戚的穷小子，徒步前往。

那时候，胶东区委、胶东行署已经由栖霞转移到崖子一带。下辖的东海专属，则由文登转移到牟平一带。战争的形势迫使胶东党的领导及行政机构不得不辗转迁移，但是此举也给战争带来了有利的转机：所到之处深受百姓拥护，很快就燃起革命的薪火。胶东军区要拔掉水道据点，可谓天时、地利、人和全都具备了。只是，处于垂死挣扎状态的日伪军队到处设防，严加盘查询问，一旦发现可疑人员格杀勿论，白色恐怖笼罩着胶东大地。

1944年8月15日，胶东军区发布作战动员令。8月17日，天刚蒙蒙亮，呼元福带着三天的干粮上路了。为了避免受到盘查，他尽可能沿着大路附近的野地里行走。田地里的庄稼都长起来了，高粱、玉米、豆类作物长势喜人，如果没有日伪政权的掠夺，今年的收成应该是不错的。

"保住秋收的果实，不给敌人掠夺的机会，我们一定会成功的。"呼元福一边走一边感叹军区领导决策的英明。饿了，啃几口干粮；渴了，掏出装水的瓶子，咕咕地灌上几口；累了困了，就找个安全的地方躺下迷糊一阵子。在敌占区，汉奸特务每个村子里都有，不能借宿，以免引起怀疑，也不能离开道路太远，否则容易迷失道路。胶东地区丘陵多，野狼时常出没，在黑夜行走，呼元福手里提着一根棍子防身。

敌人在险要处设卡，无法绕过的时候，呼元福只能硬着头皮接受盘查，敌人极其凶恶，稍有怀疑就会扣留关押。在侯家庄的日伪关卡，他的前边的一位30多岁的中年男子，因为手指头有茧子，被日军认定为是八路，当场捉拿。敌人将呼元福带的东西翻了个遍，浑身上下搜了个遍，一无所获后，也让他伸出手来，看到满手的老茧，准备将他扣押。情急之下，他叽里呱啦地说了几句日语，表示自己是给皇军修筑工事和干农活磨起的老茧，才取得了日军的信任，从而顺利过关。

走到高岭村附近的卡点，一位卖水果的老汉带着女儿路过时，因为不满日本鬼子对女儿的调戏，被一顿暴打，水果担子被踢翻，年轻的女儿被拖进哨卡里强暴。呼元福被气得浑身颤抖，牙齿咬得咯咯响，可是重任在身，他只能忍着。敌人还以为他是因恐惧害怕而发抖，嘲笑一番后放他通行。

呼元福讲述的时候，完全沉浸在对往事的回忆中，语调沉痛低缓。我们几个小伙伴听得惊心动魄，牙关紧咬，小拳头握得紧紧的，仿佛身临其境。直到他有惊无险，我们悬着的心才放下来，急切催他快讲。

原计划两天的行程，呼元福一路风餐露宿、跋山涉水，过关卡、巧周旋，花了三天时间才到达指定地点姜村。到了村头，他打听于掌柜的住处。有人热心地将他领到一户人家等候，一会儿一个戴眼镜的年轻人匆匆过来，见面说道："离岸鱼得水而活（于得水）。"呼元福连忙应答："三叶草漫山遍野（曹漫之）。"暗语正确，那人紧紧握住他的手，深情地说："同志，辛苦了，跟我来。"

来到了一处院落，敲开了一间房门，一位身材魁梧、一脸英气的中年男子出现在面前。戴眼镜的同志对呼元福说："这是我们的于得水专员。"于得水高兴地握着呼元福的手说："可把你盼来了。"于专员看着他褴褛的衣衫，眼圈红了，他让呼元福把破鞋子脱下来，指着磨得血淋淋的脚掌，对戴眼镜的同志说："小王，先给包扎一下，换套衣服鞋子，再让伙房做点儿好吃的，吃完了再过来谈！"

饭后，呼元福在于专员等几位东海领导的面前，将玻璃瓶中的水缓缓倒在地上，再把瓶子放下，搬起一块石头将其砸碎，然后在地上写下"8.24"三个数字，在旁边画了一个月牙。做完了这一切，呼元福退出来，静静地等待大家破译情报信息。

很快情报内容破译完毕：8月24日夜间，配合胶东军区部队，拔掉水道据点。呼元福问小王，小王毫无保留地告诉他："将瓶中水倒掉，砸碎瓶子，就是拿下水道的意思，夜晚就是行动的最佳时机，到时候胶东军区部队肯定会打过来，我们要全力做好配合工作，一举打掉这个据点。"小王还告诉他："于得水专员希望他在这儿待几天，等到战斗结束再离开。原因呢，一是回去的路上凶险太多，二是他的脚伤还没好，走回去要吃太多的苦。"首长的关怀没理由推辞，呼元福高兴地答应了。

果然，在24日深夜，水道战役打响了，在胶东军区参谋长贾若瑜亲自指挥下，胶东军区第16团三营、东海专区的地方武装队伍联合作战，在次日早晨就将号称"铁打的水道"这个日伪要塞彻底拔掉。这次战役，俘获、歼灭敌人 230 多人，极大地震慑了日伪军及国民党顽固派，起到了"打一点，跑一面"的效果，加快了北海、南海、东海、西海及滨海革命老区连成一片的速度。这次战役，是抗日战争取得伟大胜利的前夕，由许世友亲自部署，"游击大王"贾若瑜坐镇指挥，党（胶东区委）政（胶东行署）军（胶东军区）密切配合、协同作战，取得全面胜利的典型战例。

水道之战后，呼元福在东海专署住了半个多月，协助小王搞好行政事务，学到了很多知识。由于信息闭塞，父母还以为他在执行任务的过程中被敌人杀害了。9 月 15 日，胶东行署派人送来喜报的时候，家里在呼天抢地为他办丧事、修衣冠冢呢。得知呼元福不但没事，还立了功，家里人立马转悲为喜。老呼家在几日之间经历的大悲大喜，一时之间，在村里传为美谈。

为党工作，找到人生伴侣和良师益友

回行署后，呼元福很快被吸收为中共党员，1945 年 11 月提干，成为胶东行署的一名正式干部。

抗日战争胜利后，蒋介石为了抢夺抗战的胜利果实，命令各地国民党军队接收整编投降的日伪军，一面积极发动内战，一面玩弄和谈阴谋。1945 年 10 月 10 日，毛泽东、周恩来、王若飞赴重庆与国民党谈判，签署了《双十协定》，迫使国民党承认了我党提出的和平建国方针。共产党"争取和平民主，推迟内战爆发"的策略初显成效，为应对蒋介石反扑争取了宝贵时间。

1946 年初，胶东区党委响应中央和华东局号召，开展"反奸诉苦""减租减息"和"百日大练兵"活动。呼元福跟随胶东各救会会长张修己和行署民政处干部王文正，到解放区开展起轰轰烈烈的"反奸诉苦"运动。他和当地的干部们一起进村入户，发动群众，用算旧账、诉痛苦、摆事实讲道理的方式，团结革命群众，斗争封建地主，达到了很好的效果。5 月 4 日，中央发出了《关于减租及土地问题的指示》（"五四指示"），把要求地主减租减息的政策深化为"没收地主的土地分配给农民"，贫苦人民的积极性进一步调动起来了。

这段时间，从小就受尽了地主欺凌的呼元福非常振奋，他在配合好区委领导做好土改发动工作的同时，让人给家里人捎口信："穷人翻身做主人了，有共产党撑腰，要敢于和村里的地主恶霸作斗争。"

解放区的土改政策，坚决维护了贫苦农民利益，团结了广大中农，一般不动富农的土地，对于抗日军人、干部的地主家属，以及对抗战做出贡献的开明绅士，给予了适当的照顾。重点打击了地主恶霸汉奸势力。

国民党反动派一刻也没有停下进攻解放区的脚步。胶东军区的部队被迫反击。1946 年 6 月 9 日，解放军攻克了胶县城，恶贯满盈的赵保原被击毙。消息传来，呼元福喜极而泣。胶东地区被赵保原杀害的军民不计其数，他的堂哥呼元斋就是被赵保原用铡刀残忍杀害的。呼元福在梦里都想亲自杀掉这个恶棍，而今，解放军为亲人报仇了，他如何能够不高兴？

6 月底的一天，胶东区委行署正在召开机关干部会议，呼元福列席其中。忽然，工作人员悄悄走进会议室，到主席台上跟行署主任曹漫之低语了几句，王文主任转过身去，跟右边的区委书记林浩请示后匆匆离开。

会议结束前，曹漫之赶了回来，面色凝重地说："莱阳县委下属的萌山区正在修建殉国烈士纪念塔，设计为五层，可是建到第三层的时候，运送砖石已经力所不能及，好几名工人被砖石砸伤。现在内战全面爆发，战争形势紧张，莱阳县委和萌山区委希望尽快结束工程，将人力物力转移到抗击国民党军队上去，所以特地向胶东区委、行署请求帮助来了。"

会场顿时陷入沉默……呼元福听了，非常着急。萌山烈士纪念塔是为了纪念抗战牺牲的萌山区抗日军民，由群众捐粮集资修筑的一项重要工程。这一点，不仅他知道，区委、行署的大部分干部都知道。自己家乡的这项工程绝不能停下来。念及此，呼元福不由自主地站起来，大声说："塔身修到三层，至少也有六米般的高度了，靠人工传递物料和杠杆提升的方法都不能解决问题，应该采用搭建架子的方式进行施工。我在大连码头当劳工的时候，曾经搭过木架子，让我去吧！"

就这样，呼元福被胶东区委、行署派到了施工现场，他采用在大连码头学到的技术，指导群众支起松木架子，用草绳扎牢。群众将砖石泥浆逐层向上递送，最上面的人站在架子上施工。他的到来，不仅让陷入停滞的工程重新启动起来，而且大大加快了工程的进度。7月7日，一座由花岗岩做底座、由青砖砌成、雕花起飞檐的五层六棱十三米高的殉国烈士纪念塔耸立起来。

为了塔的建设，呼元福一直靠在工地上，跟工人同吃同住。烈士塔建成之日，曹文旭（筹建者，原萌山区区长，时任沽河区委书记）和吕言民（时任萌山区委书记）一人拉住呼元福的一只手，不住地说着感谢的话。为了奖励呼元福的辛苦付出，萌山区专门拨出一袋小米送给他。呼元福无论如何也不接受，道一声"珍重"，便急急忙忙回行署交差去了。吕言民安排人，将小米专程送到西泥牛庄呼元福的父母家中。两位老人看到自己的大儿子为上级分担忧愁，为家乡做出贡献，内心别提多高兴了。

到东海专署送情报，光荣完成任务；帮萌山区解决了修建烈士塔的技术难题，名不见经传的呼元福在行署被刮目相看。1946年10月，呼元福受到胶东区委、行署的委派，到莱阳县民运部担任股长，继续开展土地革命。因为参加过行署的各类土改会议，参与纠正过年初威海卫市在反奸诉苦和清算运动中"左"的错误，他对农村的土改工作有着清醒的认识和正确的判断。

早在2月份，中共威海卫市委受"左"倾思潮的影响，用农民斗争地主的方式，组织工人斗争城市资本家，引领群众抢夺"胜利果实"，结果出现了扩大化的问题，许多工厂的机器设备被拆除拿走，两百多家商号的商品被瓜分干净，严重破坏了工商业的发展，导致出现了资本家出逃，工人无班可上、无钱可挣的混乱局面。这种错误做法，被区委行署及时纠正，威海卫市委书记被降职处理。

呼元福建议地方领导采取稳妥的措施，一是召开乡、村两级干部会议，宣传党的土改政策要求和规定，帮大家弄清楚土改的目的、意义和具体做法。二是召开乡绅、地主会议，让他们认清当前的形势，配合土改运动，不要做无谓的抗争。三是广泛散发传单，进行宣讲，制造良好的土改氛围。四是培训土改积极分子，教育贫雇农，要采用正当的手段进行土改，避免出现过激行为。当地的土改开展扎实有效，深得群众拥护。当县委县政府发布支援前线的动员令之后，域内的青年纷纷报名参军支前。

在进行土改的过程中，呼元福结识了比他小15岁的青年干部。该干部姓姜，曾担任小学教员、乡里的文书、土改宣传队队员。他有文化、有见识，工作能力强，且虚心好学，很受大家的称赞。从1947年到1955年，呼元福与他在一起共事长达8年之久。

新中国成立后，呼元福调入生产科，后跟这位青年干部一起被县委安排到农业生产合作部，到马连庄区河头店乡台头村驻点，指导当地的农业生产。马连庄是个红色革命老区，胶东行署曾经驻扎在河崖村，县委县政府曾驻扎在松旺庄村，胶东军区司令员许世友的临时指挥所曾设在泥湾头村。这一带的农村为解放战争做出过许多贡献。

不过，胶东农村和全国一样，读过书的人太少，有文化有知识的人太少了。有资料显示：1950 年，中国文盲的比率为 80%。国家在开展农业生产的同时，开展起轰轰烈烈的扫盲运动。城市乡村几乎同步进行。

在莱阳马连庄一带，青年干部姜同志担任生产合作部扫盲组组长兼识字班教员。区里乡里和村里没有文化的干部、不识字的群众，都要积极参加学习班。识字班的青年男女很多，为他们的交往提供了很好的机会。这个时候的呼元福已经 35 岁了，由于年少的时候，初恋姑娘秋红遭地主迫害去世，使得他受伤很深，一直不愿触及男女之情。而年轻的姜组长已经成家立业，他对呼元福这位敦厚善良的同事很尊敬，也对他至今没有找对象感到很诧异。

工作组吃住都在农户家中，呼元福在台头村东头一户老人家中借住。老人老伴去世得早，一个人孤苦伶仃，他的女儿孩子多，便将自己最小的女儿——老人的外孙女送到老人身边，跟他一起生活。外孙女葛翠香来的时候不到十岁，至今过去七年多了，女孩长得相貌端正、亭亭玉立，她勤劳能干，烧火做饭、洗衣缝补、种粮种菜，样样都行。因为都是穷苦出身，呼元福在工作之余，特别关照祖孙两人，挑水劈柴的重活抢着干。而翠香姑娘也经常帮这位大哥哥洗衣服，提前做好饭菜等他回来一起吃，这让呼元福找到家的温暖。两人晚上一起上识字班，回来后经常学习到深夜。只是呼元福比姑娘大 18 岁，所以内心从未有过非分之想。

识字班的很多人都看出姑娘对呼元福的依恋，以及他对姑娘的呵护。姜组长故意安排他们在同一张座位上学习，给他们提供更多的接触机会，极力想促成这门好事。当时识字班里流行打油诗，现抄录几首：

收了工，吃罢饭，快到夜校把书念。鼓足干劲争上游，早日攻下文化关。坚持经常不松劲，风吹雨打不缺班。学好文化干革命，掌好政权和文权。

村村队队办夜校，人人甩掉文盲帽。能写文章能看报，天下大事都知道。全县人民齐称赞，政治夜校办得好。展望未来心里乐，继续革命志更高。

以上的打油诗充分显示了人民对扫盲学习的高涨热情，也反映出人们对新中国未来的发展充满信心，愿意通过学习参与到国家建设中来。同时，识字班这一新生的事物，促成了许多桩美满的婚姻，下面的打油诗虽然幽默诙谐，却也反映当时的实际情况。

识字班来扭一扭，惹得青年跟着走。谁要生产当模范，俺就和他握握手。

识字班来扭呀扭，一扭扭到十八九。俺娘不给俺找婆家，俺就跟着同志走。

白天工作的时候，姜同志私下询问呼元福："你对小葛姑娘的看法怎样？"呼元福不知就里，懵懂地说："葛翠香很好哦，朴实能干，没的说。"姜同志笑着说："别跟木头似的，看中了就行动，追呗。"呼元福登时红了脸，说："人家还小，我只是把她当作妹妹看待呢。"姜同志开导他："不就年龄差的大点嘛，这有啥？"呼元福嗫嚅道："小葛会同意吗？"姜同志揶揄他："你是真傻呢，还是装傻？别人都看出她对你有意思来啦！"

热心的姜同志不仅鼓励呼元福大胆一些，还考虑到他腼腆害羞的性格，主动当起了红娘，跑去跟老人提亲。老人见外孙女能够嫁给县里的干部，自然高兴得不得了，一口就答应了。转过年，二人就领证结婚了。

饱受战火摧残的胶东大地，和全国其他地方一样百废待兴。各级党政管理部门亟须各类有知识有文化的人才。像姜同志这样的教师出身的干部，在县委文秘岗位上大展身手，职务很快就得到晋升。

呼元福呢，虽然经过识字班的培训，文化水平大幅度提升，读书看报是没有问题了，但是终究没有经历学校学习，起草公文、拟写领导讲话稿等方面的工作很难胜任。再加上呼元福本身性格内向、不擅交际，在结束了劳动生产部工作回到县委之后，面对领导的意见征询，呼元福主动选择了他人不愿问津的托儿所所长一职。

许多人感到不太理解，作为一名股级干部，呼元福有很多岗位可以选择，为什么要去当个"孩子王"？呼元福有自己的考虑，作为一名穷苦出身的农民，年少时候做梦也没有想到会有今天，能够在县委、县政府谋得一份差事，已经可以光宗耀祖了，怎么能够提过高的要求呢？每项工作都需要有人干，照顾好、教育好机关干部的子女，关系着社会主义事业接班人培养问题，这项工作一样很重要，一样需要有人干好。在县委、县政府妥善安排干部家属工作的政策指导下，呼元福的妻子葛翠香来到了机关托儿所，成为一名保育员。

这时期，姜同志在县委办公室工作。工作之余，他会和呼元福坐下畅聊。姜同志胸怀大志，对未来有着长远的规划，有着高远的政治抱负，他希望呼元福和自己一样，积极争取，在更重要的岗位上一展身手。对于他的想法和建议，呼元福表示佩服和感谢，同时说出自己的心声：我的祖祖辈辈都是穷苦农民，他们卑微渺小，也都没有什么文化，一生谨小慎微，他们教育子女要脚踏实地，切莫好高骛远。他们希望我在这片生养我的土地上扎下根，为老百姓服好务，为家乡建设贡献力量。

姜同志对呼元福的想法表示理解和支持。两个家庭平时互有往来，在彼此的交往中从对方身上汲取有益的思想和力量，对各自的发展起到了加油鼓劲的作用。

呼元福和葛翠香结婚后第一年就生下了大儿子呼光民。葛翠香在家休了不到三个月的产假就将儿子托付给在乡下的公婆，迅速回到托儿所保育员的工作岗位上。他们夫妻二人都是喜爱孩子的人，在托儿所工作，都感到很快乐。作为所长，呼元福每天早晨第一个来到托儿所，在门口迎接来上班的保育员和来送孩子的机关干部。人们被他恪尽职守的行为感动，热情地跟这位负责任的所长打招呼。在这里，员工感到高兴，家长把孩子送来也感到放心。

那个年代，孩子们的主要活动是做游戏、学唱歌，大都在室内进行。为了给孩子提供更广阔的活动空间，呼元福找人在院子的东南角挖了一个有半个篮球场大小的沙坑，里面铺满细软的沙子。放上几个废旧轮胎和一些皮球，还请人用光滑的木板制成了简易滑梯。这里成为孩子们最喜爱的场地，三个班级六十多名三岁到七岁的儿童分批次在沙坑里活动。他们又蹦又跳，高兴极了。

有一次，县里一位分管文教卫生的领导到托儿所视察，看到了自己疼爱的孙子在沙坑里滚爬玩闹，当即沉下了脸，很不高兴地把呼元福叫过来，训斥道："让孩子沾满一身泥土，这是很不卫生的；从高处往下滑，这样是很危险的。你作为所长，负有不可推卸的责任，应该好好反思一下！"呼元福解释说："孩子的天性爱玩，把他们限制在室内，不利于身体健康。沙坑里虽然有点脏，但是孩子们玩得高兴呢。至于滑梯，坡度很小的，并且有老师在一旁看护，您放心，孩子们不会有事的。"

那位领导扔下一句"瞎胡闹",气呼呼地走了。后来在县里的一次文教卫生会议上,他点名批评了机关托儿所。这让呼元福感到很委屈,受到不少打击。同时,他不得不减少孩子们的室外活动时间。很多机关干部都为他抱不平,默默地给他支持与鼓励。那位批评他的领导的儿子儿媳特地来安慰呼元福:"孩子的爷爷太溺爱孩子,说了过分的话,你可不要往心里去。孩子回家说,托儿所最有趣的事情是打滑梯、滚轮胎和扔皮球呢。"在大家的支持下,托儿所的室外活动又多了起来,那位领导再也没有指责什么。

呼元福并非一个锐意革新的人,也没有深厚的文化知识,但是他能够意识到托幼教育要顺应儿童的天性,激发孩子的活力,让他们有一个快乐的童年生活。在当时,这无疑是十分先进的思想。

顾全大局不徇私情干好供销

新中国成立之初,工商业很落后。尤其是商业,饱受战火的侵扰,处于举步维艰的境地。这时候的经营方式,在城市里既有行商也有坐贾;在广大的农村,主要为行商,逢集市日,才有土特产、肉类、杂货、文具、洋货、竹木器、工艺品等各类物资流通。平日里,农民购买生活用品很不方便。

国家层面早已注意到这个问题,1950年成立了中华全国合作社联合总社。随即,各省纷纷成立合作社。1951年山东省合作总社改为山东合作事业管理局,负责全省的消费、供销、渔业、信用和手工业领域的行政管理工作。1955年又更名山东省供销合作社。

莱西县早在1951年就成立县供销合作社联社,并在全县办起了29处联村合作社和190处村办合作社。1955年在山东省供销合作社"发展经济,保障供给"的指导方针下,各地的供销合作社普遍加强了领导力量。同时计划经济出现了新的要求,那就是买东西必须用到相应票证，这些票证五花八门、种类繁多，布票、粮票、肉票、油票、棉花票。国家实行统购统销，强化供销社管理职能，真正做到为百姓服务，为人民解忧。票证时代开启了……

呼元福为人忠厚朴实，做事勤奋扎实。县供销社的领导希望他能够到供销系统一显身手。在征求呼元福意见时，他一方面表示服从组织安排，另一方面也提出了自己的想法：最好回到家乡南墅去。

县供销社主任本想将呼元福留在自己身边担任副职，见他实实在在想为家乡人民做点事情，颇为感动。不过，他提醒呼元福，到南墅虽然离家近了，照顾老人也方便了，但是乡里乡亲求你办事的可能就多了。供销社的工作性质要求我们必须坚持原则，不徇私情，这一点儿你能做到吗？

主任工作经验丰富，一针见血地指出了回家乡工作的潜在弊端，让呼元福猛然觉醒。他问主任："您认为怎么办才好呢？"主任叹息一声："既然你无心留在县社，也怕乡亲干扰自己的工作……那就到武备去吧，那里需要你这样的人。"就这样，呼元福走马上任武备供销社主任一职，开启了人生一段新的征程。

从 1955 年到 1975 年的二十年间，呼元福将自己的汗水挥洒在武备的土地上，为武备供销社的发展壮大做出自己的贡献。在武备供销社的工作事迹，呼元福为人低调，不事张扬，他自己很少谈起，家人所知也不多，但是年终拿回家的一张张奖状，见证着他的艰辛和付出。他到任后，先是召开职工座谈会，了解单位工作中存在的问题；接着深入农户中，了解群众的需求。他多方争取，将门类比较单一的武备供销社，建设成为集日用百货、烟酒糖茶、生产资料、五金交电、农副产品等门类齐全的综合商业部门。最初的几年，县里年终评比，武备供销社购销两旺，连续被评为先进工作单位，呼元福多次被评为先进个人。

1958 年，国家在经济建设中开展以实现工农业生产高指标为特征的群众生产运动，史称"大跃进"。为了掀起运动高潮，中央发出了《关于下放干部进行劳动锻炼的指示》以及退役军人返乡、干部家属返乡从事生产的通知。当时呼元福的妻子葛翠香还在机关托儿所工作，带着孩子在县委安排的临时住房中居住，呼元福一周回一次县城，一家人其乐融融，生活安定和谐美好。

"大跃进"打破了以往的宁静，中央的指示和通知下达以后，县里召开了紧急动员大会。呼元福第一批报名，响应国家号召，支持妻子回老家西泥牛庄村务农。一同下乡的还有一批年轻的、缺乏体力劳动和社会实践经验的干部，工作的主要方向是上山下乡，参加农林业劳动。其目的是改变工作作风，密切干群关系。

下乡锻炼的干部和返乡劳动的干部家属，后来大都陆续回到了城市，许多人还被安排在重要的岗位上，为社会的发展做出了更大的贡献。但是也有一部分人由于种种原因，永久地驻留在农村，成为地地道道的农民。呼元福的妻子葛翠香便是其中一位。

事情的缘由，当事人讳莫如深，甚至其子女也不十分清楚。但是有一点儿可以肯定，那就是呼元福夫妇坚决响应党的号召，不愿意给组织增添任何麻烦。

1958 年开始的三年自然灾害，让全国人民处于忍饥挨饿的悲惨境地，国家经济又一次遭受重创。供销社在保障物资供给、稳定人心方面发挥了积极作用。呼元福在武备供销社兢兢业业、勤勤恳恳，从不徇私舞弊。在一个风雨交加的夜晚，他和值班人员一起，爬到仓库的房顶上，更换破碎的瓦片，自己一不小心滑下来，摔断了胳膊。他们的付出保住了几百匹的棉布和几百斤的白砂糖……

在家里孩子嗷嗷待哺的年月里，他没有从单位拿回家一块糖果一块点心。他清正廉明的品格和以社为家的做法，受到了单位职工和当地群众的一致好评。

呼元福 1975 年退休，1982 年按照国家政策转为离休。

赋闲之后的呼元福，一边在家帮助妻子葛翠香种田，一边侍弄花草，享受生活。他的四个儿子两个女儿逐渐长大成人。妻子希望他能够找找领导，为子女妥善安排工作。呼元福摇摇头说："不论干什么工作，都要凭自己的实力吃饭，孩子读书一般却热爱劳动，我看当个农民就不错。"

1999 年冬天，呼元福因病去世，享年 84 岁。

后记：据有关资料统计，到 2022 年国庆节前夕，我国的离休干部还有 100 多万人在世。他们当中，年龄最小的也有 90 岁了。他们都经历过枪林弹雨，都有过激情燃烧的革命岁月。他们每个人身上都有着鲜为人知的革命故事。他们是近代中国革命历史的见证者，是新中国的有功之臣。

呼元福的一生，经历过黑暗腐朽的民国时代，遭受过日本人的欺辱，在共产党的引领下走上了革命道路。新中国成立以后，他又见证了我国计划经济的开启与终结，虽然忍过饥挨过饿，但是也享受了改革开放后的幸福生活。呼元福离开这个世界已经二十多年了，村里还有耄耋老人记得他的革命事迹。

作为呼元福的后辈族人和文学爱好者，我觉着自己有义务将他的事迹发掘出来。

我根据自己和族人的回忆，进行了大量的采访，并向莱西党史专家落实求证后撰成本文，旨在将离休干部呼元福忠于革命、克己奉公的精神弘扬出去，以告慰缅怀先辈，振奋激励后人。

（本文于 2022 年 12 月发表于"一棵树文学天空"公众号）

徐桂芳：传递情报，护佑一方

在莱西市日庄镇泊子村，有一处红色遗存——抗日地下交通联络站，该联络站背后隐藏着村妇徐桂芳一段鲜为人知却又可歌可泣的革命故事。

1937年卢沟桥事变爆发，日寇大举入侵中国，抗日的烽火燃遍了大江南北。年底，山东省委重建莱阳县委，成立"中华民族解放先锋队"县大队。第二年，又成立民先宣传队，侯林翼任队长，李佐民任副队长，二人在日庄刘家都村创办《民先周刊》，宣传党的抗日政策，在群众中产生广泛影响，泊子村文化水平不高的农妇徐桂芳深受鼓舞。

1939年6月，国民党顽固派在日庄一带抓壮丁，名义上是补充兵源，实际上做的是反共反人民的勾当。泊子村民刘京义被带走了，被迫参加了赵保原和秦毓堂纠集起来的"抗八联军"。在国民军队中，刘京义目睹赵保原、秦毓堂与日寇暗中勾结、抢夺地盘、屠杀共产党员和革命群众的卑劣行径，他心中既失望又愤慨。与此同时，他的妻子徐桂芳看到共产党发动群众抗击日寇，内心十分崇敬。受革命思想的影响，她与共产党人李佐民、侯林翼秘密接触，萌生将丈夫从国民党军队中解救出来，一起抗日救国的想法。

1939 年秋季，日军实行"三光"政策，对胶东半岛展开疯狂进攻，奸淫掳掠无恶不作。胶东区委和八路军第五支队在南墅张格庄、山后等村坚持抗日半年，不得不进行战略转移，与敌人进行游击战。鉴于日庄处于敌占区和根据地的接合部，青黄路贯穿南北，是日军由青岛北上的必经之地，地理位置重要，斗争形势复杂。胶东区委王文书记和八路军第五支队司令员高锦纯特地交代司令部联络科科长侯林翼和六十二团政委李佐民：尽快在日庄设立一处联络站，便于情报的递送和人员的转移。

徐桂芳成为第一人选。她家后面有一条水沟、一片坟地和一个隐秘的地窖，她还具有农村妇女和国民党士兵家属的身份做掩护，更重要的是她已经向党组织提交了入党申请，有着坚定的革命信念。当时，福山书记李子勤受党组织委派，打入国民党日庄乡公所担任文书一职，他暗地里搜集情报，交给徐桂芳，再传递给侯林翼。1940 年春天，在地下联络站的帮助下，八路军发动奇袭，一举端掉了国民党顽固派设在日庄的据点，大大鼓舞了革命群众的斗志。徐桂芳受到了县委的表扬，更坚定了把丈夫拉出国民党队伍的决心。这年冬天，她备好干粮，安顿好孩子，独自徒步跋涉 200 多里地，到海阳县城秦毓堂部队找到丈夫刘京义，以公爹病重为由，将丈夫生拉硬扯地带回家中。

国民党顽固派据点被毁，李子勤的身份也不慎暴露了，他机智逃脱敌人的抓捕。不久，他在莱阳县抗日民主政府第七区（驻刘家都）区长李涤生的帮助下，组建起 40 人的区中队，联合第八区（驻南墅）区中队队长呼元斋，借助地下联络站互换情报，沟通协调，跟日庄一带的日伪军和国民党顽固派展开斗争，给了敌人很大的打击。刘京义受到共产党杀敌报国的热情的感召，急切要求参加抗日武装，被破例吸收进革命队伍，成为李子勤部下的一名战士，后来为国捐躯。

1941 年夏天，日军第五混成旅派出一个小队十余人，带着 250 名伪军，占领了日庄，在西面的高地上建起炮楼。此时，地下交通站重要联络人员李佐民、呼元斋均已牺牲，当地处于一片白色恐怖之中。莱阳县委刘汉清、萌山曹文旭在胶东区委的指示下，配合侯林翼继续搞好地下联络站的工作。由于活动过于频繁，曹文旭被日伪军盯上，不幸被捕。在敌人的严刑拷打面前，他毫不屈服，没有泄露一点儿党的秘密，敌人没有证据，只能将他关押起来。不久，在县委和联络站的努力下，曹文旭被营救出来。

日伪军的炮楼像一颗毒牙，死死咬在交通要塞上。平度大泽山革命根据地采用地雷战，给日本侵略者以重创。上级要求联络站设法与大泽山的革命武装建立联系，搞到制作和埋设地雷的技术资料，用地雷战粉碎敌人的蚕食与扫荡，合适的时候炸毁日伪炮楼。县委经过慎重考虑，由李子勤派出刘京义和两名战士，向西渡过小沽河偷偷前往大泽山。谁知一去大半年，音信皆无。

徐桂芳念夫心切，整日以泪洗面。侯林翼想出计策，二人假扮成为走亲戚的夫妻，徐桂芳骑着一头毛驴，侯林翼牵着，巧妙穿过敌人的封锁，来到了大泽山根据地。虽然没有找到刘京义三人，但是知道了他们跟当地队伍一起对敌作战，悬着的心终于放下了。更可喜的是，侯、徐二人将制作、埋设地雷的方法资料捻成纸卷，塞在驴子的耳朵内，顺利地躲过了敌人的检查，安全无虞地带了回来，此法被辗转传到海阳县，"地雷战"发挥了巨大的威力。

地下工作站在五六年的时间内，培养了战士申等多名积极分子，输送莫焕香、蔡显胜、蔡显忠三人参加八路军，刘汉清在此召开过秘密会议，曹文旭等抗日将士在联络站的地窖内养过伤。1943 年 11 月，刘京义在平度牺牲，徐桂芳强忍悲痛继续为党工作。

解放战争时期，徐桂芳积极协助当地政府组织群众支援淮海战役，并将自己大儿子送去参军。新中国成立后，她又让小女儿去参军，并响应国家号召，举家移民新疆，支援边区建设。20 世纪 70 年代，徐桂芳感觉自己去日无多，便将子孙叫到跟前，把深埋在心中的这段历史诉说出来……

2005 年，抗日战争胜利 60 周年之际，徐桂芳和刘京义的后代在村人的支持下，在联络站的旧址上树立起纪念碑，以此缅怀自己父母，致敬抗日战争中为联络站工作做出贡献的革命先辈。

（本文发表于 2023 年第一期《职工天地》和"学习强国"平台）

人民文学，见证别样人生

——纪念我的姥娘

年少的时候，我认为每个人都和自己一样，有个文学梦想。2021 年冬天，当我看到母亲拿出来的姥娘珍藏的《人民文学》，我欣喜地想：出生于 20 世纪初的姥娘，也是文学爱好者。

我的父亲是"文革"期间的高中生，母亲是初中生。在 20 世纪 60 年代的农村，这绝对算是高学历人员了。他们在劳动之余，看《水浒》《三国》，看《红楼梦》《镜花缘》《封神演义》《呼杨合兵》……耳濡目染，我从小也喜欢读书。

母亲珍藏的东西不多，姥娘传下来的《人民文学》绝对是其中最重要的一件。姥娘读过几年私塾，小时候坚决不允许大人给她缠足，所以长着一双大脚板。当然，我没有见到过，因为我出生时，姥娘已经去世 4 年了。这都是母亲告诉我的，她告诉我的还有：姥娘战争年代当过妇救会会长，新中国成立后在识字班给村民讲过课，1968 年 55 岁姥娘去世的时候，村党支部组织全村人给她召开追悼会，她是村里唯一身后享受这种礼遇的党员干部，前无古人，后无来者。母亲说这些的时候，很有些自豪。

我问母亲，姥娘有没有照片留下？母亲摇摇头。我又问，姥娘的党员证在哪儿？她的功劳证或者干部履历证明可还有？母亲还是摇头，满脸悲戚的神色。

我说："我三祖父呼元斋，被敌人用铡刀杀害，有烈士证书记录；我大舅担任村支书的事情，村里档案有记载，也有照片佐证；我爷爷在20世纪50年代获得的莱西县人民委员会劳模奖章，至今还保存在抽屉里。他们的事迹我都写过，也发表了，有的还被'学习强国'刊登。老早之前您就让我写写姥娘的事情，说是不要让她的革命事迹湮没了，可是我查找不到任何与她有关的资料，无从下笔啊。"

母亲说："村里80岁以上的老人，大都知道你姥娘的革命故事。"母亲的娘家和婆家在同一个村，我不止一次地从家族和其他老人的嘴里听到姥娘的革命故事。我从未怀疑过故事的真实性，但是仅凭别人口述是不够的，我还需要实物资料，哪怕是一星半点儿，也是一个有力的佐证。

母亲陷入沉思中，她缓缓地说："如果没有那个动乱的年代……或许还能保留下来一些东西。"她猛然一拍大腿，大声说："有的，我记起来了，她还真留下了一点儿东西。"一番倒腾，母亲从旧衣柜的底部摸出一个红布包，小心翼翼地打开：一本虽然陈旧但保存完好的1957年10月份《人民文学》呈现在眼前，放在一起的还有一本1952年出版的《太阳照在桑干河上》、一份泛黄的《人民日报》（1957年10月19日）和一本陈旧小册子——《中国共产党中央委员会关于整风运动的指示》（1957年4月27日）。

将这些宝贵的资料捧在手里，我心里高兴地闪过一个念头：姥娘应该是一个喜爱读书看报的人，是一个怀揣文学梦想的优秀共产党员。

我爱惜书的好习惯，得益于祖父、父亲的言传身教。家里珍藏有一本民国壬子年（1912 年）的《绘图呼延庆征南全传》，历经百年时光，仍然保存完善，字迹清晰，可以正常翻阅。每当逢年过节，父亲还会拿出来摸索一番，讲上其中一两段故事。我在村小学读书的时候，是语文课代表，老师办公室里订了一份《人民文学》，我给老师送作业时，经常看到老师几个人围在一起看。

有时候，课堂上老师会布置大家抄写课文，自己坐在讲台上津津有味地看《人民文学》。看完了，叫我过去："快，把这本书给你姨父送过去，他等着看呢。"我的姨父在村小学当民办老师，教五年级。（他的事迹《俗世微光，照亮一方》发表在"学习强国"。）等老师都看完了，我便会去跟姨父借阅，姨父会毫不犹疑地拿给我，说："这可是最高级别的文学期刊，大文豪郭沫若题的刊名，登的都是好文章，要认真读啊！"我连连点头："姨父请放心，我保证好好看，看完了及时归还。"若放在现在，老师课堂上看闲书，是干与教学无关的事情，肯定会挨校长批评的，而那时候，我却觉得老师很勤奋，是我学习的好榜样！

20 世纪 80 年代初期，还是小学生的我就阅读过《人民文学》上的许多名篇，至今还有着较为深刻的印象。中学时代，《人民文学》就见得少了，学校阅览室很少开放，偶尔进去，也没有发现这份心仪的杂志。我想，或许老师都喜欢看，早就借出去传阅了吧。

参加工作后，在乡村小学任教，那时候工资太低。舍不得拿出钱来订阅《人民文学》，就找校长软磨硬泡，校长拗不过，用办公经费给老师订阅了一份。后来调到乡里的中学，学校人员多了，哪里好意思去麻烦校长，再说工资水平有所提高，就自己掏钱订阅了。再后来，我来到了现在的单位——日庄镇中心中学，继续自费订阅该刊。只是，在单位的变动中，由于保管不善，订阅的《人民文学》大都遗失了。我记得母亲有一年卖旧书，里面就有许多本；还有一些被同事朋友借去阅读，忘记归还的……

2014 年，成为莱西市作家协会理事会成员以后，我对文学书籍、杂志的重视程度自是与以前不同。从这一年开始，我订阅的《人民文学》大都完好保存下来。"好借好还，再借不难"，有朋友来借阅，我就限定归还日期。每一年的杂志都整齐地摆放在书架上或者箱子里。怎奈书籍、杂志年年购买订阅，越积越多。书房里、卧室里落落大满，放眼望去都是一堆堆的书籍，简直没有立足之地。在妻子的埋怨声中，我无奈地将大部分的杂志运回了老家，嘱托母亲帮我照看好，千万别被老鼠啃咬了。

一路走来，《人民文学》给了我很大的创作借鉴和精神安慰，写作水平和思想境界逐步提高。近几年，我在《人民政协报》《中国教育报》《中国教师》《回族文学》《职工天地》《青海湖》《半岛都市报》等报刊和"学习强国"平台发表散文一百多篇，先后成为青岛作协理事、山东作协会员。阅读和创作，已经成为我日常生活中除了教学之外最重要的事情。众多的文学刊物中，《人民文学》无疑是我的最爱，对它的崇敬和膜拜已经深深地烙在心中。

去世多年的姥娘，会和《人民文学》产生联系，这是我做梦也想不到的。关于姥娘的过往，从母亲、舅舅和村人（母亲嫁在自己村里）的口述中，我早就大致了解。在姥娘还是婴儿的时候，她的父亲就去闯关东，再也没有回来，她的母亲和爷爷奶奶将她拉扯大。20 世纪 30 年代初，姥娘嫁给姥爷后，起早贪黑，含辛茹苦，整日里奔波操劳，养活大了四个子女（其中有两个夭折）。

姥娘生活的时代，军阀混战、日寇入侵，中华民族处于水深火热之中。她思想进步，看到社会上不公现象，内心充满了愤恨。在参加抗日救亡运动的过程中，姥娘瞒着姥爷和家里人，偷偷加入中国共产党。1939 年初春，胶东区委和八路军第五支队转移到莱阳县境内的大青山张格庄一带（现莱西市南墅镇北部青山村），区委书记王文和五支队司令员高锦纯带领军民，巩固抗日根据地，积极开展对敌斗争。

南墅南部和日庄一带处于抗日根据地和敌占区的交界，斗争尤为激烈。我党为了传递情报，打击敌人，建立了多个地下抗日联络站，日庄镇就有一个（详见"学习强国"发表拙作《徐桂芳：传递情报，护佑一方》），地下工作人员频繁地召开秘密会议，护送党政军干部过境，营救被捕的党员干部。

姥娘作为村里的妇救会会长，又是中共地下党员，许多活动需要参加。当然，这些活动都是秘密进行，连家里人也不知道。有一次，姥爷发现姥娘在七八岁的大舅睡了之后，又悄悄溜出家门，他再也忍不不住了：好多次了，婆娘都是背着自己摸黑外出，莫非外面有了野男人？他爬起来悄悄尾随。

姥娘出了村子，迈开一双大脚在田间小路上健步如飞，有两次还差点被路上的石块、树枝绊倒……到了南墅乡南部的河南村，姥娘闪进一家农户，不见了身影。姥爷在门口徘徊着，悲伤欲绝：贼婆娘，果真在外面胡搞啊！一会儿，看到里面的灯光熄灭，姥爷再也压不住胸中的怒火，咣当咣当踹起门来。

街门猛然打开，跃出两个身形魁梧的汉子，以迅雷不及掩耳之势将姥爷扭住，押送进屋里。煤油灯重新燃起，姥爷看到狭窄的房间里挤了六七个男女。一个精明干练的男子用手枪指着姥爷，呵斥道："哪里来的狗奸细，快快报上名来！"坐在边上的姥娘一看是姥爷，大吃一惊，忙叫道："曹委员，他不是坏人，是我男人。"曹文旭（时任中共莱西县萌山区委员，新中国成立后，担任过来莱西县长）放下枪，一脸疑惑地问："这，这到底是咋回事？"姥爷明白了姥娘是在开秘密会议后，怒气顿消，他原原本本地述说一番，在场的人忍不住都笑了。

曹文旭告诉姥爷，之所以关灯，是为了在开会的时候，尽可能避免被敌人的暗探发现。你既然是党员的家属，肯定不会是坏人，但是党的秘密联络据点被你知道了，你也加入共产党，跟大家一起闹革命吧。姥爷见曹委员言辞恳切，思索一会儿说道："共产党为劳苦大众着想，救百姓于水火之中，干的是好事……可是，夫妻两个都出来黑灯瞎火地开会，谁照顾老人和孩子啊……你们放心，我保证支持婆娘的工作，保守住党的秘密！"

后来，姥爷果然对姥娘大力支持，姥娘出去开会，他恨不得陪着她一起披星戴月、风餐露宿。怎奈孩子太小，离不开人照顾，再加上党的机密不允许普通群众掌握，姥爷只能作罢。他默默地为姥娘编了一个精巧的提篮，里面放上干粮和针线包之类的东西，上面蒙上蓝花土布，让她伪装成一个回娘家的小媳妇，万一遇到敌人，也不至于引起怀疑。

姥爷的做法，可真帮了姥娘的大忙。

那是一个寒冷的冬夜，鹅毛大雪漫天飞舞。姥娘在东馆村结束了党的秘密会议之后，摸黑出了村子，深一脚浅一脚地走在雪地里。半尺厚的大雪为大地盖上了厚棉被，姥娘突然发现找不到回家的路了。怎么办，找老乡借宿？怕麻烦人，更怕暴露身份。姥娘咬咬牙，朝着一个方向走着，摔倒在沟渠中差点爬不上来……不停地走啊走，一直到天亮，才找到了正确的道路。姥娘后来告诉姥爷，多亏篮子里的粗粮充饥，蓝花土布包住头部取暖，否则自己就冻死在冰天雪地里了。

70 多岁的母亲述说这些往事的时候，眼泪止不住地往下流：

"你姥娘一生勤劳，吃了很多的苦，遭了很多的罪，没有过上一天好日子哩。"1968年，姥娘担任村里的党支部副书记，那时候，"文化大革命"已经发动，她羸弱的身体再也经受不住繁重的工作压力，病倒了。不久，姥娘就去世了。

扯得有点远了，还是再回到《人民文学》上来吧。毋庸置疑，这份1957年10月份的《人民文学》和其他资料一起，承载着姥娘的学习和思考。

姥爷临去世的时候告诉母亲，大衣柜的底部隔板下面收藏着姥娘的几本书，那书是他对姥娘的念想，等他离世和姥娘合葬后，让母亲拿到坟前烧掉。姥爷说："你娘喜欢看书，此次相见，我要把书给她捎过去。"母亲最终没有将书烧掉，她在坟前失声恸哭："爹，娘走得早，没有留下一点儿遗物……您就把这念想留给我，当我看到这书籍资料的时候，就仿佛看到了娘……娘啊……您泉下有知，不要怪女儿……"

看了姥娘宝贵的遗物之后，有好几次我在梦里见到她，情形大致相同。

寂静的夜晚，孩子们都睡下之后，姥娘一扫疲惫，或摊开《人民日报》，或翻看《人民文学》，她想从报刊上找到最高领袖关于社会发展方向的最新的指示，同时自己也苦苦思索今后农村建设的新途径。她满脸忧患，神情凝重。文坛的"北极星"、曾深得毛主席赏识的丁玲，被打成右派，她觉得不可思议、无法理解却又不得不接受。荣获过"斯大林文学奖"的《太阳照在桑干河上》还熠熠生辉地摆放在案头，而它的作者却已经黯淡了光彩。

母亲经常祥林嫂般地重复："你姥娘的命比黄连还苦，年轻时候冒着枪林弹雨为党工作，新中国成立后带领村民种粮田、促生产，还要照顾老人和孩子，她身患重病却一声不吭，咬牙坚持着，直到生命的最后一刻。"每当我回家，给母亲捎去滋补品和时令水果——菠萝蜜、榴莲、火龙果等，母亲总会念叨："我这辈子啊，没有享受过的福现在正享受着，可你姥娘辛苦一生，没享过一天的福……"说着又抹起了眼泪。

没有见到姥娘的遗物之前，听到母亲的倾诉，我仅仅有点儿难过：那个特殊的时代，像姥娘那样的人多得不胜枚举，他们都在水深火热、艰难挣扎中度过自己的一生。可是看到《人民文学》等资料后，我与姥娘似乎有了心灵的沟通，她的风餐露宿，她的忍饥挨冻，她的挑灯夜读，她的辗转反侧，一股脑地涌现在我的眼前。

我的姥爷是一个编篮编筐的手艺人，他从祖辈继承下这技艺，过着艰辛而卑微的生活。娶了姥娘是他一生的幸运，可惜的是姥娘没能陪他走完人生……心灵手巧的母亲传承了编篮编筐的技艺，作为对姥爷的怀念，她经常编一些篮子，仿佛手艺在，姥爷就在。应该感谢母亲，她保留了姥娘的遗物《人民文学》等资料，让我这个喜爱文学的人看到了姥娘耀眼的光芒。

母亲的篮子拿到集市上去售卖，很抢手，也常有人登门来买。2022年冬日的一天，我对母亲说："铭记是最好的怀念，妈，你何不注册一个小公司？名字就叫'芝美手工编织工艺品坊'吧！"

那天晚上，我做了一个梦，梦见了姥娘。她满脸慈祥地对我说："孩子，你不要为我难过。那些年啊，姥娘过得很幸福，能够为了党的事业而奋斗，是我一生的荣耀；能够为后来人谋幸福，是我毕生的追求。忍饥挨饿和劳累艰辛，我并不觉得痛苦，因为心中有梦想，有希望。正如《人民文学》是你的精神食粮，它让你的生活不迷惘，纵然经历再多的风雨，你都会坚定地走向前方。不是吗？孩子，加油吧！"

清晨醒来，泪水湿透了我的枕巾……

哦，差点儿忘了告诉大家：我的姥娘叫赵芝美，莱西县唐家庄乡小森格庄人氏，我和我的家人永远怀念她！

2023.11

爷爷和他的奖章

　　这是一枚珍贵的奖章，历经六十余载的岁月，依然金光闪亮。

　　它黄铜质地，麦穗和棉花围绕下的红色五角星占据了中间显眼的位置。外围的上面印有"农业积极分子代表会议"，下面是"莱西县人民委员会奖"的字样。奖章的背面刻有阿拉伯数字"1957，17"，标注的应该是会议时间和奖章的编号。上方红黄相间的布条已经有些破损，但颜色尚未褪尽，依然鲜艳夺目。

　　奖章的主人是一位已经去世32年的老人——我的爷爷呼元会先生。爷爷出生于辛亥革命爆发的1911年，一生命运多舛、饱经辛酸。由于家境贫寒，没有机会读书，很小的年纪就给地主家干活，吃过许多苦，受过许多累，对地主阶级的残酷剥削和国民党黑暗统治有着深刻的体会和切齿的痛恨。他对共产党领导人民闹革命的做法十分拥护与向往。据长辈说，爷爷和他的三弟（呼元斋，革命烈士）在20世纪30年代就加入了共产党，爷爷协助地方党组织抗击日寇，打击国民党反动派，和千千万万的共产党员一起，为新中国的成立做出了积极贡献。

　　我曾经设想，如果爷爷读过书，哪怕是小学毕业；如果爷爷脾气不是那么火暴耿直，说不定也会像许多的老革命家那样，在新中国成立后的地方政权中担任一定的职务，为国家和社会做出更大的贡献。然而土生土长的爷爷终究没有得到机会，只能是一名村党支部委员，一名生产队队长，一名在田间地头摸爬滚打的行家里手。

　　爷爷担任生产队队长期间，耕田、播种、施肥、收获、运输，根据男女老少的身体状况进行分工，安排得井井有条。爷爷大公无私，不仅自己带头干活，自己的家人也要跟着干苦活累活。为此奶奶颇有怨言，可爷爷对她说："我是队长，又是党员，作为家属，你们不多干行吗？我能让社员在背后说三道四吗？"

　　生产队的社员对爷爷是既尊敬又害怕。尊敬他的为人，怕他的臭脾气，稍有不慎就会挨骂。党支部的其他委员对爷爷一点就着的爆仗脾气头痛不已。只要爷爷认为不合民心、不顺民意的事情，或者是自己认为不公正的事情，就会毫无保留地把心中的不满发泄出来，吹胡子拍桌子是常有的事情，为此闹出许多的麻烦和误会。支部书记经常让担任副书记的大舅给爷爷做解释工作。我的大舅也是一位坚定的共产主义战士，虽然年轻，但是态度温和，忠厚老实，在干部群众中威信很高。在他的动员下，爷爷辞去了支部委员一职，专心干好生产队队长。

　　我想，爷爷对大舅的工作很支持很配合，绝不仅是因为他是自己亲家的大儿子，更多的是因为大舅的谦逊与儒雅。爷爷是个粗人，但他对有文化的读书人很尊重，他常对家人和朋友说，"人无德不立，国无德不兴，刘希坤是个好人，党支部有了他，大家都很团结，要多支持他的工作啊！"爷爷带领呼刘两姓群众为村集体经济的发展做出了许多努力，在每年的粮油征购中，大家总是超额完成上级任务。

到 1957 年，莱西县人民委员会表彰一批劳动积极分子，在村里，爷爷被众人推荐为代表，经过公社和县里的层层审核，最终和几十名劳动积极分子代表站到了领奖台上，于是就有了那枚来之不易的奖章。这是爷爷七十七载人生岁月中的最大荣耀了吧，他当时该是多么的喜悦与自豪！

爷爷不是村支部的主要领导，呼家也不是村里的大姓。但是村里人无论是左邻右舍闹了矛盾，还是社员与集体发生了纠纷，人们闹到村支部，点名道姓要爷爷出来主持公道，而爷爷呢，也会当仁不让地站出来，为他们辩论个是非曲直。人们气呼呼地来，或高兴或惭愧地回去。无论是谁，爷爷总会在临了说上一句："一疃一庄的，和为贵呢，没有过不去的火焰山，以后不带这样闹腾的。"有理的没有理的，这时候都会充满感激地说："您说得对哩，下次再也不会这样了。"街坊的婶子们，见到爷爷就会跷起大拇指，赞扬他："二叔（爷爷排行老二），矛盾到您这儿就算到头了，天大的事也能化解。"

爷爷常说："不会烧香得罪神，不会说话得罪人。"他深知道自己脾气不好，话粗人直，给村支部制造过许多麻烦。六十岁左右，他把生产队队长的担子交给了年轻人，自己当起了专职饲养员。那年代，生产队还没有拖拉机，耕牛被视作田间的主要劳动力，必须精心照料这些宝贝。饲养员晚上都睡在牲口棚隔壁的房间里。二十几头耕牛、骡子和马，被爷爷伺候得体格精壮，干起活来一个顶俩。小时候，我常跟爷爷去牲口棚玩。半夜里，爷爷披着棉袄起来，用筛子筛一些草料添加到牛槽中，有时候还要喂一些豆饼之类的精饲料。听着牲畜欢快地沙沙吃草的声音，爷爷会露出满足的表情，喃喃地说："多吃点儿吧，队里拉车拉犁的重活就指望着你们了啊。"

爷爷一生操劳，到了晚年身体不好，1987 年的冬季，爷爷因病去世，享年 77 岁。他出殡那天，村支部的委员和乡亲们都含着眼泪来为他送行。

爷爷一生刚强正直，他勤劳朴实，是一名称职的农村党员干部，更是一名优秀的农业积极分子。每当看到这枚珍贵的奖章，我就会想起他的音容笑貌，想起他对我们的谆谆教导……

（本文 2020 年 4 月 6 日发表于《青岛早报》"收藏"栏目）

清正廉明的大舅

盛夏的周末，回到老家，我又一次来到大舅刘希坤先生的老宅。扯一把院中的杂草，瞅几眼斑驳的墙壁……泪水忍不住溢出了眼眶。大舅已经离开我们十一年了。

母亲常说："雁过留声，人过留名，你大舅在村里人的心中留下了一个好名誉哪！"母亲说得不错，我不止一次地听村里的老人们坐在街头巷尾议论大舅的往事，言语之中对大舅充满了崇敬和怀念。

1974 年 1 月至 1976 年 12 月，大舅在村里担任党支部书记。那是一个物资匮乏的年代，大舅响应上级号召，克服各种困难，全心全意扑在农业发展上。他身先士卒，苦活累活带头干，起早贪黑地带领群众整修大寨田。大舅干起活来不知疲倦，令村里人佩服。他的铁面无私更是令人敬畏。有一次，在小学读书的二表哥感冒发烧吃不下饭，大舅妈干完了生产队的农活，在回家的路上想起了生病的小儿子喜欢吃鲜嫩的苞米，忍不住乘着暮色偷偷地到玉米地里掰了两棒苞米。大舅回到家中，看到小儿子津津有味地啃着煮熟的玉米，不由得变了脸色。他问清楚苞米的来源后，狠狠责骂了大舅妈一顿。第二天，大舅把尚未啃完的苞米拿到村党支部办公室去，召集全体党员开会。他当着大家面，检举自己对家人管教不严，导致家人偷掰了生产队的玉米给孩子吃。为此，他做出深刻检讨……

能够穿上绿军装，手握钢枪保家卫国，这是很多农村青年的梦想，很多社员也希望自己的孩子能够参军，这是一件十分光荣的事。每到征兵的时候，村里总有人提着鸡蛋、点心之类的来到大舅家，请求大舅帮帮忙，让孩子顺利参军。此时的大舅心中十分纠结，乡亲们的愿望是好的，但是参军入伍是政治性和原则性很强的事情，丝毫不能通融。学历太低，身高不够，身体素质差的，村党支部是无论如何不能批准通过的。为了不伤乡亲的面子，大舅只能让舅妈先把东西收下，事后再添上点自己的礼品，亲自给他们送回去，并且跟他们反复讲解有关政策。乡亲们虽然因孩子不能参军而失落，但是对大舅清正廉明的做法、耐心细致的工作表现出了理解和尊重。

大舅妈52岁的时候因病去世，对大舅打击很大，他的精神状态大不如以前。长期的操劳，也给大舅的身体带来了很大的损伤，晚年的大舅可谓病痛缠身，需要常年吃药。但是，大舅孝敬老人，体谅子女，他忍着病痛一天到晚地伺候我的姥姥和姥爷，洗衣、做饭的事情全包了，是村里有名的孝子。姥姥、姥爷去世之后，大舅的孩子希望他能搬过去和他们一块住，他为了不给孩子增加负担，坚持独自居住在老屋里。好在子女都很孝顺，经常回家看大舅，我们几个同村的外甥也经常去看望他，他的老伙伴们也隔三岔五去陪他喝茶、聊天，这给他带来莫大的安慰与快乐。

有时候，大舅也会在我们几个晚辈跟前说起他当时治理村子的往事，说起来的时候神情充满了自豪与满足。有时候，他也会流着眼泪责怪自己没有照顾好老伴，"你大舅妈多坚强啊，自己有病了从来不说，坚持到田里干活，因为那时我干村支书，她不想叫别人说闲话，所以事事带头，可是我还经常数落她，对她关心不够啊⋯⋯"说着说着，大舅就哽咽起来。大舅对大舅妈的愧疚之情，成为萦绕在他心头挥之不去的伤痛。

"严于律己，宽以待人"说的就是我大舅这样的好干部、好党员。他不忘党的教诲，秉持初心，全心全意为人民服务，用自己的实际行动诠释了共产党人的执着信念。

我的大舅是乡村干部的榜样，也是我心目中的英雄。他坦荡的胸怀、无私的品格、廉洁的行为，永远值得我学习！

（本文 2021 年 8 月 11 日发表于"学习强国"平台）

俗世微光，照亮一方

姨父曾经说过：再微弱的烛光，也会给世界带来一丝光亮。李商隐的诗句"春蚕到死丝方尽，蜡炬成灰泪始干"，用在他身上最合适不过了。

我的姨父刘希战先生联中毕业后，在村生产队干农活，勤劳朴实且肯出力气，深得生产队队长的赏识。西泥牛庄村小学需要一名教师，虽然姨父学历低一点，但他是革命烈士刘元斌的后代，根正苗红且口碑好，于是村党支部向上级推荐他担任了村小学的民办教师。

姨父很珍惜教师岗位，把对党和政府的感激之情化动力，精心准备、认真上好每一节课。工作中兢兢业业、勤勤恳恳，人际关系处得好，教学效果也很好。我们村的很多人都是他的学生，也包括他和姨妈的三个孩子、我和妹妹。而今我从事教育工作也快三十年了，回忆起他的教学生涯，我的评价是：质朴的话语中饱含着款款真情，舞动的教鞭传递着殷切的期望。

他善于用形象的话语来教育学生。譬如，他对不求上进、怠于学业的孩子说："学习就像种田一样，都需要付出辛勤的汗水，才能得到丰收的硕果，在自己的学习园地里，必须经常地播种、浇水和施肥。"他还说："成功的道路千万条，对于我们农村的孩子来说，刻苦学习考上大学是最好的一条。孩子们，在学习的路上努力奔跑吧，前方有无边的光景等着你们去欣赏。"在他的激励下，很多学生奋发向上，挑灯夜读，取得了可喜成绩。在姨父和几个同事的努力下，我们村终于诞生了第一个大学生。接着，又有了第二个、第三个……春节拜年，他的家里挤满了他的学生，姨父的脸上闪烁着自豪的光芒。

2011 年，我从学校借调到市级机关帮忙工作。一段时间的考察后，领导从市编办申请了编制，欲将我正式调入。我犹豫了，去找姨父求教。他意味深长地告诉我："教师这个职业好，跟孩子们打交道，每天看着他们充满活力朝气蓬勃地成长，心里很容易产生成就感和满足感。很多人羡慕医生，而在我看来，即便是妙手回春的大夫，看着垂暮之年的病患，其心情也很难变得轻松愉悦。被上级机关看中，这是一件好事，但是要考虑自己真正适合干什么呢。"姨父不惜把教师摆在比"白衣天使"更加光荣的地位，进一步点燃了我对教学工作的热爱。我坚定地谢绝了领导的好意，重新回到了教育岗位上来。

我读小学的年代，村里的人大都贫困，五分钱的理发费用都舍不得花。看着班里男孩子一个个蓬乱的头发都快遮住眼睛了，姨父和几位老师凑钱买来了理发推子，利用中午和课外活动的时间给孩子们理发。脖子上系着一块遮挡头发茬子的白毛巾，耳畔听着推子嚓嚓的悦耳声音，看着乱草一样的头发纷纷掉落在地上，每个孩子心里都乐开了花。每当我理发后回到家中，母亲总会忍不住摸着我的头说："你姨父他们真是有心人，看似不起眼的一件小事，可帮了乡亲们的大忙了。"有了理发工具，姨父的"业务"范围扩大了。空闲时间，他到姥爷家里，到村里的五保户老人家里，为他们义务理发。姨父此举，受到了全村人的赞扬。

大专刚毕业，我被分配到县里邻乡的一所村小学从教，也学着姨父他们的做法，给班级里的孩子们理发。那时候农村的经济状况已经有了很大的改观，即使理发花费个块儿八角的，人们也不觉得贵了。只不过平时家长忙，孩子要上学，挤不出理发的时间。我剃头理发的手艺很糟糕，理了发的学生却高兴得又蹦又跳，家长也感激地说："谢谢呼老师，辛苦您了！"这时，我才深刻认识到，无论是孩子还是家长，看重的是老师一份沉甸甸的关爱，并不在意老师理发手艺是精湛还是生疏。

姨父不仅关注班级里的全体学生，还很关心我们几个晚辈的身体成长。他说："小孩子在长身体的关键时刻，营养一定要跟得上。"有一样事情现在回味起来，令人忍俊不禁，算是姨父好心办了坏事。我家和姥姥、姨妈都在同一个村里，邻近的亲戚自然就多一些。大舅家的大表哥结婚，大表姐出嫁；二舅家的小妹妹过"百岁"；姥姥和姥爷过生日……每当遇到有宴会的时候，姨父就会在结束上午课程后，领着我、同班的二表姐（姨父的二女儿），再叫上高我们两级的表哥（姨父的儿子），高高兴兴地去吃宴席。长时间不沾荤腥的三个孩子吃得满嘴流油，肚子胀鼓鼓的，一连好几天都消化不良。姨父就会说："本想是领着你们改善一下伙食，增加点营养，反而弄巧成拙。你们三个馋猫啊，告诉你们少吃，偏不听，这回好了，哈哈……"可是下一次遇见酒席，我们也就把他的话忘到爪哇国去了，自管大快朵颐，哪还管肠胃受不受得了。因为这事情，姨父没少挨姨妈责怪。

20世纪的乡村小学校是个庄严神圣又充满着吸引力的地方。村里人盖房上梁，婚丧嫁娶，人们到这里请老师写对联、婚书，测婚配八字，写送殡包袱，甚至孩子老人头痛脑热、生疮长痛，都会到学校里来找老师，向姨父他们寻求良方。每当临近春节，孩子们都放寒假了。村里人拿着红纸，络绎不绝地到学校找姨父写春联。姨父则笑脸相迎，来者不拒。他让村人帮着磨墨、扯纸。自己则撸起袖子，略一沉吟俯下身子，龙飞凤舞地写下"春回大地喜盈室，福临人间笑满堂""畜旺财源进，人勤百业兴"……在人们连声赞扬中，对联的主人则小心翼翼、喜笑颜开地双手端着散发墨香的对联，送到隔壁教室里晾干。

多少年过去了，精美的印刷春联代替了手写的对联。姨父退休后，有一次春节拜年，看着他家门上红彤彤的手写春联，我忍不住问他："那些年村里人找您写对联，您不厌烦吗？"姨父笑着说："乡里乡亲的，大家来找咱帮忙是对咱的信任，咱能给大家做点事情，是咱的福分哪！"2020 年 5 月，73 岁的姨父因病辞世后，我看到了他为自己赢来的"福分"：亲朋故旧、晚辈弟子，凡获悉噩耗的都来为他送行，人群绵延数百米。村里的几位耄耋老人，或拄着拐杖，或坐着轮椅，或由家人搀扶着，一边抹着眼泪，一边随着缓慢的灵车移动。他们的举动，不仅是对一位逝去乡邻的最后目送，更是对一位乡间智者无尽的留恋与惋惜。

他是一个非常热爱生活的人，看到村里文化生活贫乏，退休后的姨父主动联系村委会，组织有特长的农民成立起"西泥秧歌队"。锣鼓敲起来，秧歌扭起来，担任"伞头"的姨父扭动在队伍的最前方，脸上闪烁着光芒。在村党支部的支持下，许多中老年人进入，秧歌队越来越壮大，表演越来越精彩。不仅被周边的村庄邀请去表演，还参加了南墅镇和莱西市的秧歌大赛呢。2021 年春节，我看到村边广场上大姑娘小媳妇在东边跳现代舞，青春的气息扑面而来。

而西边则锣鼓齐鸣，中老年人舞动着扇子、绸带，扭着大秧歌。一把大绸伞在前方时而低旋，时而高擎，像矫健的龙头游走在队伍中。"伞头"仍有，可是姨父却不在了，泪水模糊了我的双眼……

姨父因病去世，临终之际虽然对这个世界无限眷恋，但是面容很安详。他的儿子女儿、孙子外孙、侄子外甥等亲人都在各自的岗位上，像他一样勤奋务实、乐于助人。如今，这位有着近四十年教龄的乡村老教师离开我们近两年了，但他慈祥的容颜时时浮现在我们的眼前，他的谆谆的话语常常萦绕在我们的耳畔。

姨父，您用微弱的烛光，温暖了生我养我的故乡，是我的好榜样。

（本文 2022 年 4 月 15 日发表于"学习强国"平台）

小乡村的白衣天使和能工巧匠

母亲小时候有两个梦想，一个是当一名治病救人的白衣天使，另一个是当一名人类灵魂的工程师。

第一个愿望，母亲在初中毕业后很快就实现了。村里卫生室缺少一个有文化的卫生员，在村党支部的召唤下，母亲便去卫生室做了一名赤脚医生。虽然母亲学习好，但是家里的兄弟姊妹多，经济困难，在推荐选拔读高中的 20 世纪 60 年代，姥爷即使想让天资聪慧的二女儿去读书，也力不从心，毕竟下面还有个年岁更小的儿子。母亲能够当一名工作比较轻松且可以挣工分的乡村赤脚医生，姥爷很宽慰，也很自豪。

没能继续深造，但当一名悬壶济世的村医，也算给母亲莫大的安慰了。毕竟很多和她同龄的女孩子没有机会进过一天的学堂，自己却可以坐在干净整洁的医务室里学习望闻问切、治病救人了。母亲很珍惜党支部提供的岗位，在公社组织的赤脚医生培训班里，母亲听得最认真，记的笔记最详细。她如饥似渴地学习医学知识，回到村里一丝不苟地给社员看病抓药，一段时间的历练，母亲很快就成为大家信得过的乡村小医生。

过了几年，在乡亲们的撮合下，母亲跟高中毕业回村务农的父亲结婚成家。按照当时的情况，农村的姑娘若嫁到外村，不管是民办老师也好，赤脚医生也好，原本的岗位将不复存在。我曾想，父母的婚事是不是由于大家希望母亲能够继续留在村卫生室为大家看病，而极力把她撮合给本村帅气的小伙父亲呢？

我出生后的较长一段时间，父亲为了养家常年在外打工，母亲一边操持卫生室的工作，一边照顾孩子和老人。1976 年的一个冬夜，急促的敲门声惊醒了我和母亲。中年男子急切地说："刘爱英大夫，我老婆快生了，肚子痛得在炕上打滚……麻烦你快去看看吧！"母亲让他别慌，先回去烧一锅开水。然后极其麻利地将注射器、酒精瓶、止血钳、医用剪刀、纱布等收拾到急救箱里。看到我在一旁呆立着，她安慰我继续睡下。那时候我才三四岁，惊恐地抓住她不放手，死活不肯再脱衣躺下了。

母亲只好抱着我，背着沉重的急救箱，踏着厚厚的积雪，借着昏暗的手电筒的光，深一脚浅一脚地出门去。白雪掩盖了凹凸不平的路面，母亲摔了好几跤，我坚强地要求自己走，积雪灌到我的小靴子里，也丝毫没觉察到。由于母亲及时的救助，那家人顺利地生下了一个大胖小子，而我却在那个冬夜把脚冻肿了，回到家中无论如何也脱不下棉靴……母亲这种舍己为人的做法，在我幼小心灵中留下了极为深刻的印象。

那次接生让母亲声名鹊起，以后村里人都尊敬地称她为"刘大夫"，她非常自豪，干劲儿更足了。母亲自进入村卫生室工作以来，年年被西泥牛庄大队评为先进工作者，经常被南墅公社评为"三八红旗手"，奖状贴满了家里的一面墙壁。1971 年冬天，因为工作出色，被选拔为"莱西县青年突击手"，被邀请到县里参加共青团代表会议，并且留下来一帧弥足珍贵的合影。

2015年山东省出台了《关于解决老年乡村医生生活补助问题的工作方案》，干了30多年赤脚医生的母亲，每月可以享受到国家600多元钱的生活补助。领到补助金的那一刻，母亲流下了热泪，喃喃地说："我们为乡村的医疗卫生事业奉献了青春，党和政府没有忘记我们啊！"母亲用自己的实际行动教育着我们，人要懂得感恩，要回馈社会。

"医者父母心，杏林天使情""余热未尽献，老骥不偷闲"说的就是母亲这种人吧。母亲虽然在21世纪初期就退出了乡村医生的岗位，但她的热心肠却一直在发挥作用，东邻西舍有矛盾了，都愿意去我家找母亲调解。我的爷爷是名老党员，说话公平正直，为人质朴憨厚，判断是非有准则，深受人们敬重，但是态度过于生硬。母亲虽然不是党员，但是态度温和语气委婉，威信不亚于爷爷，人们更愿意和她倾诉。前几年，我的一个本家大哥不幸患癌症去世，大嫂悲痛欲绝，那一段黑暗的日子里，母亲主动到大嫂家里去陪她聊天，开导她面对现实，鼓励她为了孩子要更好地生活下去，母亲的举动，给了遭受苦难的大嫂很大的安慰。

每个村子里都有一支团队，俗称"送老会"，当村民家中有人去世的时候，这个团队会代表村委去帮着张罗出殡、下葬等事宜。"送老会"的成员一般要求儿女双全，为人正直可靠。村干部找到母亲说："刘姨，送老会缺乏人手，需要挑选德高望重的老人参加，大家都推举您，希望您不要推辞呢。"母亲没有丝毫犹豫，说："能够送过世的乡亲最后一程，这是一件有意义的事情，您放心，我不会辜负村委和乡亲们的信任。"

母亲告诫我，人生一世，谁都会遇到困难，对于有困难的人，我们要伸出热情的双手，帮他们渡过难关。而今，我在二十多年的工作中，越来越体会到母亲话语的正确。真的，能够帮助他人，是一件幸福的事情。

当乡村医生，母亲做得风生水起，她付出青春年华和辛勤汗水，收获了村人的尊敬，步入老年后在生活上受到了党和政府的贴心关怀，能够为村里人继续奉献力量，母亲感到很满足。

母亲心灵手巧，能做一手好饭菜，会裁剪缝制衣服，还会编制精美的篮子、筐子，是我们村里的能工巧匠。

我曾想，假如母亲年轻的时候能当一名民办教师，定能传授学生多种技艺，一定会深受学生喜爱，桃李满天下。虽然母亲没有机会实现当一名人类灵魂的工程师的愿望，但是她的儿子、儿媳妇是教师，多少弥补了她心中的缺憾。遥想自己年少时候的生活经历，我个人确是受了母亲潜移默化的影响，才喜欢上了教师职业，读了师范专业，从而登上教坛的。

20世纪70年代，国家经济困难，整个社会物资匮乏，很多东西需要凭票证购买。我们一家老老少少的衣服裤子都是母亲用布票买来布料，在一台"上海"牌缝纫机上缝制的。母亲做的衣裤，裁剪得当，针脚细密，做工精致，家里人穿出去十分有面子。每当春节来临，街坊邻居就会拿着布料来到我家，请母亲帮忙裁剪缝制新衣服，一同拿来的还有几个鸡蛋，或是几个水果，那是送给我和妹妹的礼物。

那一段时间，母亲经常彻夜不眠，在昏暗的煤油灯下忙碌着。我和妹妹在一旁看着，羡慕地说："妈妈我们将来也要学缝衣服。"母亲笑着说："你们可不要学这个，好好学习，长大了当一名光荣的人民教师吧。""教师是干什么的？""你们没看到小哥哥小姐姐背着书包上学堂吗，老师是教给他们知识的呀。"……夜深人静，我和妹妹就在对未来美好的憧憬中，在缝纫机的嗒嗒声中酣然入睡。

　　母亲的心灵手巧，在全村是出了名的。过年时候，她蒸的花馍馍、炸的油炸果，花样繁多，松香可口。在县城里工作的亲戚来我家做客，临走时必定要捎一点儿回去。母亲做的面食，成为我们家馈赠亲友的上好礼物。

　　母亲聪慧机智，大多遗传自我的姥爷。姥爷是一名老实巴交的庄稼汉，年轻的时候为生产队编果筐。后来国家实行了联产承包责任制，田地包干到了户，生产队也就解散了。姥爷在种地之余，编一些篮子、筐子到集市上去卖钱补贴家用。

　　母亲在幼时就跟在姥爷的身边，一边给老人递编筐用的枝条，一边观察学习编筐技术。我的爷爷也是一个编筐的好手，作为生产队长，队里的果筐和篮子都是他带着社员辛苦编出来的。后来母亲说，爷爷编的筐子线条粗犷，结实坚固，经久耐用。而爷爷则对儿媳的编筐技术赞不绝口，说能够编出像母亲那样的精巧、美观的器具，实在是很难得。

　　母亲一生勤劳，年轻时候担任村里的赤脚医生，后来自己开诊所、种田。在家庭最困难的时候，还到铁矿干过用手推车推矿石的力气活。我和妹妹成家后，父母的生活逐渐好起来，父亲在村西边的小厂子里打零工，母亲闲不住，操持房前屋后的菜园地，翻土、播种、施肥、浇水、除虫，干得不亦乐乎。后来，父亲从小厂子里回到家中，和母亲一起侍弄田地。忙得陀螺般的母亲终于能轻松一下了，她抽时间到医院调理一下经年疼痛的腰腿，更换了已经咬不动硬食物的坏掉的牙齿。

　　我们当晚辈的都很欣慰：母亲终于不用那么劳累了。也确实有那么一段时间，母亲在家做做饭，看看电视，学会了在手机上欣赏吕剧、看抖音、看直播，偶尔也到街上和老头老太太们打打扑克。

　　然而母亲终究是一个闲不住的人，她到野外割来藤条，坐在家

261

里又编起了篮子。我很惊讶，问她："现在家里基本不用这东西了，妈妈，你怎么又编起来了？"母亲说："还是篮子用着顺手，你没看到以前的都快没法用了吗？我想编一个拿着到田地里挖野菜呢。"我说："到市场上买一个得了呗。"母亲若有所思地说："我去集市转了好几次了，几乎见不到卖筐子篮子的了，会这手艺的那一代人都老喽……唉！"

还有一次，母亲拿着一个破旧的篮子翻来覆去地端详着，像审视一件艺术品。我好奇地问："妈，一个破篮子有什么好看的？"她缓缓地说："这个篮子有近四十年了，是你爷爷编的，你看一侧的藤条有折断的痕迹，底部藤条被磨去了一半，提柄与篮筐接合处有点朽烂，除此以外，总体轮廓还不错，几乎没有怎么变形。"顿了顿又若有所思地说："我当时编的咋就达不到这个水平呢，用个五六年就散架了。"

母亲从市场买来了塑料藤条和塑钢带，坐在炕上又编起了篮子。当我看到几个精美的篮子呈现在家中时，颇吃了一惊。忍不住随手拍了几张照片，发到微信朋友圈里去了。没想到立马引来网友的一片点赞："这不仅仅是技术，更是艺术啊。""真的很棒，可以申请非物质文化遗产了！""很精致，可以花钱买一个回家摆放吗？""老人太厉害了，编得这么美！"……我把朋友圈的留言给母亲看，她非常高兴，乐呵呵地合不拢嘴："我早就想，肯定会有人喜欢的。"随即，她的神情忧郁起来，慢慢地对我说："儿子，我知道你很忙，白天上了一天的课，晚上还要批改作业，平时回县城的家里，周末才能抽空到这里来。老妈的编筐手艺，你是不是应该利用周末学一学，传承下去……"

母亲的话，我从来没有想过，不过我能够理解她的心情。她编的篮子正如网友所说，细密、精巧、美观、大方。可以说，在技术上融合了外祖父和祖父两个人的风格，又掺入了现代编织的技巧，编成的篮子古朴典雅、结实耐用、精巧绝伦，她这手艺肯定是我们村堪称独一无二的绝活呢。

尽管如此，我还是撇了撇嘴，摊了摊手，为难地说道："妈，我太笨拙，干不了这细致活呢，再说，周末作协活动多，采风、研讨都有可能举办，作为文学爱好者，不愿意放过参加活动的任何机会，我也实在拿不出时间跟你老人家学呢。"母亲笑着说："你呀，教学育人可以，舞文弄墨也凑合，只不过干着作协的工作就有点勉为其难了。"我连连点头："您说得是，可谁叫咱是铁杆的文学爱好者呢，承蒙领导看得起，给作家跑跑腿服服务，虽然一无待遇二无荣誉，但是总也能够受到文学大家的熏陶，提升一下自己吧。"母亲说："你是黏合剂呀，人家也许是看好你的虚心随和劲儿，能把大家团结在一起，才用的你呢。不过自古至今，文人相轻，你兼职的担子很重，儿子你要努力啊！"我拂了母亲的心意，她没有生气，还语重心长地鼓励我好好干，我很是不安，只能尽量多找时间回家看望父母，帮他们干点儿农活，以减轻愧疚的心情。

母亲是一个善解人意的人，她绝对不会勉强他人做自己不喜欢做的事情，对儿女也不例外。我们的工作情况，除非自己说，她从不主动过问，表现出对孩子极大的尊重与支持。我在作协的兼职，她也是从我拿回家的《莱西文学》杂志上看到的。她曾经教导我，"在社会上做一点儿有意义的事情，这很不错，但一定要把本职工作干好啊！"

母亲自己没能有机会踏上讲台，没能为孩子们传道授业解惑，却能因为我在教学中每一点儿进步而高兴。她常对我说："少年儿童是祖国的未来，民族的希望，十年树木，百年树人，教育事关国家的荣辱兴衰，是党的百年大计。"母亲的大格局大情怀，常使我感佩不已。

2021 年清明节，我回老家时候，看到母亲身边围了好几个人，有王家大叔，刘家婶子和本家大嫂子，都是六十多岁的人了，跟小学生似的，规规矩矩地坐着那儿跟母亲学习编篮子。母亲侃侃而谈，一会儿给这个纠正动作，一会儿给那个指点方法，忙得团团乱转。以至于我在旁边站立许久，都丝毫没有觉察……

后记：2021 年 2 月，中共中央办公厅、国务院办公厅印发了《关于加快乡村人才振兴的意见》，第三条第八款指出："培育乡村工匠。挖掘培养乡村手工业者、传统艺人，通过设立名师工作室、大师传习所，传承和发展传统技艺。"我想，有了国家政策的支持，像母亲一样的千千万万的乡村手艺人，一定会被重视起来，他们的技艺也一定能够保护好、传承好！

2021.05.04

（补记：2023 年 10 月，经过南墅镇政府申报，"编篮编筐技艺"被莱西市人民政府公布为莱西市第九批非物质文化遗产代表性项目。）

凡间毫芒，熠熠闪光

在我的人生旅程中，遇到了无数的人和事，其中许多人令自己难以忘怀，他们是生活中做人的典范，其优良的品质和高尚的人格就像点点的星光，照亮了我的心房。现在撷取几位，与读者朋友共勉。

胸似海，心如发

人与人之间相处，若能做到轻松自如、毫无隔阂地畅所欲言，是一种非常不错的状态了。跟莱西市作家协会原主席程绍亭在一起，不仅感觉不到丝毫的心理压力，还有一种如沐春风的感觉。这不是我一个人的说法，而是许多人共同的感受。

程绍亭是一位企业家，20世纪80年代创办了莱西最大的碳素制品厂——青岛西特碳公司，生产高纯度石墨材料、石墨密封件、石墨模具及军工、航天精密石墨部件，产品行销国内外，成为当地闪亮的企业品牌，经济效益显著，出口创汇业绩突出，成为地方政府的纳税大户。

在 2001 年的北京国际科技博览会上，程绍亭的碳素产品备受瞩目。中央电视台经济频道连续三天报道"西特碳素"制品的研发情况。之后不久，韩国商务部门邀请他去洽谈业务，共商合作共赢的发展大计。

企业做得好，对社会的回馈自然少不了。程绍亭热心支持当地慈善事业，是莱西有名的慈善家。同时，他对当地文化的发展尤为重视，他认为，经济水平提升代表着一个地方物质生活的改善程度，而文化的繁荣则意味着人们精神生活的富足，新世纪人们缺的不是物质，而是精神层面的提升。

程总喜爱文学，有着很深的文学造诣，在繁忙的工作之余笔耕不辍，作品多有发表。他出资赞助莱西的文化干部和文学爱好者外出培训、采风，受益者众多。市文学创作室的王咏主任就联系过我，问我愿不愿意去外地采风。那时我担任毕业班班主任，教学压力大，工作繁忙，只能推辞掉了。后来才知道，那是程绍亭希望自己家乡学校的老师能够在文学的道路上更进一步，而特地点了我的名让王主任通知我的。这件事让我既惭愧又感动，对日庄镇农村走出去的程总多了几分敬仰。

2009 年，莱西市作家协会成立，颇有文学造诣的儒商程绍亭被市里任命为作协主席。这次，我很荣幸地成为作协大家庭中的一员，开始和程主席有了较多的接触，对他的为人有了进一步的了解。

博大的胸怀往往是痛苦和磨难撑大的。程绍亭的人生经历坎坷曲折，创业之路布满荆棘，他原本有一个大儿子的，可惜孩子刚成年不久就在一次车祸中不幸去世。中年丧子的痛苦可谓痛彻心扉，那时他的企业正也遭遇一次巨大的挫折。雷霆般的打击、泰山似的重压，一起向他袭来……短暂的调整之后，程绍亭打起精神，硬是把苦难化作了动力，埋头于企业的改革发展中，他深入车间一线，和工人一起劳动，一起探索新产品；他亲自外出跑购销，全力稳定客户源，拓展了新的市场。

身先士卒荷重担，砥砺前行谋发展。担任作协主席以后，程绍亭采用"请进来，走出去；荐新人，联四方"的做法，大力发展莱西文学事业。山东作协主席赵德发、许晨等人，甚至是陕西作协《美文》杂志副主编安黎，都因为他的邀请走进了莱西小城；莱西本土作家也因为他的赞助，到滨州、大同、井冈山等全国各地采风学习；许多年轻人因为他的推荐在《半岛都市报》《青岛文学》《时代文学》等报刊发表文章，走上文学创作的道路。

程主席重视与周边县市莱阳、莱州、胶州、诸城等地作家联络，跟这些地方的作协建立起良好的互动关系。这种关系一直持续到他卸任多年后的现在：去年秋天，退休了的安黎主编接受他的邀请，千里迢迢从西安赶到莱西开展了面向青少年的心理健康公益讲座；冬天，他93岁的老母亲的生日宴会上，我们见到了兰晋梅、赵惠敏、王泮政等周边县市文学界领导的身影……

今年开春，程绍亭的韩国的朋友到天津谈业务，正赶上他的生日，本想前来山东为其庆贺，怎奈业务忙时间紧，便邀他去天津一聚，朋友的美意他自然不会推托，和大家度过了快乐美好的一天。跟他在一起，大家感到无拘无束、酣畅淋漓。许多人和他见过一面，就成为终生的朋友。

细节上关心他人，是礼节也是涵养。今年正月十二日，天气特别寒冷，我接到程总的电话，晚上到一家饭店吃饭。参加聚会的总共四个人，吃着他为我们点的美味珍馐，喝着酱香美酒，大家聊得很尽兴。

看到窗外飘飘洒洒地下起了鹅毛大雪，程总对我说："下雪天，人不留客天留客，长波，他们二人离家近，踏雪回家也就几分钟的事情，咱们两个离家远点，雪天路滑，安全第一，今晚就不回去了，你拨通电话，我跟你夫人说一声。"原来程总趁着去洗手间的时候，已经跟服务员订好了房间，为了不让我妻子担心，他让我拨通电话亲自和她说清楚，这份细心不能不叫人感动。

面对别人的指责和非难，一笑了之；对自己做出的承诺，则言出必践。无论是在商场上，还是在作协里，免不了要顶一些压力，受到一些委屈，但程绍亭漫不经心的一句话"世上本无事，庸人自扰之"，一切便云淡风轻了。好朋友家的孩子婚期到了，他匆匆结束了国外的考察，赶回来参加婚礼……

他宽广的胸怀下，隐藏的是一颗对朋友、对事业、对生活的无比赤诚的热爱之心。

不躺平，不抢争

讯哥，我的同事，真名叫刘希讯。我们同一年参加工作且同岁，他比我长几个月，故而称之为讯哥。这个称呼后来在校园内流行开来，不论比他年长还是年幼的男女教师，甚至是他的学生，都叫他讯哥。

讯哥多才多艺。唱歌跳舞很在行。在元旦文艺会演或者教师节庆祝会上，经常出现他的身影，或担任节目主持人或高歌一曲，诙谐幽默的语言和动人的歌声，总能给人带来快乐。他善解人意，就像一块砖，哪里需要往哪里搬。对于领导安排的工作，大力支持，从不推托，自参加工作算起，讯哥几乎教过所有的科目，包括音体美。有一年学校总务处缺人手，很多人不愿意去，领导找讯哥商量，讯哥很爽快地答应了。那段时间，他修剪花木，修葺房舍，维修水电，爬高爬低，跑前忙后，毫无怨言，让领导同事很佩服。

同事朋友若是有求于他，能做到的，他会非常热心地施以援手。有一年，我老家有个大物件需要搬动，缺乏人手。讯哥知道后，周末主动联系我，让我再找几个人，大家去了一起干，不到一个小时就顺利完成任务。

对于别人的事情他有求必应，对自己的事情他却淡然处之。前两年，知天命的讯哥才晋升了中级职称，而我们一起参加工作的人大都已经是高级教师了。对此，他不以为意。学校和上级组织的优质课比赛、公开课选拔，讯哥从不主动争取，甚至积极参与也做不到。有一年市教研室领导到学校来听课，学校考虑到讯哥课上得不错，正好让他借此机会展示一下自己，便于以后出示市里的公开课，没想到讯哥却把机会让给了年轻人，说自己"不愿意抛头露面"。任何激烈的竞争，到了他这里都是波澜不惊。名利之类大家趋之若鹜的东西，他均不屑一顾。

对于工作，他却一丝不苟，精益求精。在班级管理上，他丝毫不含糊，早出晚归，尽职尽责；在语文教学上，他认真备课，全力以赴地授课，讲解妙趣横生，课堂气氛十分活跃，辅导学生，批改作业，毫不懈怠，很多学生在他的耐心教育下有了很大进步。有位学生家长因为孩子的进步十分感激，在春节的时候给他送去礼品，讯哥硬是将家长拒之门外。有的家长想请他吃饭，他也都婉言谢绝："教育孩子是我们的本分，你们放心我一定会尽力，请客吃饭会使我心理有压力，反而放不开手脚进行管理和教学了，所以你们的好意我心领了。"

作为儿子，他很孝顺。他的老母亲身患绝症，无法治疗，他接回家中细心照顾，每天端茶送饭，打针喂药，不辞劳苦，一直到老人安详地闭上眼睛。

在文学艺术方面，他有独到而深刻的见解。有时候，我写完一

269

篇文章请他指正，他总能切中肯綮地提出修改意见，令我感动不已，视其为知己。

我自认为跟讯哥有一些共性，其中一点便是朴实无华。我俩是同乡，出生于南墅镇的农村，相近的家庭背景造就了我们"视浪费为耻辱"的节俭美德。校园里，如果你看到一个不修边幅的中年男子拿着袋子捡拾废纸和塑料瓶，不是我就是讯哥。一开始，被人嗤笑是免不了的，甚至有的学生也笑话我们，说语文老师在校园里捡废品。但是当我们把卖废品换来的钱买了瓜子、水果回来，拿到办公室分给大家吃的时候，他们看我们的眼光就有点内涵了。看得出来，那眼光中有惊奇、赞许和佩服。

榜样的力量在于潜移默化中浸润人们的心灵。不知从什么时候起，班级、办公室里慢慢地都放上了编织袋，大家有废纸就往里放，等满了的时候集中送到废品站去。当然这种事一般还是由我们来干，毕竟，我们熟悉业务嘛。

在县城郊区，我看到成片的房子拆迁，许许多多的有年代感的家庭生活用品，诸如旧家具、旧瓷器等被砸烂抛弃，尤其是看到一些书籍、报刊之类的东西被揉烂在废墟中，或者焚烧在垃圾堆里，内心感到既痛心又惋惜。跟讯哥谈起来，他也不无感慨地说："古老的用品蕴含了许多的东西，城市建设中野蛮的拆迁对传统文化是一种摧残和破坏，等哪里再有合村并居、旧城改造的项目，跟我说一声，咱们节假日一起收废品去！"超脱爽朗、勤勉钻研、朴素节俭的人生品格有机地结合在讯哥身上，在喧嚣浮躁的尘世中，闪耀出另类的夺目光芒。

人到中年，事务繁多，合村并居叫停了，旧城改造的进度也放缓了，收废品的事情终究没有落实到行动上。令人欣慰的是，我和讯哥同处于一个单位，仍旧可以时常在一起谈文学、谈人生，一路同行，妙趣横生。

孝心牵，砺志坚

"秋风凉，梨儿黄，摘个梨儿孝爹娘。"这是梨乡莱阳人夏仁胜新著《刻在墓碑上的歌》扉页上的一句话，它深切地传递出一名思乡游子对父母的感恩与缅怀。

和夏老相识，《莱西文学》是媒介。几年前，我兼任这份莱西作协主办的文学内刊执行主编，承蒙夏老不弃，投来稿子支持。建立起联系后，他给我邮寄了一本自己和著名导演郭靖宇共同创作的《大秧歌》。那时，同名电视剧刚刚在中央电视台如火如荼地播放过，我还能在街头巷尾经常听到人们的热议，自然对该剧不陌生。只是，能够意外获得作者兼编剧的签名赠书，的确让我受宠若惊。

1950 年，夏老出生于莱阳市的一个小乡村，青少年时代在莱西一中读过书，视莱西为第二故乡。青年时期，夏老投笔从戎，在部队的大熔炉里锤炼成长，历时 18 载。"不想当将军的士兵不是好士兵"，夏仁胜怀揣着梦想，发挥文艺特长，笔耕不辍，书写火热的军旅生活，从普通士兵干起，到连部通信员、宣传干事、秘书科科长，一直干到上校文职军官。

从 1972 年开始，夏仁胜陆续在《前卫报》《烟台日报》《青岛日报》《解放军报》《解放军文艺》等报刊发表文章，多篇稿件被山东人民广播电台播出。其中首发于《前卫报》的文章《桥》，被收录入山东人民出版社的散文集《这里永远是春天》，后又被选编入复旦大学和华东师范大学中文系教材《写作漫谈》，成为指导大学生创作的典范之作。

军旅生涯中，夏老从来没有忘记父母为自己付出的心血和努力。众所周知，普通军人服役到了一定的年限是要退伍返乡的，除非能够提干。为了实现提干的愿望，夏老在军队上兢兢业业勤勉上进，多有建树，尤其在文艺创作方面，开辟了一片崭新的天地，受到部队官兵的一致称赞。

八年时间过去了，为了留下人才，部队决定将夏老提拔为干部，政审函件下发到老家的村党支部，村支部书记"见不得他人好"的嫉妒心作祟，竟然不顾夏老父母登门苦苦哀求，拒绝盖章并将函件扣留。漆黑的夜晚，父母跪在村支书的家门口，顶着凛冽的寒风，冒着纷飞的大雪……一直到旭日东升，也没有叩开支书家的大门。

父母的这段屈辱的经历，夏老刻骨铭心，永生难忘。他在文章中写道"他们被光芒四射的朝霞染上了颜色，就像两尊镀金镀银的雕像，矗立在冰凉的世界中"。好在部队爱惜人才，积极设法通过另外的途径为夏老办理了提干手续，为军队保存了文艺创作的骨干力量。

"淡看世事去如烟，铭记恩情存如血。"父母和部队的恩情比海洋还深，夏老唯有笔耕来报恩。他殚精竭虑、呕心沥血地进行文艺创作，精品力作接二连三地发表在各级媒体，成为当地有名的军旅作家。后来，夏老总结自己成功的经验，当时靠的是一种坚定信念——"给父母以尊严，还部队以脸面，重新捡拾被侵蚀的人格。"

从军队转业后，夏老来到了烟台电视台，成为一名媒体人。凭着对父母的孝心，对文学的热爱，他谱写了一篇又一篇热辣滚烫的新闻报道、感人至深的影视剧本和人物丰满情节曲折的长篇小说。他用自己的方式回馈父母的恩情，用创作的辉煌赚取父母的荣光。他的努力得到了社会的广泛认可，成为烟台市的拔尖人才，被提拔为烟台电视台副台长。

然而，"树欲静而风不止，子欲孝而亲不待""月有阴晴圆缺，此事古难全"，令人伤心的事情总是难免的，当夏老的长篇纪实文学《乡间大道》在人民大会堂召开新闻发布会的时候，当《大秧歌》在中央电视台连续播放的时候，当他创作的歌曲《家有父母好幸福》唱遍大江南北的时候，他的双亲均已不在人世了，老人家没有品尝到儿子丰收的果实。

"家有父母真的好幸福，想笑就能笑，想哭就能哭；家有父母真的好幸福，父母床前三春暖，兄弟姐妹长相处……"夏老将《家有父母好幸福》这首歌刻在了父母亲的墓碑上，他要用"百善孝为先"的传统美德激励子孙后代勇毅前行！

目前，夏老担任编剧的新电视剧《大厨师》正在拍摄中，长篇小说《大孝子》正在构思中，宏大的文艺工程又将慢慢呈现在世人的面前。古稀之年的夏老踌躇满志意气风发，正像他赠送给我新作《刻在墓碑上的歌》一书中提到的："我欲向苍天再借七十年，为了父母的尊严，以许余生不悲秋，写尽苍生亲情篇！"

祝夏老健康长寿，期待《大厨师》早日杀青，《大孝子》早日出版。

助无痕，忆永存

1994 年夏天，我被分配到莱西市院里乡最北部的一所偏远小学——岱墅小学。小学位于岱墅村的东边，学生全部是这个村里的孩子。

岱墅小学隶属于院里小学，我去之前有 6 名老师，张校长（严格意义应该叫主任教师）和邻村 30 多岁的王老师是公办老师，其他 4 人是本村的民办教师。6 个人教着五个班级 100 多名学生。

年届五旬的张校长刚转为公办教师不久，意气风发踌躇满志，我这个新生力量的到来，让他对学校的未来充满了信心和希望。去报到的时候，是暑假最后一天的傍晚，张校长在学校为我安排好宿舍，便拉着我去他家吃饭。

我推辞说："不用麻烦了，张校长，到村里的商店买两包方便面凑合一顿就行。"他坚决不肯，笑着说："你是咱们村小分来的第一个大专生，我可不能怠慢你。"我拗不过他，只好跟着去了他的家里。朴实慈祥的大姨已经做好了可口的饭菜，大儿子和大儿媳妇也过来一起吃，其乐融融的气氛，让我感受到家的温暖。

第二天早晨，张校长天刚蒙蒙亮就又来到学校，说："今天中午才能给你和王老师安排到学生家中吃饭，早饭还是到我那儿吃。"

乡村小学管老师饭的传统由来已久。我小时候在自己村读小学，外来的公办老师就由学生家轮流管饭，早晨我提着篮子，篮子里装着母亲精心做的两样炒菜和两个馒头，送到学校办公室。老师会在门口接进去，然后我在校园里玩，等老师吃完送出来，再将篮子提回家。

那时候生活条件很艰苦。老师体谅学生家长，早晨的菜肴基本上不怎么吃，到了中午的时候还可以继续端上餐桌。中午和晚上一般将老师请到家里去，郑重其事地宴请，有时候还会叫上几个陪客的，只是任凭家长怎么劝，老师大都不喝酒，只有到了晚上才会小酌几杯。

我在岱墅小学的情形也大抵如此，王老师离家近，晚上回家，只中午和我一起去学生家。和以前略有不同的是，人们的生活水平比以前提高了，一日三餐都到学生家。天还不亮，高年级的学生或者低年级的学生家长就会来敲学校大铁门，是叫我去吃早餐哩。

在岱墅的四年，我真切地感受到家长的盛情。100 多个学生，去掉节假日，基本上是每个学生每学期排饭一次，招待得非常好，天天晚上吃饺子。很多家长还会利用派饭的时机，叫上村里的亲朋好友或者帮过忙的街坊邻居，有时也会一起宴请张校长等本村男老师。我不胜酒力，喝得很少，但是看着大家推杯换盏，起坐喧哗，感受到浓浓的乡情。

张校长关心我，问我："百家饭还吃得来吗？"我说："虽然各家口味不同，卫生条件也不一样，但是所有的家长都把家里最好的饭菜做给我们吃，感激还来不及呢，怎么会吃不来？"他欣慰地点点头，告诫我："我们是教师，要注意形象，不喝酒最好，如果喝，千万不能喝醉，否则容易留下笑柄的。"

我牢牢记着他的话，只不过遇到聊得来的男家长，啰唆到半夜的情况偶尔还是有的。有一次派饭，家长邀村里的两位发小（从小长大的朋友或同学）一起吃饭，大家天南海北聊得投缘，他们喝得酣畅淋漓，也一个劲儿劝我也喝点，气氛融洽盛情难却，年轻气盛的我也就不再推辞了。

晚上十点多钟，张校长找到学生家中，看着满桌的啤酒瓶和醉意朦胧的我，颇有几分不悦地对三个人说："小呼刚参加工作，还年轻，你们可不能逼着他喝酒！"我连忙打圆场："没事的张校长，我喝得不多，您来得正好，我们一起回去。"我们在家长的目送下，一起回到校园。原来，他晚上经常去学校看看，看到我在桌前读书或批改作业，他就心安，我要是没回去，他则很牵挂。明白了他的一番苦心之后，我再也没在学生家喝过酒。

普普通通的岱墅村可不是个一般的地方，这里曾经因为在 1978 年发掘出西汉古墓而闻名当地。墓中出土了国家一级文物大木偶，还有许许多多的铜器、漆器和玉器。1980 年 12 月，国家文物局主办的《文物》杂志发表了《山东莱西岱墅西汉木椁墓》一文，详细介绍了这里出土的重要文物，引起了国内外的关注。

具体的发掘情况，村里的许多老人都知道。吃晚饭时候，如果有老人一起作陪，我就会请教他们，有时也会在饭后邀请老者到学校喝茶聊天，了解古墓的相关信息。冬天，村里一位流浪汉从外地回来，家里就他自己，平时不生火，冷清得很，经常到学校办公室烤火炉。我喜欢听他胡侃，但是村里人见他来了往往就避开了，我当时以为是大家嫌他脏兮兮的而远离他。

流浪汉有时不愿意回家，我就让他在办公室排椅上睡。张校长知道后，毫不客气地将他赶走了。我很不理解："一个可怜的流浪汉借个宿而已，有必要那么不友好吗？"张校长看了我一眼，叹口气说："有些事情你不知道，心里不明白的，他那种人可怜不得。"后来，从别的老师口中得知，流浪汉犯过事，有过不光彩的案底，张校长怕的不是学校财务损失，而是担心我的人身安全啊。

后来，我从岱墅小学调走了，很想念张校长，抽时间去看过他几回。再后来我到初中教学，工作更忙，就疏远了。大约在 2006 年春天，我听到噩耗——张校长离开人世有一段时间了。那时岱墅小学早被合并，民办老师们转成了公办，调到院里小学去任教。有人说他刚退休，有人说还没办理好退休，就因病去世。

他那么善良健谈的一个人，虽然身形略胖，但是以前从来没有什么健康问题，就那么突然地离开了……看着以前的合影，我的心里非常难过。一段时间，岱墅小学和张校长经常走进我的梦中，梦中的校园荒凉破败，教室前面高大的雪松不见了，盛开的月季花也没有了，一片萧索，了无生机，张校长一个人呆坐在办公室，猛然间看到我，脸上挤出一丝笑容。早晨醒来，泪水湿透了枕巾。

一个周末，我驱车数十里赶到学校，趴在铁门上往里看，那里已经成为奶牛饲养场，院子里一片凌乱，比梦中见到的还要糟糕。

看到村里有人远远地地过来，我慌忙抹去了眼泪，落荒而逃，因为面对这些养育过我的乡亲和荒凉破败的学校，我实在不知道应该说些什么……

　　谨以此文缅怀我的老领导、老同事张乃杰先生。

2024.03

跋 语

坚守，源于热爱

赵秀连

"蜡炬成灰泪始干！你欢快地燃烧着，藏起眼泪，还给人们光明和希望。正是你这种大无边的奉献精神，给了我们海一样的感动，让我们深刻明白了'师为父'的含义！"

这是2007年"感动莱西"文明人物颁奖典礼上，市精神文明建设委员会献给呼长波老师的颁奖词。我认识和了解他正是从那时开始的，至今已经有17年了。当时，我在莱西市委宣传部、市文明办工作。

为了弘扬良好的社会风尚，中共莱西市委决定评选第一届"感动莱西"文明人物活动，市委宣传部、市文明办具体负责这项工作的实施。由我牵头组织、协调总工会、文化局、教体局、市妇联和共青团等多个部门一起参与。

经过单位推荐、组织考察、公众投票、专家评审等一系列程序，从全市不同行业评选出十位事迹突出的典型人物。作为教育战线的优秀代表，呼长波老师名列其中。他在乡村学校勤勉教学，笔耕不辍，成果颇丰；他脚踝骨折后，担心给毕业班学生耽误学习，不顾医生劝阻，回学校拄着拐一瘸一拐地上课。他的事迹彰显了乡村教师的奉献与担当，给我留下了深刻印象。

我退休后时常写点文章，偶有发表。2019 年，我在美国探亲，莱西市作协的领导向我约稿。我将数万字的报告文学《心中的丰碑》，通过邮箱发给了《莱西文学》杂志。时任杂志执行主编的呼长波老师主动联系我，谈论稿子。那时我才知道他在繁忙的教学之余，不拿报酬，不计付出地为莱西文学事业做着这么多工作。

《心中的丰碑》写的是沽河街道后庄扶村党支部原书记、全国劳动模范王顺寿同志的事迹，内容多、体量大。呼老师认真阅读，充分肯定了稿子的社会价值，同时也有几分不好意思地解释："杂志发行依靠爱心企业赞助，没有稿酬，希望您能够理解。"其实，我和他一样，没有什么功利心，撰写文章为的是奉献于社会。

为了做好稿子的编辑工作，我们俩在一个月的时间里，通过电话进行多次交流，有时候为了一个句子，甚至一个标点，都会在微信上反复讨论。呼老师很尊重作者，每一点儿改动都会征求我的意见。白天工作忙，我们就尽量在晚上沟通，他说："我们要尽量毫无瑕疵地将文章刊登，以告慰劳模的在天之灵。"后来，稿子刊发，在全市范围内引起不小轰动。很多人跟我说，真没想到王顺寿生前为了后庄扶村的发展和村级组织建设做出这么大的贡献！

呼长波较高的文字水平和社团工作能力，被莱西市直部门领导看重，先后借调他到市人口和计划生育局、市政府办公室从事文字工作。他撰写的通讯报道在《青岛日报》头版发表，他起草的领导讲话深得机关干部好评。但是，他舍不得自己钟爱的教育事业，离不开他的学生和课堂。一年后，他坚持回到了原来的学校，继续从事语文教学工作。我当时有点替他惋惜，时至今日，看到他在教育和文学事业上取得的进步，我又由衷地为他高兴。

从教之余，呼长波空闲的时候会过来看望我，探讨一些文学创作等方面的问题。我们都喜欢文字，每每有了新的作品，就会第一时间送对方阅读，互相鼓励，一起进步。由市委组织部、市党史研究中心和市委"莱西经验"拓展研究中心策划，我主编的《探索的历程——"莱西经验"形成、深化和拓展典型材料选编》一书出版后，赠阅的第一批人中就有他。

我希望他多发掘一下家乡革命前辈的先进事迹，他真的这样做了。实地走访，查阅资料，甚至到市委党史研究中心和烈士陵园等单位去请教有关人员。去的次数多了，他和这些部门的许多人成了朋友。呼元斋、徐桂芳、刘希坤等前辈的事迹被他发掘撰写后，发表在"学习强国"等媒体，革命战争时期的模范人物逐渐走进人们的视野。在本书里，我又看到这些文章，内心既高兴又佩服。

《最是生活暖人心》一书所写的内容，读来让人感到亲切朴实，很多事情就像发生在自己的身边。《散落乡间的珍宝》一文，描写的是日庄镇 20 世纪 70 年代建设的水利设施，该文勾起我对往事的回忆。我曾在该镇担任过几年的党委书记，每次下乡路过那里，总会停留一会儿，凝视一会儿，这些设施承载着一代人艰苦奋斗的精神，值得好好地保护下去。《楸木大衣橱，跨越百年的馈赠》则反映出祖辈的艰辛与不容易，凸显了一个家族的传承。辅仁大学那篇，堪称是一篇精彩的学术文章，作者花费了将近一个月的时间才完成此文，很值得一读……开卷有益，只要翻开本书，相信每位读者都会找到自己想读的内容，因为它是那么紧扣生活，那么贴近生活。

呼长波老师在文学方面的进步，为他创造性地开展语文教学提供了滋养。近年来，在青岛专家的指导下，他提出的"悦读生活"理念，符合当前的教育形势，将全环境立德树人和"五育融合"的教育方针很好地落到了实处，受到学生、家长和社会的好评。在这里，我真诚地希望他能够继续坚守农村教学的一线，将"悦读生活"项目搞好，在教育和文学事业的广阔天地里做出新的贡献！

2024.03.12

（赵秀连，中共莱西市委宣传部原常务副部长、市文明办原主任，现为莱西市党史特邀研究员）

附录　地方各界人士读后感

用文艺的思想，引领学生在"悦读生活"的田地里诗意地遨游、徜徉。

　　　　　　　　——莱西市文学艺术界联合会主席　逄贵松

"悦读生活"将理论和实践结合，将学习和生活融合，有利于全面落实"五育融合"。

　　　　——莱西市政协提案与委员活动工作办公室主任　孙永传

"悦读生活"能够引导青少年去伪存真、崇法尚礼，本本分分做人，踏踏实实做事，值得好好推广。

　　　　　　　　　——山东嘉悦律师事务所主任　张文庆

读社会这本大书，汲取成长养分；珍惜生活馈赠，做一个有益于社会的人。

　　　　　　——原青岛广播电视大学莱西分校校长　郑田毅

生活是平凡的，有时候春和日丽，就像楷书一样中规中矩；生活又是不平凡的，有时候充满了惊涛骇浪，就像草书一样恣肆汪洋。

　　　　——莱西市墨竹轩主人、全国毛体书法十佳　于从国

家庭、学校、社区都要参与到"悦读生活"的推广中来，形成舆论态势，就会产生广泛强大的影响力。

　　　　　　　——青岛市骆驼祥子博物馆馆长　王咏

乡文潇潇洒洒，乡思缠缠绵绵，乡情感感念念。作为同乡文友，我为长波老师"悦读生活"的有益探索点赞！

——青岛市原黄岛区文联党组书记 吕振西

阅读的喜悦：耕耘基层，润泽心灵。

——中共莱西市委党校高级讲师 孙玉欣

全民阅读的时代已经到来，"悦读生活"在重视纸质媒体的阅读的同时，也要探索数字化阅读的新途径。

——北京悦读汇文化传媒公司总经理 沈勤华

在悦读生活中开发地方文旅资源，助力乡村振兴。

——莱西市日庄镇政府文旅办公室主任 朱慧

后记

引领悦读生活，振兴乡村教育
——我与"悦读生活"读写项目

"让孩子在最美好的年华，做最应该做的事情。"这是当班主任时，我在每次家长会上都会讲到的话语，"除了好好学习，青少年要多读书、多劳动、多体验生活。"我本人也身体力行，悦读生活，记录生活，汇集而成学术性散文集《最是生活暖人心》。

2023 年 7 月 18 日，青报教育在线发表了《莱西市日庄镇：打造"悦读生活"读写品牌，"强镇筑基"创出特色亮点》。第二天，搜狐、网易、今日头条、"学习强国"、人民日报等多家权威媒体全文转发。"悦读生活"受到如此广泛的社会关注，作为这一项目的创始人和推动者，我感到无比欣慰。

著名作家、鲁迅文学奖获得者、山东作协副主席、青岛作协主席铁流这样评价"悦读生活"："写作离不开生活，生活离不开体验和实践，'悦读生活'项目引领青少年走进生活，体验生活，具有积极的进步意义。"

不懈探索，"悦读生活"破土萌芽

在长期的语文教学工作中，我深刻感受到学生不爱阅读、不爱写作的困境。

2019 年 1 月，在兼任《莱西文学》主编期间，征得主管部门和作协领导的同意，在《莱西文学》首次开设"学生园地"栏目，发表学生优秀作文，鼓励学生深入生活，积极创作。

时至今日，《莱西文学》升级改版为《莱西文艺》，栏目设置多次发生改变，但是具有蓬勃生机和活力的学生栏目却顽强地保留下来，成为全市中小学生文学创作的芳草地，至今已经发表学生作品近百篇。2021 年 12 月，中国教育报好老师 App 发表《呼长波：阅读可以点亮人生，写作能够记录成长》，介绍了我引领孩子们读书写作的事迹。

对文学的热爱之心，以及看到文学新人成长的欣喜之情，坚定了我持续推动青少年阅读、写作的想法。全民阅读的时代背景和《山东省强镇筑基行动实施方案》的出台，促使我思考如何将阅读和写作结合起来，下决心扭转农村学生生活观念淡薄、作文"无话可写"的现状。

2023 年 3 月 16 日是一个重要的日子，青报教育在线携青岛专家到我校开展"强镇筑基"培训工作。韩老师知道我的想法之后，建议我将阅读书籍、体悟生活的观点理念进一步提炼，校内校外相结合，引领学生走出学堂、走进生活。

4 月 23 日世界读书日，我在"光明社教育家"公众号《第四届百部新书一起读公益活动》一文下留言：**"悦读生活，涵养性情。全民阅读，以校园为中心，辐射到家长以及社区；以读书为基础，阅读社会，阅读人生，阅读大自然；以体悟生活为重点，涵养自己的性情，追求幸福的人生！"** 此留言获得编辑高度认同，我被奖励图书一部。

5 月份，莱西日庄镇教育党总支书记闫圣渊和日庄镇中心中学校校长邴福成，邀请青报教育在线领导与专家韩老师再次来到我校指导工作。专家听了我的《悦读生活·细节写作训练》汇报课，给予了高度评价。专家韩老师建议我们制定读写方案、开发校本课程，在全镇中小学校推广。

在校长领导的支持下，我们成功举办了"首届校园读书节"，语文教师和学生全员参与，进行赛课、演讲、辩论和诵读比赛，很多其他学科的老师受到感染也积极参与进来，营造出良好的学习氛围，"悦读生活"项目建设初具规模。

青报教育在线副总编辑宋亚萍满怀深情地说："呼长波老师主持开发的'悦读生活'读写项目，作为强镇筑基行动下破土而出的乡野幼苗，有着鲜明的时代特征和无比强劲的生命力，我们应该一起助力它攀高走远，让更多的人受益。"

走进生活，激发学生创作动力

伟大导师恩格斯说过，劳动和自然界是一切人类财富的源泉，自然界提供了劳动资源，劳动将自然界资源变为生活生产的资料和财富。劳动是人类生存的基本条件，劳动创造了人本身。

然而一段时间以来，我国的中小学生中出现了一些状况：好逸恶劳，脑体倒挂，劳动观念和劳动意识淡薄，沉迷网络，动手能力差，生活知识贫乏，心理有障碍……这些问题的出现，就个体内部因素来看，与学生的心理素质和认知水平有密切关系；就外部因素来看，与社会环境、家风传承、学校和老师的教育方式有关系。要想消除现有弊端，既要从改变学生本身入手，又要立足于学校，协同家庭和社会，全方位、全环境立德树人。

2023 年初，教育部、中宣部等 13 部委联合印发了《关于健全学校家庭社会协同育人机制的意见》。明确指出：学校要发挥协同育人的主导作用，全面了解掌握学生思想动向，为孩子的成长创设良好环境。"悦读生活"项目，是学校家庭社会育人机制的有效载体，顺应了时代要求，推广它是为了让青少年更好地适应生活、热爱劳动、改造社会，从而过上更有意义、更幸福的生活。

春天，我们举行春游活动，带领孩子们到产芝湖畔踏青，到湖边的动物园里观看老虎、黑熊、孔雀等动物，开展"我是环境小卫士"活动。夏天，学校组织了师生到青岛奥帆中心博物馆、海信科技探索馆等地进行了研学。秋天，组织学生到田地里帮助农民收花生、掰苞米，体验劳动的艰辛和收获的快乐……

乡野之间，孩子们埋头于书桌的压抑心情得到了释放，像飞出牢笼的小鸟，在广阔的天空里自由自在地翱翔。城市的博物馆科技馆里，孩子们虔诚地学习先进的文化和科技成就。活动结束后，同学们将所见所闻所感写下来，一篇篇精彩的文章刊登在《莱西文艺》、"一棵树文学天空"公众号和校刊《湖畔风》上，既是对生活的记录，又是对自己的鼓励与鞭策。

思想解放了，见识拓宽了，激情也就澎湃起来。学生的思维就像插上了翅膀，源源不断的内容从笔下流淌出来，洋洋洒洒的文字就像脱缰的野马奔腾而出。2023 年以来，在各级组织的征文活动中，我辅导的杨倩倩、贾好帆、胡鹤轩三名学生获得一等奖，另有四十余名学生获得二三等奖，受到了学校领导和家长的认可和赞扬。这不能不算是"悦读生活"的馈赠。

茁壮成长，读写项目备受瞩目

2023 年 7 月，"悦读生活"读写项目被市教体局评为"莱西市中小学优秀校本德育课程"。在 15 个获奖项目中，"悦读生活"是唯一由农村中学开发的课程项目。10 月，我校语文组被评为莱西市书香教研组，我被评为青岛市教育教学带头人。

"悦读生活"被人民日报等媒体宣传报道之后，光明日报社主办的《教育家》杂志朱怡颖编辑联系我，邀我谈谈课程开发过程中遇到的困难。于是，8 月份该刊发表了我的短文《家长与教师难以形成共识》，专家纷纷予以答疑解惑，为项目的持续开展指明了方向。

老舍是一位热爱生活、关注底层的作家。20 世纪 30 年代，他在青岛创作了举世闻名的《骆驼祥子》。青岛人民为了纪念这位人民艺术家，将他的故居建为"骆驼祥子博物馆"，8 月上旬受王咏馆长的邀请，在该博物馆召开了"'悦读生活'读写项目研讨会"。

《百花》杂志系陕西文旅厅主管社科期刊，刊登文化研究和非遗传承为主要内容的学术文章。8 月，该刊发表了我的《悦读生活，感受现代科技对劳动的影响》一文，将"悦读生活"纳入大文化视域。《中国教师》杂志以"倾听一线教师声音，关注学生全面发展"为己任，注重探索教育规律，发掘教改典型。同月该刊发表了我的《立足生活实践，着眼长远发展》一文。其间，我因病住院，坚持撰写材料，整理提交"悦读生活"项目，申报青岛德育品牌。

为庆祝第 39 个教师节，青报教育在线制作"躬耕乡村　育见未来"视频，在青岛市范围内推出了西海岸新区李振来、莱西市呼长波两位优秀农村教师，其中重点介绍了"悦读生活，书写真情"读写项目。9 月 27 日，我的《在乡野间开启阅读旅程》，获得《教师报》第三届"我与书的故事"征文活动特等奖。

10 月 13 日，青岛教育专家和莱西教研室领导来我校举行"悦读生活·同课异构"活动，我有幸与特级教师、正高级教师林诗红同台竞技，青报教育在线进行了报道。16 日，在我的联络协调下，莱西市文联、市教体局、市融媒体中心和莱西血站联合举办"悦读生活"杯无偿献血有奖征文活动，面向全市文学爱好者和中小学生征集文稿。

10 月 29 日，掌上莱西等媒体公布了由莱西市文联、市教体局、青岛市中心血站等多家单位联合主办的以"悦读生活"冠名的莱西市"悦读生活"杯"我健康 我献血 我光荣"征文启事，在全市范围内征集文稿。

10 月 30 日，《青岛日报》刊登青岛教育局专稿《强镇筑基行动"点亮"乡村教育》，文章指出："莱西日庄镇中心中学呼长波设计的'悦读生活'项目，让孩子们在阅读中快乐成长，阅读和语言表达能力迅速提升。"10 月 31 日《中国教育报》第三版刊登了《成长路上的一盏明灯》，我在文章中深情回顾了这份报纸对我的帮助，表达了做好乡村阅读推广人的坚定决心。

12 月 6 日，我受《中国教师》杂志社邀请，到北京参加"《中国教师》创刊二十周年暨学术期刊高质量发展研讨会"，其间在北师大辅仁校区与编辑部老师召开了小型"悦读生活读写项目研讨"，并向编辑部和部分专家提交了《悦读生活》（本书的原名）征求意见稿，北京大学教授陈向明对我说："浏览了稿子，感觉你做的工作很了不起，期待着你发挥更大的引领作用，让更多的老师和学生受益。"北师大楚江亭教授建议我继续完善该项目，争取能够参加第七届教博会成果展。

12 月 10 日，青报教育在线发表了《日庄镇强镇筑基：从日庄到北京，一名乡村教师的教育振兴路》。第二天，今日头条、网易、搜狐、人民日报等媒体纷纷转载，引起反响。

2024 年 1 月 13 日，青报教育在线发表《莱西市日庄镇：强镇筑基赋能教育发展，悦读生活搭建城乡连接的桥梁》，报道了"悦读生活"研讨会和公益课堂走进城区的事情。

2 月 27 日，《当代》杂志公众号发表了我的《文学的种子在乡村教育的沃土上发芽》，文学与教育又一次牵手。

4月22日，莱西市"悦读生活"杯"我健康　我献血　我光荣"征文活动，在市群众文化服务中心举行颁奖典礼，市领导于胜、全成旭出席并为获奖者颁奖，邴校长和我应邀出席典礼。32名获奖者中，日庄镇中心中学3名同学获奖，单位获奖人数居全市前列。莱西融媒以"要闻"的形式报道了本次活动。该活动充分反映了莱西市委、市政府对文学事业的支持，对无偿献血的重视，对"悦读生活"理念的认可。

4月26日，因为"悦读生活"的开发和推广，我被中华书局、桐乡市人民政府授予"伯鸿书香奖"。

5月14日，青岛市强镇筑基专家来到学校，听了我的展示课《凡人小事暖人心——记叙文的生活化写作》，专家评价"这是中考语文复习中一堂很好的作文技高示范课"。

5月29日，因为在"悦读生活"推广和文艺志愿服务方面的表现，我被授予"莱西市文艺志愿服务带头人"称号。

7月3日，受南墅镇人民政府委托，我撰写乡村书房建设案例《悦读生活慧存乡村记忆，读书文化引领乡村振兴》，积极参加了"大地流彩"全国首届乡村文化创意大赛。

目前，"悦读生活"这株不屈的幼苗正立足日庄，辐射青岛乃至全国，在广袤的土地上开出绚烂的花朵，滋养着越来越多的青少年学生茁壮成长！

2024.07.06